U0518148

Young China

[美]戴三才（Zak Dychtwald）_ 著

舍其 _ 译

中信出版集团 | 北京

图书在版编目（CIP）数据

中国后浪 /（美）戴三才著；舍其译. -- 北京：
中信出版社，2021.9
书名原文: Young China
ISBN 978-7-5217-2804-0

Ⅰ. ①中… Ⅱ. ①戴… ②舍… Ⅲ. ①纪实文学－美
国－现代 Ⅳ. ①I712.55

中国版本图书馆CIP数据核字(2021)第070295号

中国后浪

著者： ［美］戴三才
译者： 舍其
出版发行：中信出版集团股份有限公司
（北京市朝阳区惠新东街甲 4 号富盛大厦 2 座 邮编 100029）
承印者：北京盛通印刷股份有限公司

开本：787mm×1092mm 1/16 印张：19 字数：230 千字
版次：2021 年 9 月第 1 版 印次：2021 年 9 月第 1 次印刷
京权图字：01–2021–2527 书号：ISBN 978–7–5217–2804–0
定价：59.00 元

献给妈妈、爸爸和姐姐

目 录

序言 _ IV

第一章　偷器官的妓女
中国与世界之间的高墙：神话、语言及其他 _ 001

第二章　贝拉和书
竞争激烈、催人奋进的考试文化 _ 029

第三章　戴着皇冠的头上写满了忧虑
被寄予厚望的中国"小皇帝" _ 047

第四章　逃不开的啃老
中国房市与婚事的碰撞 _ 069

第五章　变化中的性趣
静悄悄的革命 _ 093

第六章　那些年轻的剩女
社会压力下的女性婚姻 _ 113

第七章 "双十一"做双眼皮
全球最大购物节与炫耀性消费 _ 129

第八章 学霸的创新梦想
中国学霸能否彻底改变中国？ _ 153

第九章 朋友别哭
寻求认可的性取向 _ 177

第十章 学会玩乐
从吃苦到吃火锅 _ 199

第十一章 活在当下
一亿新旅人上路了 _ 227

第十二章 年轻人及其政党
新一代怎么看政府 _ 249

致谢 _ 271
注释 _ 275

序　言

　　中国千禧一代和美国千禧一代最大的区别是什么？

　　自《中国后浪》（英文版）出版以来，这是我被问到最多的问题。我在写作和完成本书时，并没有一个很好的答案。叙事性非虚构作品会有意地"接地气"，对我来说，也许我跟细节、跟人、跟故事都太贴近，因此反而不识庐山真面目了。

　　直到我回到美国，重新卷入国家认同危机的旋涡，答案才终于浮出水面。在美国，我们刚开始接受这样的想法："亲身经历"会剧烈影响你的实际情况和世界观。以种族、性别和社会、经济地位为基础，不同美国人的亲身经历有着天壤之别。正是通过这样的天壤之别，我们才了解到上面的想法。

　　类似地，也正是中国年轻人的亲身经历塑造了他们独特的世界观，这种世界观与全世界其他地方的年轻人，包括我的家乡美国的年轻人，都截然不同。具体来讲，是快速变化的生态系统塑造了中国后浪。他们以"中国速度"成长起来——或许你也是。而快速变化的环境所带来的影响，已经渗透到全国十几亿人的三观中。

我们说到中国速度的时候，一般都是在说建筑。2011—2014 年，中国浇筑的混凝土比美国整个 20 世纪浇筑的还要多。变化最明显的要数上海浦东，20 世纪 90 年代初期，那里还没有高层建筑，而现在的浦东遍地高楼拔地而起，在古老河流的映衬下闪闪发光。

但是，从来没有人讨论过以中国速度成长对心灵的影响。就跟外滩的河岸一样，这样的直线增长是如何塑造这代年轻人的心灵风景线的？

我说以中国速度增长在全球都独一无二，就真的是独一无二。考虑一下我想在这里提出的"生活变化指数"，这个衡量标准跟踪的是人均 GDP（国内生产总值）在人一生中的变化幅度，比较世界各地在同一时间出生的人一生当中经历的经济变量。

作为美国的 90 后（我出生于 1990 年），我经历的人均 GDP 增长约为 2.7 倍——感觉我所经历的变化好像这辈子都在剧烈加速。紧跟在我们后面出生的就是数字土著一代，他们只知道数字世界。首先是互联网——我还记得用我们家电脑拨号连上"美国在线"的声音；接下来是手机——世贸双子塔在"9·11"袭击中倒下之后，父母给 11岁的我配了第一部手机，这样我们就能随时保持联络；再到智能手机、社交媒体、手机银行、电动汽车、大数据、可再生能源，还有即将到来的基因治疗和太空私人旅行。

跟我作为美国千禧一代经历的 2.7 倍增长相比，中国 90 后见证的人均 GDP 增长是 32 倍。好好想想吧。过去 30 年间，中国这个世界比我那个世界的发展速度快了整整一个量级，这个世界的环境也有如猛湍飞瀑，奠定了他们对家庭、政府、技术、工作、金钱、旅游、食品、童年和变化的态度。

中美过去 30 年生活变化指数上的巨大差距，并不代表发展中国家和发达国家之间的差距。1990 年以来，全世界大部分国家，以及这些国家的年轻人，都经历了跟美国水平相当的增长。比如说，1990 年出生的印度人经历的 GDP 增长是 5.7 倍，而同一年出生的巴西人经历的 GDP 增长则是 2.8 倍。即使放眼全球，中国也毫无疑问是一枝独秀，独领风骚。

如果你是 1990 年出生的中国男性或女性，想象一下这种变化在个人层面上的影响。你出生的中国距离中国改革开放不过十余年，你的父母都在一个农业社会和落后的经济体中长大，而在你的成长过程中，你的村庄变成了小镇，小镇又变成城市，后来又变成了大城市。你还记得你叔叔因为在工厂工作，买了一辆崭新自行车时得意的样子。要不就是，你离开了自己的小村庄，在那里，你的祖父母很可能比你矮了整整一头，因为他们长大的过程中都没吃过饱饭。你搬到了大城市，想找一份计算机编程的工作。在这座城市里，不断流动和扩张已经成为常态。中国千禧一代出生在一个人均 GDP 只有 300 美元的国家，大部分家庭都没有冰箱，家用电脑就更别提了。在 30 年间他们见证了一个世纪的变化，这为他们奠定了与世界上其他行动缓慢，有时还走得跌跌撞撞的同龄人截然不同的世界观。如今，他们的现代生活滚滚

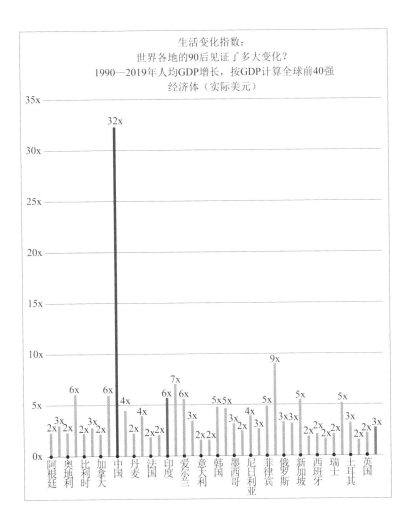

生活变化指数：
世界各地的90后见证了多大变化？
1990—2019年人均GDP增长，按GDP计算全球前40强
经济体（实际美元）

而来，与美国人并驾齐驱：互联网，手机，智能手机，社交媒体，手机银行，电动汽车，大数据，可再生能源，还有即将到来的基因治疗和太空私人旅行。

20 世纪 90 年代初是中国的一个拐点。出生在那个时代，就意味着你只能不由自主地在一个日新月异的时代中演进。90 年代中国剧变的帷幕真正拉开时，邓小平，这位中国现代经济的总设计师，用一句话总结了这个国家的改革开放：

摸着石头过河

外国人很喜欢这句话，因为这句话表达了中国政府对外国直接投资的务实态度，但是很少有人想到这句话向中国人民传达的信息。这是邓小平在用一种古典美的方式告诉这个国家："我们一边摸索一边前进。"这句话当中还暗含了一层意思：我们难免会跌倒，也准备好了要犯错误，在这些不确定因素出现的时候，我们也需要成功应对。对中国的十几亿人口来说，过去 30 年的快速变化带来了同样的信息：要么适者生存，要么大浪淘沙。

中国过去 30 年的心理环境的独特之处，在中国国内很难充分理解，因为人们已经习以为常。已故的戴维·福斯特·华莱士曾于 2005 年在凯尼恩学院的毕业演讲中讲了一个故事。故事里有三条鱼，一条大鱼，两条小鱼。大鱼游过小鱼身边时向它们点头致意，随后说道："早啊年轻人！你们这儿水怎么样？"两条小鱼又游了一会儿，其中一条才说道："见鬼，水是什么？"

在塑造我们的身份和我们的思考方式时，我们的环境有重要作用，但我们往往都习焉不察。对这整整一代人的人生来说，中国的生态系统在持续、快速变化，这变化有时让人着迷，有时又冷酷无情。

所以说到中国速度的时候，我可不是在说制造业的快速升级。制造业升级也挺牛的，在与日新月异的中国有关的讨论中，这个话题也有其分量。不过，我要说的是4亿多中国千禧一代身在其中的，从全球来看都毋庸置疑、绝对独一份的生态系统——一个按自己的步调前进、以直线速度增长演化的生态系统。那么下一个问题是，中国速度如何改变了中国年轻人看待世界的方式，中国年青一代与老一代又有什么不同？

但世界为什么要关心中国后浪？对地球村公民来说，答案很简单：影响力。中国千禧一代约有4亿人，是美国千禧一代（8 000万人）的5倍。根据联合国经济和社会事务部人口司的数据，中国年青一代比北美、欧洲和中东三个地方的年轻人加起来还要多。

但是，当世界说到中国时，我们关注的经常是过去：老成见、老政治、老传统、老一辈人。中国的年青一代正走向成熟，他们已经开始引领这个国家强大的经济和政治未来。中国年轻人已经开始影响甚至是定义了他们进入的所有市场，影响了美国人、欧洲人、非洲人以及他们本国同胞的生活。

除了影响力，定义中国年轻人的还有四个主要的"大局"变化。我相信其他方面会在未来几年变得更加突出，尤其是在创新方面。

首先，跟中国老一代相比，年青一代思想开放，也乐于接受外部世界。中国老一代是在一堵文化的高墙背后长大的。我朋友欢欢1990年出生于四川——跟我同年。他父母还记得他们还是孩子的时候，村里人经常会挤进他们邻居家破败的房子里，因为房子的土墙上钉着一份挂历。这 12 张图画（欧洲田野）是村里人对外面那个世界的唯一视角。对大部分人来说，西方已经蜕化为一系列响亮的口号，也是"文化大革命"的进军号角。他们接到指示："超英赶美！"

而中国年轻的千禧一代，是在观察外部世界的过程中长大的。他们是数字土著。欢欢和他的同龄人都上过十年左右的英语必修课，他是在看美剧、追赶西方时尚、关心西方政治的过程中长大的。我在中国的很多朋友都可以随口说出美剧《老爸老妈的浪漫史》中巴尼的台词，以及马丁·路德·金的名言。

他们也不只是从遥远的地方了解世界。中国年轻人正在越来越多地亲眼看到外面的世界，在这个过程中，他们也给全球旅游业带来了一波波振荡。在中国，持有护照的人中有三分之二不到 40 岁。尽管只有约 9% 的人拥有护照，中国还是代表了世界上最大的出境游市场，而这在很大程度上都是由千禧一代这些人推动的。中国持有护照的人每增加一个百分点，就会多出 1 400 万护照持有者。美国已经不再是世界上最有利可图的旅游市场，旅游业必须开始迎合中国。

中国年轻人的第二个决定性特征，是他们白手起家的故事。我有个朋友的父母来自贵州，他们告诉我，在"文化大革命"期间，他们为了不饿死，还吃过树皮。可资比较的是，同一时期，也就是 1969 年，我父母心里想的却是前往伍德斯托克，那里有以性、毒品和摇滚乐著称的音乐节。1990 年以来，美国的人均 GDP 增长到原来的 2.5 倍，这是质的跃升。但在同样的时间跨度里，欢欢看到自己国家的 GDP 增长了 30 多倍。中国的年轻人在他们的生命中见证了一系列有形的、个人的巨大变化——从乡村到城市，从自行车到小汽车，从板楼到高楼大厦，而这些变化必然也塑造了他们看待自己和世界的方式。

第三个特点是，4 亿人之众的"中国年轻人"在某种意义上也是由他们的人口学命运决定的。跟老一辈相比，千禧一代的人口相对较少。这么大的群体，怎么会被认为人数很少呢？ 1949 年，新中国成立伊始，中国每个家庭平均有五六个孩子，平均预期寿命据估计低至 36 岁。中国那时候的人口结构就像金字塔，底部是年轻人，很宽，顶上是老年人，很尖。中国传统的退休制度依赖于自己的孩子，也就是反哺模式，在兄弟姐妹众多可以帮助赡养年迈父母的情况下，相对来说是可持续的。不过，很多人还是等不到退休就去世了。

今天，中国面临的人口挑战可能会毁了年青一代的未来。金字塔正在倒转。财富增加已经转化为寿命延长，中国老年人的平均预期寿命已经达到 76 岁。但中国的计划生育政策意味着今天跟老人相比，年轻人的数量相对较少，往往会形成"四二一"家庭——一个孩子，两位父母，四位祖父母。

中国的经济制造业奇迹很大程度上要归功于人口结构，有很多人做了很多廉价的工作，加上任劳任怨的态度和多劳多得的新制度。中国这代年轻人是独生子女群体，他们不会也不可能给这个世界生产衬衫。这代年轻人，推动中国跨过中等收入陷阱的关键是创新。他们也知道，要么更有创业精神，创造更有价值的就业机会，要么就会在老龄化人口面前败下阵来。这一代崭露头角、坚毅果敢的企业家，将在世界舞台上与美国的创新者一较高下。像微信这样的已经拥有 10 亿用户的应用，技术上已经比美国提供的应用更加先进。不用退出微信，你就能使用脸书、Instagram（照片墙）、Skype（网络电话）、WhatsApp（网络信使）、Yelp（点评网站）、Venmo（支付应用）、ApplePay（苹果支付）、Groupon（团购应用）、优步、亚马逊等林林总总一大堆应用所具备的各种功能（还包括：干洗，转比特币，预订 KTV 房间，找代驾，等等），所有这些都在同一个超级应用里面。有些青年企业家——尤其是程序员——已经开始产生影响，比如 22 岁的勾英达就创立了一家电商公司"野农优品"，意在将农民和城市居民联系起来，由前者为后者提供绿色农产品，也让农民可以判断产品需求，优化作物产量。整体上看，O2O 模式（线上到线下）也许会促进中国农业产业的变革，并缩小日益加剧的城乡之间的分野。

没有能力照顾老人不仅会从经济危机转变成政治危机，还会造成精神危机。照顾父母，是中国人看重的"孝道"的题中应有之义。做父母的好孩子就等同于做一个"大写的好人"。这代年轻人渴望照顾父母但又几乎完全做不到，因此深受困扰。

很多人都说这群独生子女是"小皇帝"：受到太多关注，被宠坏了。但跟关注一起来的，还有几乎无法想象的压力——考上名牌大学，事业有成，结婚生子，最后能养活整个家庭。虽然确实有些人被宠坏了，但也有很多中国年轻人觉得自己被关注和期望压得透不过气来。中国年轻人花了更多时间上学，力图在竞争极其激烈的教育和就业市场上得到哪怕是一丝一毫的竞争优势。目前在美国留学的外国学生，三个当中就有一个来自中国，而且绝大部分都是自己全额支付学费。短期内，美国大学的业务会因为中国千禧一代得到巨大提升，但长远来看，这些受到良好教育的学生会回到自己的国家，寻找更好的发展机会。

第四个特点是，他们为自己是一个中国人而自豪。中国千禧一代见证了他们的国家以人类历史上未曾经见的速度和规模摆脱了贫困。1990年，中国的教育系统开始关注中国的历史成就。这种新的教育方式，再加上这个国家近些年的异军突起，给了他们很多自豪的理由。

他们强烈的自我意识，对以前"现代化"就等于"西化"的观念带来了冲击。有趣的是，跟西方大国的互动越来越多，反而让他们当中的很多人不再那么迷恋西方的社会格调。

他们认为自己的政府很有效率，虽然也有缺陷。对西方了解得多了，越来越多的人开始相信，所有政府都有缺陷，而不只是他们的政府——至少，他们的政府能把事儿办了。

这代年轻人渴望"自由"。千禧一代把这个词文在胳膊上，写进音乐中。但是，他们期待的自由并不像大部分西方人所期待的那样是从政府的压迫和束缚中解放，很多人都是在寻求从传统期望——到了一定年龄就得结婚，要买了房才能算是"合格"的单身汉，对"成功"的定义也只围着物质上的收获打转——的压迫和束缚中解脱出来。

现在的年青一代被夹在两座大山中间，一边是父母从传统观念出发对他们的殷切期待，另一边是现代化、城市化进程带来的压力。比如说，女孩子会听到别人说，她们得花更多时间追求更高的学历才能出人头地，但要是婚结得晚，或是压根儿不结婚，就会被称作"剩女"。男孩子会听到别人说，要赡养父母，要给他们生个孙子，但是在"有资格结婚"之前他们得先买套房，所以到头来成了从父母和祖父母那里举债，而不是赡养他们。他们身上的标签是"啃老族"。

在中国现代历史上，这代年轻人是第一代大体上不用考虑"我们家今天吃什么"这种生存问题的人。实际上，他们这代人在问的是："我对自己有什么需求？我的家人呢？我的祖国呢？"马斯洛的需求层次，在他们这里从生存问题提升到了自我问题。这也是为什么我会叫他们"躁动的一代"——定义当代的身份认同绝非易事。

中国年轻人是有强烈个性的一代，他们也是第一代能够决定中国人在现代世界中意味着什么的人。这是一项艰巨的任务。

我最早开始为写作本书找材料的时候，中国互联网上一度有一句非常流行的话，就是"屁股决定脑袋"。这句话的意思是，你坐在什么地方，每天都有什么人围着你，你对自己周围环境和人、事的看法，你成长过程中听到过的各种唠叨，都会决定你的世界观，对你的影响会比你自己愿意承认的大得多。

通过本书，我希望帮助外面的世界看清楚，从中国内部看这个世界会是什么样子，也希望让中国人了解一个外国人的看法，因为这个人努力尝试深入了解这个地方和这里的人民，这里已经是他的第二故乡。

第一章
偷器官的妓女

中国与世界之间的高墙：神话、语言及其他

中国与世界之间的高墙：
神话、语言及其他

90后

——名词。中国人用于称呼20世纪90年代出生的人。有时也称为"网络族""自我族"，或因其不能吃苦而称之为"草莓族"。

一

我的中国教父菲利普①听说我打算坐火车去深圳之后，给我写了一张纸条。这不是他第一次给我写小纸条了。我们第一次见面之后，

---

① 菲利普的本名不叫菲利普。很多香港人和越来越多的内地人会给自己取英文名，他也是这样。他对我说："这样跟外国人打交道更方便。"他所说的外国人中，就有一个是我的教父杰米。我准备去香港上学时，杰米找到菲利普，请他帮忙照顾我。他对中国教父这个角色非常认真。

他就写了张纸条告诉我，把我的生日标在日历上了。几周后，他又写来纸条提醒我打流感疫苗。不久他又给我写了一张，这回是建议我认真考虑将小白菜作为我的学生膳食中维生素补充的来源。有一回他还给我写过一张很漂亮的纸条，说如果我能见见他孙子，会让他深感荣幸。

但眼下这张是对我去深圳——那个与香港隔河相望的大都市的警告，我跟他讲过今天晚些时候我打算一个人去深圳看看。菲利普提醒我注意三件事情。头两件是小偷和假货，这两件事可能会在我返回香港时给我带来麻烦。第三件是：

> 绝对不要招惹大街上的妓女。不仅会有染病、被抢劫的风险，
> 她们还很可能会偷走你的器官。

我最后能来香港留学多少有些侥幸。哥伦比亚大学对语言能力有严格的要求，这决定了学生能去哪些国家学习。从语言学角度讲，中国香港为我提供了机会。我大学一年级学过一学期普通话，因此我有资格申请香港大学，尽管那时我还从来没去过亚洲。虽然我的普通话学得一团糟——在这门课上我花的时间比其他所有课都多，但成绩仍然是我大学所有功课中最差的——但我还是想去那里看看，因为人人都跟我说，未来正在那里发生。

但到香港没几个星期，我就开始觉得这里有点儿像中国其他地方的展览室，一览无遗，令人大失所望。在 1997 年正式回归中国之前，香港有一个多世纪曾受英国的殖民。那里的人说英语，很多人都为自

己的西化而自豪。在我去香港之前，人人都说世界的未来在中国。

深圳与香港只隔着一条河。这座城市以前只是一些小渔村，3万人生活在珠江三角洲的入海口。20世纪50年代至70时代，这个地区作为社会主义中国内地和资本主义香港之间的缓冲区，有意保持了不发达状态。20世纪60年代，菲利普一家冒着生命危险偷越边境进入香港新界，在这个被称为"东方之珠"的地方为自己打造了更美好的生活。那时菲利普还是个孩子。

1978年，中国向世界，也向世界上的资金敞开了大门。我在香港大学的经济学教授是这么说的："深圳经济特区成了中国所有经济实验的试验田。这些实验大部分都成功了。"深圳人口剧增至1 200万，是数十年前的400倍。这里从一个蛮荒之地变身为中国排名第四、世界排名第23位的城市经济体，赢得了"不夜城"的美名。有个段子说深圳大学没有历史系，因为这个城市只会向前看。尽管我对菲利普非常敬重，但我并没有被吓倒，不会因为他的警告就不去参观这座繁荣都市。

香港到深圳的火车看着特别像地铁——塑料座椅，金属扶手。西装革履的人们每天都通过口岸上下班。坐在我旁边的人带了两大盒牛奶，放在他腿上的一个袋子里。他告诉我，因为内地的牛奶有毒，人们会高价购买香港的奶制品。坐在我对面的妇人叫她的孩子别盯着我看。我挥了挥手，那个女孩笑起来。一个小时过去了。

抵达深圳后，外国人、内地人和香港人分别排队出关，而香港人进内地仍然需要护照。我盖章通过，被人流卷入每年有800万人过境的深圳罗湖火车站。

刚走出海关大门，我就被扑面而来的嘈杂声淹没了。推销人员冲向出站的旅客，兜售着各色商品，从水果到西装，从国际航运物流查询到按平方米计算的厂房面积。几个专业的奶粉"倒爷"马上包围了刚才坐在我旁边的人，不一会儿，他冲出包围圈，手里攥着几张钞票。翻江倒海的生活让人眼花缭乱。我看到英文标牌，也试着用英语问路，但跟在香港不一样，这里没有人说英语。我想给我订的旅馆打电话，但我的手机在内地不能用。我想买瓶可乐，好坐下来理理清楚下一步该干什么，但在一番似乎很有希望的你来我往之后，我拿到的是一盒20包的快餐纸巾。

最糟糕的是，我没法忘掉菲利普的警告。我开始相信，那些频繁在我面前闪现的人——那位提着一大柳条篮橘子的女子，那些招手示意我上后座的出租车司机，那些招呼我去她们的表店里看看的中年妇人——都是乔装打扮的娼妓，串通好了要偷我的器官。

我在火车站外面的广场上坐了一个小时，才下定决心不回去。有个同班同学用中文帮我写了旅馆地址，我把这张字条递给一个出租车司机。字是繁体的，而不是内地习用的简体字，他读得很费劲。在问过另外几个司机之后，他说："很好！"示意我上车。每次我问他问题，他都只重复"很好"，这让我开始担心。上车半小时后，我做了一番演算：以这个速度，我要是在高速路上跳车，最多也就是摔折一条胳膊。胳膊折了能长好，肾可不会长回来。

三小时后，我在城市边缘的一座艺术家大院里，和三个学生同桌而坐：两名男生，一名女生，均来自深圳大学。我到了一个艺术区，毫发无伤。这里很新潮、很现代，风格是布鲁克林和首尔的结合体。我独自在一家餐馆用餐时，这几名学生注意到了我，并邀请我跟他们一块儿吃。他们穿着收腰短夹克、厚呢短大衣、紧身牛仔裤。其中一名男生帽子朝后戴着，手腕上还有道文身，写着"自由"。另一名男生和那名女生是一对情侣，坐得很近，女的手放在男的胳膊上，男的手放在女的膝盖上。

我们的交流很困难。他们每用英语问出一个问题之前，都会花上好几分钟彼此交换意见。除了"我不要"之外，我没说出什么有意义的中文。我们说得不多，只是简单聊了聊电影，大部分时间都在安安静静地吃饭，这种安静出奇地让人开心。他们一直扮演着主人的角色，把最好的食物夹到我盘子里，以此代替谈话。吃完饭，他们坚持要请客。一名学生以外交官一般的庄重语气告诉我："你是我们国家的客人。"我们面带微笑，挥手道别，各奔前程。就这样。没有小偷，没有骗子，也没有妓女。离开深圳时，我敢肯定中国不像别人跟我描述的那样，但我也感觉自己没有能力理解其中的差别。

2011 年上半年在香港大学期间，我去了几次内地，尽可能深入中国。我跟一个机器人团队去了深圳的计算机中心，看到 14 岁的孩子坐在堆满主板和电路的折叠桌前，几分钟时间就能拆卸一台计算机，动作娴熟，让人惊叹。我在网吧里走来走去，看到一排排十几二十几岁的年轻人，不断地在另一种现实中点击、点击、点击，一连好几个小时一言不发。我以"质量控制专家"的身份参观了电子烟工厂（我朋友有位表亲在英国卖电子烟，曾经邀请我们穿上西装去参观他的供应商），还参加了由二十来岁渴望改变世界的年轻人举办的创业大会。没有别人在场的时候他们会聊些什么？在深圳这样的城市长大对他们会有什么影响？我的这些同龄人的梦想是什么？

　　我与中国的接触越来越多，但对中国的理解并没有更深入，反而产生了更多疑惑。很明显，我亲身感受的这个中国，不是别人告诉过我的那个中国。真正的中国似乎躲在一堵高墙后面，我只能看到它的影子，扑朔迷离。长城、上海的天际线、苏州蜿蜒的运河，乃至深圳的罗湖火车站，所有这些地方我都感觉自己好像是在看中国的明信片，很迷人，但也薄如纸。中国既很传统，也很现代。中国最与众不同的特点，是与世隔绝。长城在用来击退敌人时无论多么低效，都是中国对外态度的贴切比喻：拒之门外。

　　回美国后，我发现中国内地在美国的名声比在香港还差。我要是问别人："你对中国人有什么了解？"我会听到一些头条新闻，把中国人描述成开着玛莎拉蒂、吃着狗肉的人，住在空空荡荡、人烟稀少的城市里，但在挤地铁的时候也需要有人从背后推一把才能挤进去。他们是一贫如洗的童工，但他们中买凯特·丝蓓、迈克·蔻斯①牌子衣服的人比世界上别的地方的人都多。这些自相矛盾的观点跟菲利普给我的关于深圳的警告如出一辙，但我不知道怎样才能纠正美国人的错误认识。我下定决心，要回到中国，深入发掘中国的奥秘。

---

① 两人均为美国著名时装设计师，并创立了相应品牌。——译者注

2012 年大学毕业后，我带着一个旅馆地址和一个语言项目的电话号码，离开纽约前往中国。我不会说汉语，不认识任何人，也没有工作。我的计划是，努力穿过这堵高墙。

二

2008 年，中国向世界展示了自己的新形象。很多人都是第一次看到功夫片、中餐馆和《国家地理杂志》特辑之外的中国。2008 年北京奥运会代表着中国作为现代国家登场亮相。开幕式的开头是 2008 名中国鼓手在体育场内列队。奥运会主体育场设计得像一个巨大的鸟巢，是世界上最让人叹为观止的体育场。所有人都穿着一模一样的银色丝绸套装，每个人面前都是一模一样、装饰华美的华夏古老乐器——缶。悬空的摄像机晃过一排排鼓手，扫过整齐的线条。鼓手开始擂响复杂的节奏，整齐划一。整个人群进退如同一人，这场面既完美又震撼。

这是北京奥运会开幕式的第一幕。考虑到规模、技术、协调性和舞台的复杂程度——有 58 名演员同时在几层楼高的空中水平奔跑，反抗着地心引力——很多外国记者和专家都承认，这很可能是人类历史上最宏伟的表演。这样一种完美同步的景象，让全球无数人为之震撼，他们仍然认为，中国是一个在统一、同质化、精心编排中走向未来的国家。

开幕式表达了一种中国理想：个人服从于集体。这样的展示很少有主角，也不会有英雄人物。毋宁说，美蕴藏于所有演员的和谐一致中，英雄就是整体的均衡。中国告诉世界："这是我们的新国家，一个均衡、统一的国家，所有人步调一致，走向未来。"

然而现实与此不同。一个世纪以前，孙中山曾将这个国家描述为**一盘散沙**①。在中华人民共和国成立后，中外历史学家都认为，毛泽东努力将孙中山眼中的一盘散沙变成了一个坚强统一的国家，这是他最伟大的成就。

今日中国仍然"支离破碎"。95% 以上的人口居住在 2/5 的国土上；②中国的亿万富翁超过 600 人，是世界上贫富差距最大的国家之一；[1] 东部沿海城市以及珠江三角洲附近的大都市以深圳为龙头飞速发展，中西部地区则亦步亦趋，奋力追赶；不同的方言仍然阻碍着中国不同地区人民的交流，尤其是在老一辈人中间。

中国约有 4 亿人出生于 1984—2002 年，我们称之为"千禧一代"，但中国人不这么叫。中国人以年代为划分标准——50 后（出生于 1950—1959 年之间的人）、60 后，以此类推。[2]

这种寻常标签毫无特色，从中完全看不出这几代人截然不同的人生经历。50 后在中华人民共和国成立后刚刚一年就开始登场，因此这是中国作为现代民族国家出生的第一代人。那一代人的尾巴和第一拨 60 后面对的则是一个极度贫乏的世界：1958—1961 年，中国的"大跃

---

① 孙中山《建国方略·民权初步·序》中说："中国四万万之众，等于一盘散沙，此岂天生然耶？实异族之专制有以致之也。"——译者注

② 这条将中国一分为二的直线由地理学家胡焕庸于 1935 年提出，最知名的名称是"胡焕庸线"（又名"黑河—腾冲线"），从黑龙江省黑河市一直延伸到云南省腾冲市，成一条对角线。黑龙江是中国最北冰冻地带的近海省份，与俄罗斯南部接壤；云南省则位于中国西南端，与越南、老挝和缅甸接壤。

进"导致数千万人死于饥饿。60 年代继续前行,中国现代化的努力失败了,毛泽东带领中国一头扎进"文化大革命"。这场文化运动既反对知识,也反对现代、反对历史,中国很多传统和历史典籍,很多建筑瑰宝,以及这代人最精华的思想,都在"文革"中白白流失了。

接下来是现代中国发展历程中的重要转折。第一批 80 后出生时,正是中国历史上极为"激进"的时刻:1978 年,中国打开国门,邀请外国直接投资,推动了中国制造业的繁荣。随后,中国启动了独生子女政策,规定一对夫妇只能生育一个孩子,以此限制中国人口激增。

然后是 90 后。1989 年春夏之交的政治风波后,中国政府感受到国家认同危机,于是改变国家教育体制,为这代人重新定义中国的身份认同;强调中国作为国家和文化的历史地位,认为中国在近代衰落的原因是内部积贫积弱、外部侵略压迫。1992 年,中国改革开放的总设计师邓小平在深圳种下一棵树,代表了他对这个地区欣欣向荣的期待。

经过 15 年的发展,深圳这个小渔村变成了拥有数百万人口的制造业巨城,而中国这个贫穷、落后的国家,也变成了准备登上世界舞台的现代化强国。在中国看来,2008 年北京奥运会就是中国作为现代化强国的首次正式亮相。2011 年,中国已经有超过一半的人口居住在城市中。2015 年,全国一半以上的 GDP 来自服务业,而非制造业。[3]

这样的代际命名系统并不完美,但中国就是这么理解自身的,这也是各代中国人区别如此之大的原因。我在本书中写到的年轻人都出生在这么一个雄心勃勃、踌躇满志的国家,90 后和 00 后如今已经成为全世界中产阶层的一部分，也是第一代不那么专注于生存需求而更多关注精神需求尤其是"我们想成为什么样的人"的现代中国人。他们这代人，将定义在现代世界中身为中国人意味着什么。

三

跟我的中国教父一样，我在中国的上一个室友也取了个英文名字——汤姆。汤姆生于1993年，比我小3岁。我们的成长环境极为不同。那时候，中国正处于另一场不同类型的变革中，这次是跟冷藏有关。中国有11亿人口，但只有3 000万台冰箱。[4] 汤姆并不属于享有特权的少数人。汤姆的妈妈告诉我，他们家很普通，不是有钱人家。汤姆生在城里，但他那一代人四分之三都生在乡下。[5] 就在同一年，中国第一家麦当劳在深圳开张，与汤姆在四川省的老家相隔十万八千里。有个在深圳打工的叔叔去麦当劳吃了一餐，回老家跟家里人讲起这顿饭时，说巨无霸的味道"一言难尽"。

汤姆家很穷，跟世界上大部分人比都要穷得多：当时中国的人均年收入约为375美元，比布基纳法索、卢旺达和莱索托都要低，只略高于印度，跟美国的近23 000美元比起来，更是有天壤之别。中国和印度这两个亚洲巨人，一个社会主义，一个西式民主政体，经常被拿来互相比较。在去深圳植树时，邓小平指出："贫穷不是社会主义。""致富光荣。"[6] 对汤姆的父母和祖父母来说这是个信号，意味着经营私人企业不再是违法的事情了。邓小平的讲话听起来是个指示，汤姆的家人开始努力向上层流动。他的祖父母和老师除了说四川话，也开始努力学习普通话。他有位堂姐在全市英语考试中考了前五名，于是去了上海，想在外企找份工作。她成了老家人街谈巷议的话题。

外面世界的思想很少能来到这里。家庭电视很少见，也没有互联网（1996 年，美国有 2 000 万成年人联上了互联网）。[7] 汤姆依稀记得他 3 岁那年，村民们都聚在一个公共大厅里，观看中国代表队在 1996 年亚特兰大奥运会上的比赛转播，那是他第一次看到来自美国的实况转播。他的父母满心敬畏地看着，对他说："娃，你看，这是地球上最伟大的国家。"汤姆小时候，这个国家尽管有 550 万辆汽车，但他认识的任何人都与汽车无缘。自行车挤满了城里的大街小巷，几乎都是同一个品牌和型号——无处不在的飞鸽自行车。几乎人人都瘦骨嶙峋。拿到签证出国旅游几乎不可能，大部分国外的大使馆认为，中国家庭但凡有可能，都会试图非法移民。汤姆家根本负担不起旅游的花销。汤姆 5 岁时，有一次，在附近一座城市的第一家肯德基店排了 3 小时的队吃炸鸡，那是他头一回吃西餐。土豆泥的口感非常好——不像豆腐，也不像粥，用的是黄油，润滑爽口。那也是他头一回吃黄油，之后拉了好几天肚子。

汤姆知道，西方国家曾经称中国为"东亚病夫"。他从历史课本里读到中国的"百年国耻"（1839—1949）。中国曾经是世界上最强大、最富有的帝国，但在清政府手中变得凋敝不堪。在中国最虚弱的时候，西方殖民列强乘虚而入，共同瓜分了中国的主要城市，把它们当成茶叶、丝绸的贸易口岸，用非法的鸦片贸易毒害中国人民，让中国人在自己的土地上低人一等，抬不起头。他还读到，1931—1945 年，日本这个蕞尔岛国侵占了中国，百般蹂躏。日本人奸淫中国妇女，拿中国农民做生物武器实验。但当时的中国过于弱小，无力阻止他们。[8]

快进到汤姆的高中时代。跟汤姆小时候相比，中国的人均 GDP 水平已经增长了 10 倍。而跟相邻的印度相比，中国的人均财富是它的 3 倍。汤姆家天天下得起馆子。现在的中国年轻人，吃的猪肉是他们小时候的 3 倍。跟汤姆的祖父母十来岁时相比，年轻人的卡路里摄入量翻了一番。这解释了祖父母们为何那么矮小，营养不良让他没法长高；也是为什么汤姆的学校在体育课上会警告他们注意肥胖。[9]15 岁时，看到祖国在北京奥运会上斩获 51 枚金牌，比美国多了足足 15 枚，汤姆满心高兴。他的父母无法相信。汤姆想，为什么不信呢？

10 年后，中国成了每一次全球对话的中心。汤姆和朋友们看到，中国经济嘎吱作响时，全世界都在呻吟。尽管全球化的叙事令人振奋，国家竞争也让他们全神贯注，但有一个残酷的现实摆在汤姆面前：他大学毕业那年，全国有 750 万大学毕业生，中国如今已成为世界上大学生最多的国家；如果汤姆想找份好工作，就得继续攻读更高的学位。

在他 20 多年的生命中，汤姆见证了自己的祖国从一贫如洗变为全球强国。中国游客构成了世界上最大的出境旅游市场，所有国家都想从中国的旅游业中分一杯羹。[10]南非改变自己的签证政策，令中国人更难入境时，南非旅游业群起抗议，[11]他们想做中国人的生意。中国把学生大批送往国外，国外的大学也张开双臂，热烈欢迎。汤姆的同学给他发来在英国的教室里上课的照片，有张照片上是一位教授的报告："中国：经济奇迹"。不过，他的朋友们仍然认为，西方人对中国持怀疑态度。中国已经成为世界上最大的汽车市场，有钱人也足够多，马上会成为世界上最大的豪华汽车市场。[12]中国也即将成为世界上最大的电影市场，因此，中国人不再需要忍受把他们刻画得苦大仇深的电影，也不用再忍受说着蹩脚英文的主演。[13]好莱坞制作的很多电影突然开始在上海取景，或是启用中国演员。汤姆和他那一代人看待自己的方式，以及这个世界对他们的看法，都在不断变化。

老一辈中国人仍然认为中国赶不上美国和很多西方强国，因此觉得中国能跻身二十国集团（G20）之列简直不可想象：这可是20个最大经济体的政府领导人和央行行长组成的国际论坛。今天，全世界都在关注中国和美国两大强国之间的关系，对老一辈中国人来说这完全无法想象。但在汤姆看来，中国入选G20完全是顺理成章。2014年，中国的科技和电商巨头阿里巴巴在纽约证券交易所IPO（首次公开募股），成为该交易所史上最大赢家。这时中国的人均GDP已经是汤姆小时候的20倍，是印度的6倍。

中国年轻人视自己的国家为现代版的灰姑娘，这个说法在中国的教育体系中得到了强化。在许多人看来，这堪称评书中最伟大的东山再起的故事。人人都在诉说这位斗士不可能做到的伟大而真实的叙事——因为太弱小、人口太多、太老旧、太慢、太过时、太孱弱、太落后，所以被欺辱、被殴打、被摧毁；但如今，历尽艰难险阻，克服重重障碍，中国已经崛起，成为世界强国。

四

所有中国学生很早就会背诵这一句古诗："书山有路勤为径，学海无涯苦作舟。"

对那些努力走近中国、走近中国人民、走近中国语言的人来说，这句话也同样适用。单凭听人说中文就能分辨出这个人有多勤奋，在知识的高峰上艰难前行了多远。外国人可以靠翻译来了解一个国家的经济和政治情况，但如果不了解他们的语言，就不可能真正认识一个人、一个民族。

汤姆这代人在成长过程中学了大概有 10 年英文——中国有 3 亿人会说英文，而美国会说中文的只有 100 万人。他们这代人从小看着西方电影、电视节目长大，读西方的书，关注西方名人，也追西方的体育明星。汤姆最喜欢的电影是《黑客帝国》，还会引用美剧《老爸老妈的浪漫史》中巴尼的台词。他上不了脸书，但在中国用微信的人比整个欧盟的人口都多。尽管汤姆相信，他对世界的看法比世界对中国的看法要准确得多。

其中差异的核心在于语言。世界对中国缺乏了解，很大程度上是因为古代中国决定在本国及其文化周围建起真正的以及比喻意义上的高墙造成的。在中国刚开始与其他国家打交道时，中国人教外国人中文是违法的，胆敢违犯的话，甚至可能被判处死刑。[①]

---

① 明清政府制定这条法律，部分原因是为了防止传教士蛊惑中国人改变信仰。

中国文化的基因植根在语言中。20 世纪的头 20 年，中国有一群人想要推倒中国文化的支柱，尤其是儒家文化。他们认为正是儒家文化阻碍了中国的现代化，主张废除中文。时为北京大学文学教授的钱玄同，就曾于 1918 年建议："欲废孔学，不可不先废汉文。"[①][14] 钱玄同和其他一些学者提出要消灭中文，还有人主张采用世界语，但由于无法将语言和文化分割开来，他们失败了。今天，中国的官方语言是汉语普通话，美国联邦调查局将其列为以英语为母语的人最难学会的五种语言之一。

2012 年我到中国时，第一个目标是学会中文。我远远算不上是语言学家，我在不同时期尝试过学习拉丁文和法语，但都学得一塌糊涂。因此我花了不少时间，研究"习得"一门语言的最佳方法。抵达中国之后，我把自己完全置于一个中文语境中：修改了手机和计算机的语言设置，用中文跟女孩约会——结果尴尬万分，无果而终。我下载了一个基于间隔重复系统[②]的抽认卡应用 Anki，然后是 Pleco（这个手机应用堪称无价之宝，我现在还每天都用），再往后开始制作完整句子的抽认卡。

我的进步可以分为几个阶段。有一天，30 岁的女房东表扬了我的

---

① 原始出处为钱玄同致陈独秀的书信，发表于 1918 年《新青年》第四卷第四号，题为《中国今后之文字问题》。——译者注

② 间隔重复系统（SRS）是一种辅助学习工具，在你遗忘之前将学习内容呈现在你面前。根据以往的表现，SRS 可以管理所选内容出现的时间和频率。例如，我已经正确认出"我"这个汉字的抽认卡多次，因此我的 SRS 知道我近期不用再看这个抽认卡了。但是，"核威慑"这个词会频繁出现，因为我尚未掌握。如果掌握了数千条输入条目，SRS 就能判定你需要学什么，因此你只需要坐下来好好学习就行了。

进步，她说："你说话真可爱！"那天下午我在一家咖啡店里，问一名当服务员的大学生今天过得怎么样。她的反应？"哇！你说中文太可爱了！"过了几天，我把"杯子"说成了"辈子"之后，一位中国同事拍了拍我的背，说："你的中文真的进步好大！你说话太可爱了！"

上次有人说我可爱的时候，我还乳臭未干。我跟邻居讲起这些，他大笑着说："哦，那是因为你说起话来像个小宝宝。"

我想努力缩小我的中国气质和美国气质之间的差距，因此，学习对我来说更加紧迫了。邻居的话提醒了我，让我意识到我的中国朋友跟我说英文时，同样也很难表现出真实的自我。

我的进步来自点滴积累。刚开始，我的目标只是分清房东的话到底从哪里开始，到哪里结束。接下来我希望能跟售货员讲清楚我床铺的尺寸，好买到合适的床单。一个月后，我的目标是描述出我想付的公寓房租和我想住的地方：不贵，靠近苏州著名的运河。然后我开始旅行，途中认识了一位中国年轻人——郭[①]。

我跟郭是在一趟南行的夜间火车上认识的。他19岁，来苏州旅游后返回自己的大学。中国的卧铺车厢有6个铺位的隔断，郭和朋友们睡在我对面的三个铺位上。他们好奇地盯着我看，我们这节车厢里没有第二个外国人。终于，郭用结结巴巴的英文问道："你会说中文吗？"

中国的铁路线遍布全国，铁轨总长度超过8万公里，其中两万公

---

① 除少数有据可考的名人外，书中写到的中国人姓名均为音译、昵称或化名，以下不再具体说明。
  ——译者注

里以上可以跑动车，也就是说，中国的高铁里程比全球其他国家的总和还要多。[15] 坐火车几乎可以抵达这个国家的任何地方，在中国的第一年，我也确实那么干了。我认识到我在任何地方都能学中文，因此我会干一两个月的活儿，在夜校教英语，或是给想留学的中国学生辅导美国大学入学考试，然后休息一段时间，在广袤的国土上旅行数星期，直到钱包见底。然后我会回来继续干活儿，开启下一个循环。这一年，我在大巴和火车上度过了200多个小时。

时光流逝中，跟我聊得最多的是年轻人。我们彼此吸引，就好像透过中国高墙上的一个孔隙向里窥视时，发现也有人在孔隙那边往外看。

夜间火车隆隆作响，我们的交谈也像这火车的声音一样断断续续。人们走到车厢一头的热水龙头这里泡方便面或是给茶杯续满水，也在我们这里逗留、倾听。父母和孩子从铺位上探出脑袋，看看这场热闹到底是怎么回事。我的下铺是15岁的高中生小李，他用中文说："他觉得听外国人说我们的语言很有意思。"

人人都有关于美国的问题。郭问："是不是你们每个人都只吃面包和汉堡包？"十几双眼睛盯着我，看着我的反应。

我的第一反应是：绝对不是，美国食品可复杂得很！我们是个文化大熔炉，我们丰富多彩的饮食也证明了这一点。

仔细琢磨了一阵之后，我回答道："是吧，我觉得是有点儿。"很难完全否认，但要用我磕磕巴巴的中文好好解释一番也是不可能的。我补充道："还有比萨。"

他们互相看了看，笑着点点头。跟他们想的一样。

"你在加州见过很多电影明星吗?"

"没有,"我回答道,"我家那边一个电影明星都没有。"

郭上铺的兄弟加入了谈话:"不是啊,真的有。大部分电影明星都住在好莱坞,好莱坞就在加州呀。""好莱坞"这个词他是用英文说的,让我眼前一亮。

我解释说我来自北加,不是南加。我勉强说道:"从我家到好莱坞要开 6 个小时的车。"他们看起来好生失望。

中铺那位仁兄马上眼睛发亮,问道:"你家离加州旅馆近吗?"

人群静待着我的回答,我却迟疑了。要如何才能解释清楚,老鹰乐队 1976 年火爆一时的金曲压根儿跟旅馆没关系,歌曲表达的是洛杉矶的浮华与奢靡中的精神空虚呢?

"也许吧?我也不知道。我不知道那首歌里唱的旅馆在哪。说不定压根儿不存在。"

郭看起来很怀疑。在中国,《加州旅馆》已经是大众 K 歌的热门歌曲,我怎么会不知道那个旅馆在哪儿?

"是不是所有人家里都有**手枪**?"这个问题来自站在郭后面的一个人。所有人都睁大了眼睛,满怀期待地欠了欠身子。我使劲儿咽了口唾沫。

"不好意思,什么?"

小李笑了,转了转眼珠子。

"手枪。"郭重复道,点头鼓励我。他拉起我的手,把我的手指摊开,在我手掌上写下第一个字:手。这个字我认识。我举起手,郭兴高采烈地点点头，继续写。第二个字要复杂多了：枪。我完全认不出来。

坐在妈妈腿上的一个小孩子举起自己的小拳头，伸出食指喊道："砰！砰！砰！"每发出一个声音，他的手都后退一下。

我终于明白了。在中国，只有猎人允许持枪；直到最近，警察才允许配枪。认为任何人都可以持枪的想法，对我的朋友来说太不切实际、太难以想象了，但他们从美国的动作电影上看到的就是这样。对中国的新闻机构来说，关于美国枪支暴力的报道就如同中国的狗肉节对西方新闻机构的含义，是罔顾事实的异国情调。

"我们在新闻里见过，人们总是在自相残杀！"郭摇着头说，"你们美国人真是疯了。"人群摇着头表示同意，慢慢散去，回到各自的铺位。

几乎所有中国人都通过媒体了解美国，而且囫囵吞枣、照单全收。因此，绝大部分中国人眼里的美国人，是爱吃汉堡的大胖子，腰里别着枪，哼着流行的曲调。

五

西方人学中文时，声调尤其难学。用音调高低的变化来改变一个字最基本的含义——不是说从陈述句变成疑问句，而是从"马"变成"妈"——这样的概念对罗曼语族①来说闻所未闻。赵元任（1892—1982）写过一篇著名短文《施氏食狮史》，生动说明了这一困难。以下

---

① 罗曼语族又称拉丁语族，属于印欧语系。——编者注

是文章片段：

> 石室诗士施氏，嗜狮，誓食十狮。
>
> 氏时时适市视狮。
>
> 十时，适十狮适市。
>
> 是时，适施氏适市。
>
> 氏视是十狮，恃矢势，使是十狮逝世。

这篇杰作题为 Shi shi shi shi shi，倒真是恰如其分。全文共 92 字，所有字都读作 shi。给 shi 加上不同声调之后，无法区分的 Shi shi shi shi shi 就变成了可以理解的 **"施氏食狮史"**。对学说普通话的西方人来说，真正的挑战可以归结为如何从一连串 shi 中间，让一个吃狮子的诗人跃然纸上。

把声调说错会让普通话变得晦涩难懂。我有个来自哥斯达黎加的朋友，名叫乔纳森，住在中国。有一次他走进一家便利店，想买只纱布口罩。那是在滴水成冰的哈尔滨，那天空气很糟糕，气温呢，零下 30 摄氏度，让空气更显污浊。乔纳森自己也承认，他的中文很糟糕。他觉得他是在问店主要口罩，但说的是不带声调的中文。店主的脸变得苍白，睁大眼睛在乔纳森脸上寻找隐藏的含义。我这位朋友急切地点着头，指着自己的嘴，重复了一遍请求。

这就够了。店主从柜台后面冲出来，把乔纳森赶出店外，在他身后砰的一声关上店门。店主的反应可以理解。乔纳森刚才要的不是口罩，而是一种特定的性服务。

说中文很难，写中文更难。亚洲协会估计，要会三四千个汉字才算具备完整的中文读写能力，母语读写则要求熟悉一万字以上。[16] 然后这些各不相同的字符，就可以组合为成千上万个词汇。

如果你认识 26 个英文字母，知道每个字母代表哪个或哪几个英文发音，那你就差不多会读英语中的所有单词了。但在中文中，如果这个字你不认识，就不可能从纸面上大声朗读出来。中文是表意文字，每个字符都代表一个词，或是有内在含义。"戴"这个字读作 dài，是我中文的姓，但它不只是一个发音，它还有"尊敬""爱戴"的意思。

在美国，人们常常会问我说普通话还是粤语。中国实际上有五种主要的方言，普通话和粤语就是其中两种。[①] 从 1849 年开始直到 20 世纪末，几乎所有从中国到美国的移民都会说粤语，也就是两广地区的人说的方言。还有的移民甚至来自深圳。19 世纪 40 年代，他们住在靠近香港维多利亚港的地方。中国的这个地区常遭洪水蹂躏，自然灾害迫使第一批移民离开这里前往美国投身淘金热，也让留下来的农民对肇始于 1850 年的太平天国起义嬴粮景从。14 年后太平天国覆亡，东南半壁满目疮痍，两千万人死于非命。幸存者能离开的都离开了。因此，海外华裔中，说粤语的人比例非常高。在中国，说普通话的人

---

① 中国方言如何分区，语言学界并无定论，此处称有五种主要方言，是其中一种划分方法。内地学界最为常见的是划分为 7 个方言区，也有调整为 8 个、9 个方言区的说法。参见北京大学中文系现代汉语教研室编《现代汉语》（重排本），商务印书馆，2006 年，5~8 页。——译者注

数是说粤语的人数的 13 倍，而且大部分说粤语的人现在也都会说普通话。[17]

中国 90 后是第一代明显以普通话为主导的人，很大程度上这要归功于电视、互联网和教育。但是，全国仍然只有 70% 的人说普通话，还有 4 亿人，主要是老人，只能跟本地区说同一方言的人交流。

1956 年，中国内地从繁体字转为简体字，但港澳台地区仍然使用繁体字。如果内地的香港餐馆的菜单用繁体字，我的一些中国朋友会认不全。

六

如果不懂中文，就不可能了解中国；但就算懂得了这门语言，也不意味着你就能自动理解中国了。

我第一个真正的中国朋友是欢欢。我们志趣相投，有同样的好奇心，也都喜欢用中文打趣。在我认识他之前，我跟中国人的友谊大部分都基于我们之间的不同之处。我在中国第一年碰到的那些年轻人，对我感兴趣是因为我是外国人。而我对他们感兴趣，也只是因为他们是中国人。欢欢不一样，他是我的中文水平终于赶上我的气质后结交的第一个朋友，他还邀请我去他老家村子里一起过春节。

去欢欢老家要坐 12 个小时的大巴。在等大巴的时候，我把玩着从成都带的威士忌、茶叶和腊肉等节礼（成都已经成了我在中国的一个新家）。中国的风俗是带本地特产当礼物，但现代生活让中国人天各一方，星散于不同的城市和地区，他们会带回新家的特产，与家人和邻居分享。作为外国人，两瓶爱尔兰威士忌可以算是我的家乡特产。那天晚上，欢欢家大宴宾客，邀请远亲近邻前来坐席。席上有他的父母、叔伯，还有他的"小弟"——实则是堂弟，因为跟他这一代的很多中国人一样，欢欢是独生子。我努力扮演着模范宾客，对我所说的"请"和"谢谢"特别注意。

这晚饭吃着吃着，我发现欢欢看起来越来越焦躁。在我谢过他妈妈帮我添饭之后，欢欢终于把我叫去外面私聊。

"你在里边觉得不舒服吗？"

"哪有，很舒服啊。"

"饭菜合不合你的口味？大家有没有尊重你？"

"当然有。饭菜都好吃得很。"相当美味。

"那，该死的，"他说，"那就别再说'谢谢'了。我们的客人都会错意了。我跟他们说我们是兄弟。他们觉得我是从大街上随便拉了个外国人回来，好炫耀我在大城市里的生活。"

礼貌无法从中文很好地翻译成英文，反之亦然。中文里没有哪个词能很好地传达出 please 的含义，最接近的就是**请**了。但这个词更像是一种邀约、一种要求，而不是表达热情好客。"戴先生，欢迎欢迎！请跟我去会议室。"

跟"请"一样，"谢谢"有时候也会在无意中招致反感。中国文化是礼尚往来：是请客吃饭，是给别人买礼物，是收下别人买给你的东西。买东西表达的是亲密，是喜爱。欢欢会一边为我们在路边摊的烧烤和啤酒买单，一边训我说："朋友之间不需要说谢谢，你可以感谢陌生人的好心好意，但朋友之间，本来就应该这样。"

我的中国朋友很快向我指出，中国礼仪中行胜于言。为赞美欢欢妈妈准备的饭菜，我吃了很多，人们也都注意到了。欢欢妈妈没说什么，但红光满面。如果你真的想感谢谁的慷慨，那就投桃报李，以同样的方式去回报。是欢欢让我知道，在中国的人际关系中，授与受都是无声胜有声。

七

我在中国的时光就像科罗拉多大峡谷里的一堵高墙，一层层个人经历堆叠起来，形成了整体的色彩与质感。以我那时学到的点点滴滴的中文为线索，是回顾这一历程的最简单的方式。

这堵墙的基础或者说底层，是夜间火车上关于美国饮食习惯和枪支问题的讨论。其上一层是饮酒礼仪——先跟谁敬酒，怎么敬酒合适。再上一层是，为什么只跟陌生人说"请"和"谢谢"，而不要跟朋友说。上面几层是我学到的中国人关于友谊的概念，以及对这代独生子女来说，亲如兄弟的关系有多重要。在鸡毛蒜皮的日常生活之间，对自由的追求，以我在全国各地碰到的人手腕上、背上和腿上的文身为证，闪着微光。对这种自由的磨炼则既是责任也是传统——我曾看到一对中国新婚夫妇，在舞台上对双方父母双膝下跪，从而被接纳为家庭新成员。在一个缺乏宗教信仰的国家，这是婚姻纽带的唯一正式标志。再上一层是死亡，只要想起或是用到我在这层学到的词——**火化**，我就会想起我的朋友薇薇，她被要求看着自己祖父的躯体进入政府指定火葬场的火化炉。那个地层是灰色的，就像薇薇的小妹妹裤子上的烟灰，来自整晚焚烧献给祖父的祭品。再上一层是我们观看天葬时，一位佛教徒跟我们讲解的中国人的日常生活与佛教的不同之处——我们看到一具尸体被留在山顶，等待秃鹫捡拾干净。他说，跟中国现在物质至上的生活中的加法——新手机、新车、新房子——不同，佛教修行是做减法的过程。穿过不同地层的纹路是石英石矿脉，代表着我理解的现代儒家思想在何处失灵，又在何处将中国重新连成一体。

在从成都飞回美国的前一天晚上，我整晚都和汤姆在一起喝**白酒**（一种高粱酒，通常都在50度以上）。这时候，我几乎所有的朋友都是中国人，就像我现在的和以前的室友，我当他们是我的兄弟姐妹，在需要的时候，我会为他们两肋插刀，他们也会对我施以援手。努力学习中文的报偿，就是跟像汤姆这样的人建立了深厚的友谊。

那一晚，随着酒瓶渐渐见底，我们混着说了好多普通话和四川话。我们谈到重重困难：跨越文化鸿沟，向世界展示中国，以及为东方文化代言是近乎不可能的挑战。这种文化有自己的声音，但声音中的信息需要被翻译给全球听众。

汤姆说："在中国，我们喜欢说**旁观者清**。在向全世界展现自己时，中国做得很糟糕。我们中国在欧洲、美国，在西方的形象就是，我们看起来就像是被洗脑的年轻人，《1984》式的政府统治，男人都留着长辫子……"他的声音渐渐低了下去。

"不过你看,"他把杯子放到桌子上,继续说道,"只要你没把我们所有人都当成是偷器官的妓女,我们就是在进步。"

第二章
贝拉和书

竞争激烈、催人奋进的
考试文化

竞争激烈、催人奋进的考试文化

一

　　"这儿的大学太懒散了。"贝拉叹了口气。一群学生三三两两散布在图书馆大门外，她站在这些学生前面，等待着。校园里车道上的路灯驱走了凌晨的黑暗。贝拉把她衣柜里一半的衣服都穿在了身上，有五层厚外套，好抵挡清晨的严寒。她呼出的白气消散在空中。别的学生一边喝着从街边小摊上热腾腾的锅里舀出来、盛在粗劣塑料杯里的大米粥，一边不耐烦地踱来踱去。还有人吃着用倒扣在煤炉上的平底锅煎出来的煎饼馃子。贝拉用力嚼着菜包子，每天早上来图书馆的路上她都会买上两个。她把温热的菜包子紧紧攥在自己裸露的双手中，睡眼惺忪地说："我们高中的图书馆都比这儿开门早。他们就不希望我们在这儿取得成功吗？"

　　23 岁的贝拉来自浙江，这是中国东部沿海的一个省份，就在上海南边。"清瘦如杨柳，也普通如杨柳"的贝拉（这是她的自我描述），在这个寒冷的清晨毫无违和感地融入了这群中国大学生中。她的笑容温暖、明朗，流露出的善良很容易被误认为温顺。大学毕业后，她花了一整年准备考研，考试结果将决定她的未来。她想当翻译，研究生入学考试考个好成绩，是她唯一的入场券。

早上7点45分，终于有人打开了图书馆的大门。贝拉冲进去抢自己每天的同一个座位，另外5名学生也每天和她坐在同一张桌子上，而这种能坐6个人的桌子，在这个图书馆里有数百张。

贝拉每个月在苏州大学图书馆度过的时间超过320个小时，一周超过80个小时。在这个严寒的冬天，贝拉已经在同一个房间的同一张桌子上，跟同样的人一起度过了5个月。在这张木头长桌上，翻译专业的书堆成一座小小的方城，标记出贝拉的地盘。同样的书墙将桌子分成6块规规整整的空间，占据这些空间的学生都和贝拉一样，每天在自己的图书方城里度过的时间超10个小时。这间自习室有15张这样的桌子，这座图书馆有12间这样的自习室，而苏州大学还有很多座这样的图书馆。

有一次我问贝拉，过去几个月每天在她旁边摆开阵势的那位年轻人学的是什么。

"我不知道。"她耸了耸肩。

我指了指桌子。5本经济学图书标出了贝拉的学习空间与那位学生之间的边界。她咯咯笑着说："经济学。"

"他是哪里人？"

"嗯……"又是耸肩。

"他多大年纪?"我问。

"我觉得跟我差不多大吧? 也可能稍微大一点。"

"他叫什么名字?"我继续冒进。

"我不知道。我们从来没聊过天。"

贝拉忍住笑,皱起眉头,把手放到屁股下面假装正襟危坐,然后对我说道:"我们是来学习的,好不啦?"

贝拉会在这个图书馆待满一年,日复一日为自己的梦想而努力,希望能考上国内最好的翻译专业,有机会成为专业译者。概率? 贝拉凭借记忆脱口而出: 6 000 人申请,录取 14 人,必须成为 14 人中的一个。0.2%。

二

不久前,中国还没多少人受到过充分的学校教育。1975 年,只有约 11% 的中国人学历为高中毕业及以上,义务教育只到初中阶段。贝拉的父母就属于没受过教育的一代。中国现代经济以贝拉的父母和祖父母那样的人为基础:没受过教育的劳动力,但有坚定的职业道德。那几代人干起活来如拼命三郎,在没有什么技术含量的工作岗位上不断要求老板让自己加班,也因这样的勤劳而著称于世。同样是这些父母,下定决心要让自己的孩子受到更好的教育。

1999 年,中国政府和教育部宣布了一项雄心勃勃的高校扩招改革计划，提出要扩招 50 万大学生，这比上一年的学生数量几乎翻了一番。随后 15 年间，中国每年从高等教育毕业的人数激增了 7 倍。2014 年贝拉毕业时，只是带着新学位离开大学的 726 万名中国大学毕业生中的一员。[1]

这一年也是中国历史上大学毕业生人数最多的一年，但这也意味着，从工作机会和经济的角度来看，这是最糟糕的一年。她找不到工作，或者说找不到一个适合受过大学教育的女孩子的工作。我问她在中国找工作最大的困难是什么，她说："竞争。像我这样的人太多了——从还算不错的大学拿了个本科学位，考试成绩挺好，也有所谓积极的团队合作精神。不可能把我们这些人区分开。"美国前总统乔治·布什在自传《抉择时刻》中，回忆起自己问当时中国的国家主席胡锦涛："有哪些事情会让你夜不能寐？"胡锦涛马上回答道："每年要创造 2 500 万个新的就业机会。"[①][2]

但并不是随便什么就业机会都行。仅仅 15 年间，大学毕业生就从 100 万增长到 700 多万，就业机会的创造速度要赶上这样的步伐极为艰难，尤其是适合大学毕业生的高端工作岗位。

中国还没有建立起适合贝拉这代白领阶层的经济，还没有完成从制造业巨人向服务业的转型。中国有了人才，但还没有工作岗位。与此同时，学生提交的研究生入学申请有如山呼海啸，因为他们都想让自己从同龄人中脱颖而出。贝拉在其中只是沧海一粟。

---

① 乔治·布什自传《抉择时刻》简体中文版已由中信出版社于 2011 年 8 月出版。——译者注

准备考研的贝拉住在苏州大学一间小寝室的下铺，窗外能看到一座混凝土桥，横跨在苏州的一段运河上。她跟另外 5 名女生一起住，没有浴室，只是在走廊里有个公用水槽。50 来个女生共用几个厕所隔间。如果想洗澡，贝拉就得走上 10 分钟，去另一栋楼里的公共澡堂。冬天下雪的时候，她就把热水倒在一个塑料盆里来洗头。宿舍没有暖气，因此她睡觉时穿得很多。很多西方人可能会觉得这样的生活方式像苦行僧一样，但中国大部分学生都这样生活。

她这代人基本都是独生子女，贝拉也一样。计划生育政策从 1979 年开始实施，贝拉则出生在该项政策执行 10 之后。她曾把关于她这代人的文章从中文翻译成英文。有一次，她递给我一张写满了笔记的纸，上头写着标题"小皇帝"。她指着这张纸的中间，用中文问我："这个词（Little Emperors）说得通吗？我觉得我翻译对了。"这个词是"行为定时炸弹"，出现在中文出版物中已经好几十年了，最早是从伦敦《泰晤士报》1988 年的一篇文章《中国的当红新人：独生子女一代》翻译成中文的，已经成为中国集体意识的一部分，既是种警告，也有点儿挑战的意味。这种表达提醒中国人西方如何看待中国。它们充斥着媒体，甚至进入了学校教材。作为将百年国耻铭记在心的国家，而且还曾被称为"东亚病夫"，中国喜欢提醒自己，时刻记得那些对中国持怀疑态度的人。

我点点头，她的翻译讲得通。贝拉转向那些埋头用功的学生，做了个手势，悄声说："砰！"经济学先生抬头从书墙那边看了一眼，扶了扶鼻梁上的眼镜。贝拉低下头去，躲到书墙后面，咯咯笑了起来。

三

贝拉家属于中国新兴的中产阶层家庭。她父亲曾经把打鱼的人组织起来，到这个海滨渔村的市场上去卖他们的渔获。在小有成就之后，他开过理发店，开过饭馆，还开过游戏厅。所有这些事业后来都垮了。尽管屡屡失败，这家人赚到的钱还是比父辈、祖父辈靠撒网赚到的多。如今贝拉的父亲持有并经营着本地几家小饭馆。她告诉我："我爸也许算不上最好的生意人，但他能转眼之间就摆出满满一桌美味海鲜。"

贝拉怎么看都是她的家庭关注的中心。她语带亲切地回忆起小学放学时，她会悄悄地在校门口一群热切等待的祖父母中寻找爷爷的身影。整个冬天，所有人都会穿着一模一样的深蓝色棉大衣，这是改革开放之前的时尚遗产。实用性深深植根于他们那一代人的思想中。爷爷会激动地一把捞起 7 岁的贝拉放到自行车后座上，祖孙俩骑到小卖部，买上一支冰激凌。蛋筒冰激凌到手后，祖孙俩就扑通一声坐在公园的长椅上，啧啧有声地吸溜着，什么话也不说，笑得合不拢嘴。

"后来我才意识到，爷爷那么喜欢带我去买冰激凌，是因为他也想吃。"贝拉说着，若有所思。贝拉的爷爷出生于 1940 年，那时欧洲大部已经深陷二战战火之中。1931 年，日本就已经野蛮侵占了部分中国领土。爷爷 5 岁时，日本人走了，毛泽东领导下的共产党与蒋介石的国民党打起了内战。1949 年，蒋介石败退台湾，这年爷爷 9 岁。他从 18 岁那年的大饥荒中幸存下来，在 10 年"文革"中则一直低头做人，因为不想惹麻烦。那时他已为人父。

贝拉长身体的时候，她家每天晚饭都能吃上肉、鱼或是别的海鲜，爷爷对这一成绩颇为自豪。按西方标准，她的个子只能说适中，但她之前的每一代中国人，成长过程中几乎都吃不上必需的蛋白质。她是不缺蛋白质的第一代人。

她一上小学，学习就成了她的生活方式。6 岁的贝拉早上 6 点 45 分就得到校，一直待到下午 4 点半，每天 9 个小时，天天如此。放学后贝拉回到家里，妈妈和奶奶准备晚饭时，她就在餐桌上复习功课。晚饭总是米饭、蔬菜和海鲜。

到了高中，贝拉会早上 5 点半到校，直到晚上 9 点之后才离开。周六也同样如此。到高三时，她和同学们会在学校学到半夜，包括周日。

高中除了正常的课程，还有自习课。早在上小学的时候，贝拉就被分在一群很有学习天赋的学生中。贝拉的年级有 3 个尖子班，还有 7 个普通班。一群 16 岁的孩子坐在一起，放学后在教室里安安静静地学习，在我看来怎么都不可能。

"你们真的会学习吗？还是说你们会聊天什么的？"

"学习。"

"都安静得很？"

"都安静得很。对，自习。如果你有问题，你可以问老师。当然你也要上课。自习课只有晚上和早上有。到高二、高三的时候，就连最不上进的学生也会在周末用功的。"

贝拉还很小的时候，就有老师告诉她，要去学校去得更勤一点。我问她为什么。

"因为我聪明呗。"贝拉脱口而出，随即马上掩口窃笑。

四

苏州大学没有哪栋楼供暖，图书馆也不例外。在南方，尽管冬天气温很低，也没有几栋建筑配备供暖设备。大部分建筑的隔热效果都乏善可陈——暖气都没有，要隔热干什么？而且图书馆还开着窗，好让自习室透透气。

典型的回答就是："我们是在南方，不需要暖气。"苏州实际上刚好位于中国海滨的中间位置，但传统上、政治上、文化上，苏州都算是"南方城市"，因此被认为应该很暖和才对。在中国，这里差不多是你能找到的最靠北的没有集中供暖的地方。

尽管苏州整个冬天可能只有一两场雪，这里的冬天仍然寒冷刺骨。在图书馆自习的学生基本上都会带一个热水袋，用毛毡或人造革包着，插在墙上，几乎随便哪个街角的小商店都能买到，价格大致相当于5美元。我最喜欢的热水袋是经济学先生的，上面印着史蒂夫·乔布斯的头像。在写字的间隙，贝拉会用自己浅蓝色的热水袋暖暖手，热水袋的右上角，印着来自迪士尼的小叮当。

研究生考试的内容非常全面，尽管只有极小部分与贝拉想学的专业有关。贝拉的这块桌面上，备考材料堆得比她瘦削的肩膀还高。从书名几乎没法看出她到底要考什么专业。桌上有记录孔子言行的《论语》，简·奥斯汀的《傲慢与偏见》，一本英语语法书，一本简体版的《中国近代史讲义》，以及"需要知道"的马克思主义和毛泽东思想的入门读物。她翻起这些书的样子能让你清楚地感觉到，她对这些书的熟悉程度不下于家庭相册。

跟几乎所有的研究生入学考试一样，贝拉的考试也有四部分。其中两部分考的是她未来读研究生时要学的内容。第三部分考的是英语知识。也就是说，想考任何专业的任何学生，都必须通过基本的英语考试。打算在船舱里度过一生的海洋工程师，必须掌握英语中分词的正确用法。研究少数民族舞蹈的人类学家，他们的职业会把他们带到中国甚至连普通话都不说的地方，但是也必须能列举出英语动词前前后后的变化形式。英语没考好，往往令专业成绩合格的考生只能去三线城市的二流学校。

第四部分考的是政治和历史，特别冗长，不过很多考生都觉得这部分最简单。这部分包括他们从小学起就开始背诵的一些概念，主要考察的是中国历史和现代哲学。尽管贝拉是想考上研究生去当翻译，但她仍然必须牢牢掌握马克思、毛泽东和邓小平的政治哲学。想考大学的高中生，想考研的大学生，还有申请入党的人，都必须通过关于这些领导人（同时也是中国政府现在仍然赞同）的思想体系的考试才能得偿所愿。

历史部分可能暗藏更多机关。其中很大比重是针对中国的外国政策和行动，你必须知道政治正确的答案。比如说，考生必须能就中日在钓鱼岛的领土争端写上两句。中国声称对日本人占据的位于中国东海的系列岛屿拥有历史主权，这个题目在考试中可能会以下面的形式出现："在近代史中，日本的侵略政策是如何侵犯中国的领土主权的？"

贝拉思维敏捷，有创造力，也很勤奋。她的所有高中老师和大学老师都以最高赞誉推荐她就读研究生院。她以会计师般的精确，把暑假打工存的一点点钱和父母给的生活费用到极致，好让自己有尽可能多的时间学习。

但要想读研，一封推荐信毫无价值。领导才能、课外活动、社区服务等，全都无关紧要。中国学生的未来仅仅取决于为期三天、如临大敌的考试。这三天要是考砸了，你的未来就毁了。

五

没有人比欧阳更了解考不上大学有多让人灰心丧气。他家所在的城市离四川省省会成都有几小时车程。朋友第一次带欧阳来我住的公寓时，我还以为这位朋友是把自己的叔叔带来了。欧阳脸上虽然没什么皱纹，但一看就是饱经风霜。他的肚子也像上了年纪的人，大腹便便。他的样子活像电视新闻里那些党员干部：相貌平平，面无表情，普普通通的翻领 T 恤掖进普普通通的便装裤里，在视察即将成为宾馆或者高速公路再或者星巴克的一堆沙砾时，赞许地频频点头。

欧阳完全是一副少年老成的样子，因此他跟我说他才 21 岁时，我觉得他在撒谎。欧阳的举止无可挑剔。他说话像个律师：简洁、专业、不紧不慢。轻笑一声，几乎难以觉察，似乎就是他对自己最大的放纵。他的头发从中间整齐分开，就算在外国人看来，也会觉得他是个精心打扮过的政府官员。因为他的出现，我惭愧万分地意识到，我都一个星期没打扫过自己的屋子了。

欧阳解释说，秋天他会去一所大学注册入学，这对他的年纪来说是有点晚了。高中时代的欧阳一直被认为是优秀学生。老师告诉他父母，他应该去考北大或者清华，这是中国声望最高的两所大学。

在中国，人们不会说自己被大学录取，他们只会说"考取"。录取率不是用每百名申请人有多少人被录取来衡量，而是看每 1 万人中有多少学生被录取。比如说，如果你是北京市民，这两所大学从每 1 万名考生中一共仅录取 82 人，录取率为 0.82%。

尽管中国大学的招考过程相对透明，地理位置却会带来巨大差别。如果你来自广东，也就是广州、深圳这两大都市所在的省份，那么北大和清华在每万名考生中一共只招收 2 人。中国有 23 个省、4 个直辖市、5 个自治区、2 个特别行政区。这两所大学在每个省级行政区的招生名额都不一样，这些名额通常反映了学校的发展目标。贝拉的老家浙江省相对较好，2015年每万名考生可以录取12人。欧阳的老家四川省每万人只有5个名额。对大部分省份来说，进入这两所顶尖大学的机会平均约为0.08%。

表面上看，欧阳占尽了所有优势。他的父母都在政府部门工作，父亲是本地高级官员。欧阳上的是很好的寄宿学校，15岁时，他就在校外租了个公寓，好更专注于学习。

我们在微信上交流了一段时间之后，我坐上从成都出发的大巴去欧阳的老家，他在那里帮父亲做事。在四川，这个拥有几十万人口的城市以其分量又足又美味的烤肉而闻名，再次证明四川人的关系网是在他们的肚子里编织出来的。

我们坐在离欧阳原来的小学几分钟路程的路边摊上。一小时后，我们面前扔了30根光秃秃的扦子，几盘油腻的蒜香烤韭菜，还有几个空了的啤酒瓶。欧阳对我的大学历程有很多问题要问，尤其是我的美国大学入学考试（SAT和ACT）是怎么考的。他问的问题非常具体：考哪些题目？几点考试？考试的地方是个什么情形？学生允许参加多少次考试？

最后他说："中国的高考，我参加了5次。"

我一下子被一大块猪肉噎住。欧阳使劲儿拍着我的背，以他律师一样的姿态轻声笑着，嘴唇几乎纹丝不动。无论考什么大学，中国的高考一年只能考一次，想再考一次就只能等到下一年。欧阳是在说，他生命中过去整整5年时间，都在准备高考、参加高考、高考落榜中循环。一切都是为了在高考中取得足够高的分数，然后被相匹配的大学录取。

"对，5次。"我平静下来之后，他又确认了一遍，"第一次高考失利的时候我才16岁，高一。通常情况下，学生要到高三才参加高考。我的老师在我身上看到了很大希望，我也非常爱学习。"

欧阳拿出一张照片。这张小小的方形照片上，是个眼睛明亮、面容清瘦的孩子。

"这是我16岁的时候。"

照片里的孩子跟我面前这个人一点儿都不像。那孩子面容俊俏，身形苗条，十几岁的脸上流露出轻松的神情。

"每次参加高考，我都会按照我、老师和父母所认为的我的最大潜力去考。在多次失利之后，医生将我无法达到预期表现的原因归结为压力影响。其他的身体问题，"他指了指自己的肚子，"也被认为是由压力引起的。"

欧阳和家人终于认定，对他来说，最好是在上海选一所还算可以但没那么有名的大学，在那里他可以继续发展父亲的关系网。放假的时候他可以回家，在父亲的办公室帮忙。虽然从16岁就开始参加高考，欧阳还是要等到25岁才能念完本科。

"没法证明我的智力水平，我觉得很灰心。到找工作的时候，我就只能靠走后门了。"

欧阳指的是利用关系（比如家庭关系）来找工作。他这代人已经大张旗鼓地对胁肩谄笑和任人唯亲嗤之以鼻，尽管这种关系似乎定义了在中国经济发展中大获成功的过去几代人。他对我说："我不会觉得有多光荣，但要是不抓住这个机会，我就是个傻瓜。"

六

贝拉和我坐在自习室外面铺了油布的大厅里，这儿跟自习室由一道玻璃墙隔开。在这里我们也能看见经济学先生。今天我注意到，他的衬衫看起来很干净、平整，头发梳得也很整齐。每次我走进图书馆时，他已经开始用怀疑的眼神看我了。

我问贝拉喜不喜欢学习。她咯咯笑着，图书馆的金属椅子嘎吱作响。她摇摇头，说不喜欢。我问她，既然不喜欢，为什么还要学得那么刻苦。

她说："我不知道你们美国是什么样子，但在这里，在通往你的梦想的道路上，有一道道门。中国有很多人，这些门太挤了。对没有关系的人来说，在考试中取得最好成绩，是穿过这一道道门的唯一办法。图书馆里没有人喜欢学习，但我们都热爱自己的梦想。"

贝拉拿起我的中文笔记本，写下两个字：**决心**。这两个字我都认识，但从没见过还能放在一起，组成一个词。贝拉用我的笔指着左边那个字，解释道："这个字，决，意思是做决定。"右边那个字我早就认识，学中文的人最早学到的汉字里就会有这个字。

"心。"

贝拉点点头。这两个字——"做决定"和"心"——合起来就是"决心"。贝拉使劲儿点着头，脸上挂着一丝微笑。她回到自习室，经济学先生抬头看了看她。两人很快就都回到了学习的节奏中。

七

斗转星移，冬去春来，贝拉早晨走在去图书馆的路上，不再裹得严严实实。一层草色冒出了头，苏州大学所有樱花树也都开了花，行人头顶上飘浮着一层雪白的花瓣，就像海洋一样。

将近一整年，经济学先生和贝拉一直共用着桌子上这一米的空间。有一天，离考试只剩下几周时间了，他终于鼓起勇气和贝拉说话，问道："不好意思，能借我一支铅笔吗？"惊慌失措的贝拉说"对不起，我没有铅笔"，然后就继续学习了。就这样，秘密守护了一年的小火苗，熄灭了。

经过一年的准备，贝拉参加了考试，考试结果将决定她能否进入研究生院，成为专业翻译。贝拉被要求回当地考点参加考试。苏州在江苏省，她不是江苏人，不能在苏州考试，因此她只能坐6小时大巴，回到位于浙江省的老家宁波。一周后，她回苏州收拾自己的东西。我们在午饭时聊了聊。

她对我说，她在考试中已经尽了最大努力。尽管这一年来每周都在图书馆度过80多个小时，起早贪黑，废寝忘食，牺牲了睡眠、舒适、友谊和乐趣，贝拉的分数还是差了3分。在考生中她排名前2%，但没有进到前0.2%。

今年贝拉无法读研究生了。

不过她还能有所选择。她可以去中国中部地区差一点的学校，或是明年再考一次，尽管我猜她两条路都不会选。在学习过程接近尾声时，贝拉似乎已经对学习感到厌倦了。

她对我说："成为翻译家从来都不如快乐和满足重要。为了这个理想，我的决心仍然没有动摇。"

第三章
戴着皇冠的头上写满了忧虑
被寄予厚望的中国"小皇帝"

被寄予厚望的 中国"小皇帝"

一

　　梳理得整齐妥帖、发型精致的头发下面，建国的大眼睛闪闪发亮。一件点缀着灰色和橙色的蓝色菱形花纹毛衣穿在他身上，似乎挺舒适，棕色灯芯绒裤子看起来也刚刚熨过。

　　建国 5 岁。在等着上课时，他的大拇指大半都含在嘴里。他的鞋是尼龙搭扣的，每次他移动重心，脚后跟都会亮起来。他跟另外四个孩子一起，在高科技教室的正中间站成一排。他们的目光对准了我的右手，那上面是我的手偶兼合作伙伴琪琪。

　　我叹了口气。来中国之前我就听说过很多关于"小皇帝"的事情，而现在我面前的正是这样一群人。这种感觉挥之不去。中国的计划生育政策意味着，一个家庭中好几代人的全部注意力和资源，都会倾注到一个孩子身上。期待中的结果只能是被宠坏了的一代人，也就是所谓的"小皇帝"。

如果这些孩子是中国的"小皇帝",那么一个让人不舒服的联想是,我就是他们的弄臣。毕竟,我正穿着亮黄色的连衫裤,右手一直到肘部戴着一个绿色的海龟手偶。每逢周末,我都在这个为有钱人家的学前班和幼儿园孩子开的培训学校授课。国家媒体、政府和家长都在抨击,中国的教育体制培养了擅长考试的学生,但没有培养出优秀的思想家、发明家和有团队精神的人。我所在的这所学校提供了一种解决方案,目标是通过沉浸式学习将英语的种子种下去,同时让这些孩子对技术发展熟悉起来。这个计划强调团队合作和团队建设。作为独生子女成长起来的学生往往需要练习与同龄人合作,尤其是中国教育特别强调死记硬背式的学习,有兄弟姐妹的孩子又少之又少。

我看着海龟手偶,它看着人群。我们一起用极尽夸张的语调,慢慢读出"microscope"(显微镜)这个单词。琪琪那大大的、凸出的眼睛在扫过建国和同学们的头顶时上下跳动,它用英语问道:"今天我们要学什么神奇的技术呀?"两位年轻的中文助教用唱歌一样的语调翻译了一遍。

我说:"跟我读——microscope。"助教耐心引导着5位小学生一起重复了一遍。

让我吃惊的是,一阵低沉的咕哝声从教室后面传来,也是"microscope"。我看了看建国和同学们,他们的嘴谁都没张那么大。

教室后面的门突然关上了,建国的奶奶在玻璃隔墙后面看着我,面带歉疚。在教室后面,一群随行人员,30位成年人,每个孩子5~6

位，站在那里看着全班。他们和我们由巨大的玻璃墙隔开，这样的设计与动物园真是像到不能再像了。他们不断地挪来挪去，不时发出嘈杂的声音。助教之一贝姬（这里的工作人员在工作中都用自己取的英文名）转过身，礼貌地提醒他们，让孩子们自己回答。学校管理人员雪莉穿着做工考究的衣服，脸上挂着热烈的微笑，在他们周围来回走动，竭力劝说家长们购买更多打包课程。很多人都同意了。钱只能花在一个孩子身上，干吗不花呢？

建国的家人很容易认出来。建国大声吮着拇指的时候，他的爸爸、妈妈、爷爷、奶奶、姥姥，还有一位叔叔，都焦急地看着。可以看到，他的长辈们指着他，对他的进步、他跟其他孩子的互动、他举着一枚贝壳的样子评头论足。妈妈站在后面，双臂抱在胸前，面带微笑地看着儿子，时而在随身带着的写字板上潦草地写上几笔。爸爸的头发向后梳着，发型跟建国的一模一样，我猜是同一个理发师理的。长达一小时的课程，他的长辈都一直站在后面，密切关注着建国摆弄显微镜和计算机程序，或是跟机器人玩，或是就静静地站在教室中间。

透过教室窗户，我们可以看到世界上最大的 LED 显示屏居高临下，俯瞰着苏州城最发达的区域，新建筑的玻璃和钢材闪闪发光，这就是苏州工业园。这个园区跟中国很多别的城市中心一样，出现的时间最多不过一二十年。我的目光回到这群"小皇帝"身上：一个班，5个学生，3个人的教师团队，30多名成年人的随行队伍趴在后面的玻璃墙上。我又叹了口气。

课间休息时，雪莉问我有什么问题。我告诉她，我感觉自己就像在给这些"小皇帝"演戏一样。

雪莉冲教室后面的人群点了点头，脸上闪现出热烈的笑容，说："最早的'小皇帝'是后面那些人。"随即又以不容置疑的神情对我说："现在回去上课。"

我惊呆了。我在教室的角落站了一会儿，才静下心来好好思量了一番。20 世纪 90 年代初，西方媒体就已经开始称独生子女为"小皇帝"。今天，计划生育政策带来的人口特征——祖辈四人、父母二人，全部心血都倾注在一个孩子身上——被称为"四二一"问题。我太过习惯将"小皇帝"的概念视为理所当然，甚至都没想到最早的那一代独生子女早已长大成人。

早在西方国家开始关注之前，中国数十年来就一直在追踪调查独生子女世代所经历的发展陷阱。1987 年，中国最早的独生子女 7 岁时，中国播出了一部宣传片，名为《中国的"小皇帝"》，讲的是在抚养第一代独生子女时，有哪些事情不应该做。这部片子就相当于讲如何养孩子的《大麻烟疯潮》[①]的中国版（该片声称大麻带来的影响是会让人失去理智，挥起板斧大开杀戒），宣称过度放纵、过度承压会让社会毁灭。最让人害怕的是，这些被宠坏了的独生子女有上亿人。他们长大后，会在这个国家发泄自己身上的丑恶。

很多西方人问过我："这些从小到大都锦衣玉食的'小皇帝'，对

---

① 《大麻烟疯潮》（*Reefer Madness*）是美国 1936 年上映的一部宣传片，原名《告诉孩子》（*Tell Your Children*），讲述一群高中生吸食大麻后犯下肇事逃逸、杀人、自杀、强奸等恶行，意在向父母展示孩子吸食大麻的危险。该片后来也曾被多次翻拍。——译者注

这个社会能做出什么贡献？"对冲基金经理想知道的是，"这些'小皇帝'到底想买什么？"就连在中国工作多年的外国人，也常常会在一个孩子在必胜客餐厅踩到他的鞋时抱怨："这些被娇惯坏了的'小皇帝'真是……"

雪莉是对的。第一代独生子女已经长大成人。他们是我的朋友、同学、督导、老师、老板、经理（包括雪莉在内），严格说来，也是我的客户。在我看向窗外的苏州新工业园时，很难不去想，如果对"小皇帝"的刻板印象30年都没变过，那这可能是整个中国唯一没有改变的事情。

二

苏州大学的正门朝着城区的工业园，新住宅楼和工厂总部鳞次栉比。这个城区体现了邓小平对新加坡模式的由衷赞赏。位于东南亚、作为"亚洲四小龙"之一的新加坡，在总理李光耀的带领下取得了巨大的经济成就。李光耀政府并未仿效西方的民主治理模式就取得了这样的经济成就，因此成为中国的政治思想家学习的典范。新加坡的社会秩序和城市规划都令邓小平印象深刻，因此在1994年，新加坡与中国签署了一份试验性协议，共同开发苏州工业园。

跟苏州其他城区比起来，工业园区的布局宏大——宽敞，经过精心设计，园区道路跟高速路一样宽阔。沿着宽阔的车道，是微软、IBM（国际商业机器公司）、甲骨文、欧莱雅和三星等公司的标志牌，与周围新建的工业货仓遥相呼应。

苏州大学的另一侧，穿过一条小河，在花木掩映中顺着弯弯曲曲的小路走过学校的红砖建筑，就到了学校后门。后门朝着苏州老城，在几个世纪前这里有着"上有天堂、下有苏杭"的美誉。后门通往一条狭窄的小巷，两旁都是学生喜欢光顾的便宜的小吃店。夜色降临时，大学生从后门鱼贯而出，走进苏州浑浊的淡蓝色薄暮，三五成群进入"苍蝇馆子"。这些最简单的餐馆都因美食和简陋而闻名。

有些人在"煎饼馃子"的摊位前停下来排起了队，这是苏州最有名的美味煎饼摊。一个煎饼馃子的价钱相当于65美分，够两个人吃饱。排队的通常会有二十来个学生，三三两两分成几组。学生们静静看着这位摊主如大师般手腕轻挥，胸有成竹地将混合面在鏊子上摊成薄薄一层圆形，打上一个鸡蛋，再撒上葱花、辣椒粉。煎饼馃子摊位百步开外，小巷与具有800年历史的苏州运河交会。[①] 每日晨昏，会有一位老人撑着一艘小船沿着河道上下，躬身避过桥洞，让过柳枝。他在一根长竹竿顶端绑了个网，用来打捞运河里的垃圾。大学另一个方向不过一里开外，庞大的三星半导体工厂里机器嗡嗡作响。每天下班后，我会骑着电动车，从我在苏州工业园区里上班的地方出发，穿过苏州大学，到后门外的信风餐厅吃饭[②]。

那时候，信风餐厅是这条巷子里最现代的餐厅。这家餐厅是苏州大学一位毕业生开的，特点是里面有个长长的吧台，围着平底锅和煤

---

① 此处原文有误，苏州古运河已有两千多年历史，而非800年。——编者注
② 几年前，中国很多城市都取缔了摩托车，既是为了清洁城市空气，也为了激励环保工业。如今满大街都是电动自行车，人们每晚在自己住的公寓里给车充电。

气灶，所以在里面很容易跟人聊上。老板说，他模仿的是日本电视剧《深夜食堂》里那个午夜小酒馆，这部电视剧集情节和美食崇拜于一身，在中国有很多人在追。信风餐厅的墙上，挂满了年轻人的宝丽来照片。如果你在店里闲坐的时间够长，最后一定会看到墙上的每一个人都会挤进推拉门，在吧台前坐下，要上一碗招牌红烧排骨面。这个地方给人一种家的感觉，很多学生也确实把这里当成家，下课后就来这里吃饭聊天。这是个社区。

小陆是这个社区的中心人物。小陆特别机灵，学生物工程专业，是从客人变成这里的员工的，下课的时候就会来店里打工。他在这里刷盘子，午餐高峰时间过后，还会跟店里的客人聊天。洗碗槽上方跟他眼睛一个高度的架子上面，始终摊开着他的生物化学教材。他总是一边干活一边看书。有一次只有我们俩在餐厅里时，他告诉我，他最开心的时候都是在信风餐厅度过的。然而他很快就要毕业了，找工作的压力开始啃噬他的神经。别的学生课余来这里闲聊的时候，我看到他在吧台上专心致志地填写无数的化学工程师职位申请表。

大部分时候他们聊的都是学校、约会之类，跟别的二十来岁的年轻人聊的没什么两样。但他们也不会对有争议的话题讳莫如深——就业歧视、性别歧视、台湾、西藏，以及最近大为松动的计划生育政策。从某种意义上讲，他们无话不谈。美国桑迪·胡克小学枪击案后几个月，我们聊到枪支管控法律，也不可避免地聊到中国历史上与枪支暴力有关的事件。2014 年，中国上海有少数警察开始允许在巡逻时配枪，这还是第一次。这个消息重新点燃了关于控枪法律的辩论。

有一天，我下班后匆匆走进信风餐厅，使劲关上了身后的门。小陆扬起眉毛，从他的书上面看了看我。几位坐在吧台上的常客跟我打了个招呼。小陆问："怎么了？"

这班上得一直让我灰心丧气。我脱下亮黄色的连裤衫，那所学校的标志就印在前面。我对店里的常客们解释说，一切看起来都很多余：一位外国老师（我），两名助教，学校的头头，我的绿色海龟手偶琪琪，还有一大群家庭成员，齐心协力教这么几个 5 岁小孩儿说几个英文单词。

我的挫败感很快蜕变为对我那些学生的批评。我大吼道："这就是为什么中国的独生子女在国外的名声那么差！建国和我班上其他人都一样，全是'小皇帝'！"

我的话引起一阵静寂。坐在我旁边的人默默凝视着他们碗里的面条。

20 岁的经济学学生魏宇打破了沉默。她严厉地看着我，说："这种'小皇帝'的说法已经有点过时了吧，是不是？"

即将读完数学硕士的张敬举着一双筷子补充道："这就好像说，'你知道的，美国年轻人有多喜欢跳房子和镍币游戏厅！'"

小陆一直在吧台后面，静静摆弄着洗碗槽里的一大堆碗筷。最后他把大电饭锅的金属底部擦干净，放到了吧台上。

"'小皇帝'这个词，狗屁不通。"

我大吃一惊。小陆可不说脏话。

"何以见得？"我问道。

小陆深吸一口气，把毛巾搭到自己肩上，说："作为外国人，你不可能了解你的这些小学生身上有多大压力。想想下回在教室里你会看到什么情形：6个人站在那儿围观一个5岁小孩学英语。你觉得那孩子想跟这儿学吗？想周六跑来学英语，而不是去公园里玩？想让所有人都只关注他一个？不可能的！"

吧台周围的学生都看着小陆。他很少在一天当中说这么多话，更别说一两分钟之内了。

他接着说道："但现在，全家人都觉得只有靠这个办法，才能让自家孩子领先一点。所以他的爸爸妈妈、爷爷奶奶会盯着他，培养他，精心引导他，确保他能考个好成绩，上个好大学，找份好工作，年纪轻轻就能结婚，买房，最后能反过来赡养自己的爸爸妈妈和爷爷奶奶。我们得到了更多关注、更多食物，还有更多资源。作为交换，我们放弃了自己的青春。"

他把毛巾从肩膀上拿下来，转身打开水龙头，用手背将生物化学教材翻到下一页。

"总而言之，两个字。"小陆又转过身来，两根手指举在空中，"压力。"

压力。

<h2 style="text-align:center">三</h2>

下个周末回到教室，建国赢得了我的好感。他害羞而又好奇，热

情而彬彬有礼。他跟别的孩子都玩得很好，对教学内容也很适应。尽管上周我还郁郁寡欢，我还是不由自主地喜欢起他来了。那天我们在学"海洋探险家"单元，其他老师在教室里藏贝壳。我在白板后面看着他们时，看到两名助教跪下来，帮小建国在显微镜下面把贝壳的碎片放大。在玻璃墙外面，他的随行观察员们赞许地点着头。

中国计划生育政策带来的影响，在全国各地看起来并不一样。东部沿海地区，以汉族人口为主、较为富裕的大城市中，比如苏州，就执行得很严格。但这个政策对少数民族和很多农村家庭有所放宽，因此贫穷的内地省份受计划生育政策的影响相对较小。这样一来，很多更穷、教育程度更低的家庭可以生育更多孩子。据估计，有 1.5 亿家庭只有一个孩子。在中国所有家庭中，只有 1/3 左右严格遵守了计划生育政策，但从东部沿海地区和大部分城市来看，这个统计数据让人感觉太保守了。[1] 中国政府最终放弃这个政策的部分原因是，教育程度较低的人，以及农村家庭实际上正在重塑中国的人口结构。也就是说，中国政府相信，就人口"素质"（政府用语）来说，计划生育政策起到的作用刚好事与愿违。

建国站在教室中间，学着给玩具车那么大的机器大黄蜂编程。根据他在大黄蜂背上按动的箭头以及次数，这只大黄蜂会嗡地一声活过来，往特定方向移动。正确编程的话，大黄蜂就能在我们给孩子们在地板上铺设的迷宫中穿行了。

这个培训学校里的设备是最先进的。每个孩子都配备一台苹果平板电脑，所有机器大黄蜂和乐高电子设备都是顶级的，我们的"学前计算机程序员"游戏，以及他们用的计算机，也都是一流的。而且，大部分课程都是外国老师配上一两名本地助教来教授。学校投入不计成本，教师与学生之比通常能达到1∶2。这是个特殊群体，但在中国绝非罕见。

下课后，建国跑出嗡嗡作响的黄色教室，穿过大玻璃门，扑进奶奶的怀抱。没多久，他坐到奶奶腿上，让奶奶喂他吃刚削好的苹果。我和他妈妈在谈论他的进步时，建国从妈妈手里夺走苹果手机，翻到标有"儿童游戏"的文件夹，玩起英语学习游戏来，选水果投喂动物园里的动物。

他妈妈拿着的一个写满了字的本子，引起了我的注意。从在她底下我能看到的部分来判断，她在那页纸上把中文和英文的笔记都写下来了。我瞟到一个词：贝壳。慢慢地，我认出了我们前几周在课堂上学过的所有单词：显微镜、科学、贝壳、水母、鲨鱼、海豚、阿米巴。建国妈妈的笔记写得工工整整，已经可以像老师的板书一样拿给建国看，单词旁边还用中文拼音标注了发音。

他妈妈在上海一家跨国公司工作，英语很流利。

"这些笔记不是留给你自己的，对吧？"我指着那满满一页问道。她红了脸，但没有把本子收回去，反而拿给我，让我看看有没有写错。我说："我看着都是对的。"她冲丈夫自豪地笑了笑。在中国，尤其是在中年人和老年人中间，英文水平反映的是见过世面的程度。她丈夫和我只能用中文交流。

"这些笔记是给建国的。这是他今天晚上的作业。"

我看着她，一脸迷惑："我没布置什么作业啊?"

她笑了。这种笑意味着谈话结束。她转身去找自己的丈夫，我则继续去找别的家长聊天。

突然，从学校等候室的一个角落传来一阵断断续续的抽泣声，我听出这是建国的声音。房间里的家长全都转身去看，又同样快速地转回身，礼貌地移开了视线。

建国站在那里，胸膛明显随着抽泣而起伏。6个大人围在他身边，爷爷和奶奶握着他的手臂，拍着他的背，一边试图安慰他，一边交谈。似乎只有姥姥和妈妈无动于衷。她们继续把一张纸举在建国面前，重复着什么，我走过去的时候没听清。

"Mmmmmm，Mmmmmmm，Miiiiic，Miiiiic，Miiiiicrooooooo……"

往下一扫，我看到microscope这个单词用大号黑体印在纸上，中文的"显微镜"位于下方，是工工整整的手书。这一沓纸有20张，显微镜是第一张。

妈妈在看到我变了脸色之前说道："建国还有13年就要参加高考了。他得开始准备，我们想让他有竞争优势。"

四

如果真像俗话说的那样，人口特征就是宿命，那可以说过去60年，中国一直在改变自己的命运。

中国的计划生育政策带来了婴儿出生低谷，人为地让平均出生率骤降。但很多人没有注意到的是，这次婴儿低谷紧跟在人类历史上最大的婴儿潮后面，实际上也是对这次婴儿潮的反应。

1949—1979 年，也就是计划生育政策开始实施前的 30 年间，中国人口增长了 4.4 亿。在高峰时期，中国的生育率接近每名妇女生育 7 个孩子。

中国的婴儿潮也跟儿童死亡率直线下降有关，这一因素对婴儿潮的推动效果，至少不下于禁止节育的政策。中华人民共和国成立之前，30% 的孩子活不到 5 岁。成立 30 年后，儿童死亡率就已经显著下降为 6% 左右，[2] 今天这个数字约为 1%。[3]

1957 年，在最高国务会议上，毛泽东对那些负责规划中国未来的人说："中国人多也好也坏，中国的好处是人多，坏处也是人多。"中国人口约占全世界人口的 20%，但耕地面积只占不到 10%，饮用水只占 7%。到 60 年代末，计划生育政策正式开始实施的 10 年前，毛泽东开始担心人口增长得太庞大了。他提出了"晚、稀、少"的计划，出生率陡然下降为每名妇女生育不到 3 个孩子。到计划生育政策正式实施的 1979 年，世界上最大的婴儿低潮已经开始。

中国的婴儿潮一代人中，最早出生的现在已经 60 多岁了。站在教室前方，我可以看到，中国近代史在建国祖父母脸上由岁月凿下的褶皱中、在他们弯曲而结实的脊背上充分显露出来。尽管大部分人并没有在 20 世纪 50—70 年代过早死亡，他们也只不过是活下来了而已。中国的婴儿潮一代基本上普遍比自己的孩子矮整整一头。在自己的孩提时代，他们经历了饥荒、营养不良和艰苦的体力劳动。他们的皮肤饱经风霜，他们的双手粗粝不堪。他们朝建国微笑的时候，眼角堆满了皱纹。尽管他们的孩子相对富裕一些，但婴儿潮这代人仍然常常穿着简单的棉裤和棉衣。

中国婴儿潮一代的艰难成长，在塑造人们对'小皇帝'的固定印象中，起了很大作用。在中国，祖辈在小孩子的抚养中扮演了不可或缺的角色。在世界上的工业化国家中，**隔代教育**普遍存在的并不多，但中国是其中一个。第一代养育第三代——祖辈抚养孙辈，或者更普遍的情形是，唯一的孙辈——这样就能让第二代放手去工作。隔代教育造就了更多参与的老年人群体。跟我交谈过的多位老龄问题专家，既有中国的也有外国的，都认为这有助于中国人口众多的婴儿潮一代与世界上的同龄人相比保持更健康、更活跃的状态。我的另一位助教贝蒂就很同意支持隔代教育的大部分人的想法："这让祖父母那辈人有了一种自己非常重要的感觉。我们不会让祖父母辈在我们的视野里消失。他们仍然是这个社会上活跃的、被迫切需要的一分子。当然，让父母和祖父母都成为自己生活中那么重要的一部分，（对孩子来说）也有很多厌烦之处，但是也有很多积极的作用。"

过量的财富如此集中于中国的独生子女身上，童年由祖父母辈带大是原因之一。发表于《国际行为营养与身体活动杂志》的一项研究发现，在中国，由祖父母抚养的小孩，超重或肥胖的可能性，是由父母抚养的小孩的两倍。[4] 当然会这样。"大跃进"期间在饥饿中勉强活下来的人，可不会理解还有进食过量这个概念。

在表达爱意的时候，中国传统的"行胜于言"的文化尤其明显。这时，食物是爱最基本的单位，也是中国祖父母悄悄表达爱意的最直观的方式，他们甚至变本加厉。部分结果是，现在中国 20 岁以下的孩子中，23% 的男孩和 14% 的女孩有肥胖或超重问题，比例比日本和韩国这两个发展早于中国的东亚强国都高。[5]

<h1 style="text-align:center">五</h1>

计划生育政策最早颁布时，人心惶惶。尽管有遭政府惩罚的风险，还是有人提出抗议。1985 年，该政策实施 6 年后，南方内陆省份广西壮族自治区的民众打出巨大的红色横幅，上书：**计划生育好，政府来养老**。

计划生育政策受到的阻力不是"我的身体，我的权利"，而是整个国家都在担心：谁来养老？

按照传统，中国的孩子就是中国老人的退休金。中国运行的系统往往可以用一句老话来总结："养儿防老，积谷防饥。"

在独生子女家庭中，人们更希望生男孩，对养老的考虑也是原因之一。传统观念中，儿子会留在自己家里，女儿则会嫁到别人家里去。中国四大名著之一的《红楼梦》，就把嫁出去的女儿描述为"泼出去的水"，因为女儿嫁出去之后，就不再滋养原来的家族了。这也是为什么中国小孩对父亲的父母和母亲的父母有不同称呼，父亲的父母叫爷爷奶奶，但妈妈的妈妈叫**外婆**——"外面的婆婆"。传统上，只有父亲的父母才会被认为是直系家庭的一部分。

中国还把照顾老人的理念嵌入了一个更大的概念，就是怎样才算好人。对儒家思想的现代解释中，铭刻在基石上的有这么一句话："**不孝有三，无后为大。**"这句话将"好人"这一道德概念与"孝子孝女"捆绑在了一起。

但过去当孝子更容易一些。中国历史上，很多人都还没活到退休的时候就死了。建国的祖父母于 1950 年出生时，中国人的平均寿命预期为 35~40 岁。20 世纪的中华人民共和国除了婴儿潮以及婴儿死亡率降幅令人难以置信，同时还经历了历史上最伟大的长寿革命：到 1980 年，中国的预期寿命上升到 60 岁以上，今天则已经超过 75 岁。[6]

所以在历史上，生命循环非常简单：满 18 岁，生孩子，把孩子养大，孩子长到 18 岁，再过两年你就死了，当祖父母的经历通常都很短。养老也很简单，因为你有帮手：中国家庭会有很多孩子，但老人就算有，也为数不多。儒家社会以中国的人口结构为基础，而历史上中国的人口结构就像个金字塔，底层是很庞大的年轻人群体，顶上则是很小一部分老年人。围绕家庭建立起来的中国社会很稳定，而且自给自足。

但现在不同了，中国人口正在老龄化。中国超过 65 岁的人口数，将从 2005 年的 1 亿，增长为 2050 年的 3.29 亿。婴儿潮一代能让中国摆脱贫困，推动中国制造业繁荣，部分原因是他们人数太多了。1980年，中国人年龄的中位数是 22 岁，现在的年龄中位数则在 35 岁左右。美国独立民调机构皮尤研究中心预测，到 2050 年，中国人年龄中位数将达到 46 岁。[7]中国工人阶层的年龄变了，他们能做的工作类型也在变。建国这代人的人数太少，无法支撑依赖于制造业的经济。如果他们想负担起老龄化的中国，就需要赚更多钱，干更好的工作。

建国的教育既是非常本地化的问题，也是一个全国性的重要问题。建国的家人向他施压，让他在学校表现更好，这既是为了他们，也是为建国自己。中国的未来，将在很大程度上取决于他们的智力和创新能力。建国这代人，将不得不肩负巨大的经济重担，照顾这个日益老龄化的国家。长寿是一种祝福，但随之而来的也是相当可观的经济和文化成本。

所以建国的星期六都在学习英文单词，为他 13 年后将要参加的高考做准备。他和像他一样的孩子能否成功，将决定中国是转型进入持续增长的新纪元，还是在日趋老龄化的人口结构重压下停滞不前。对中国这些所谓的"小皇帝"来说，他们戴着皇冠的头上，写满了忧虑。

六

小陆在信风餐厅洗碗之余填写的工作申请表终于成功了。他得到了欧莱雅一个化学工程师的职位。自然，我们要撮一顿以示庆祝。我们坐高铁去了上海（这让自驾 3 小时的路程缩短为高速滑行 23 分钟），去吃点好的。我们看到，不过几分钟的工夫，苏州就模模糊糊地过渡到了上海。苏州已经从"人间天堂"变成中国有 2 400 万人口的特大城市的另一个郊区，部分原因是离上海太近。工业化带来财富，但也使苏州失去了很多古老的美和魅力。不过在某种意义上，苏州对中国家庭来说仍然算得上人间天堂：这里的工资还挺不错，空气质量也不是太糟糕。全国人民都知道，这是个宜居的好地方。

对小陆来说，这份新工作来得正是时候。一个星期前，有人在苏州大学的后门上贴了个通知，通知上只有一个字：拆。这个字已经成为中国持续发展的象征。同样的通知也贴在了小吃街沿线所有店铺的门上，包括信风餐厅。《金融时报》估计，中国地方政府的收入有40% 来自土地出让。清华大学国情研究中心（现为国情研究院）能源与气候变化项目主任管清友认为，这个数字可能高达 74%。[8] 很快，红色的拆字将喷满学生街的诸多老餐馆、公寓楼，我住的混凝土小公寓也不会幸免。在苏州，这条街是少数几个曾保留了地方风情的安静区域之一，但现在就要被夷为平地，好开发成旅游区。

尽管苏州的发展日新月异，但从上海的任何一个地铁站走出来，你都会感觉像是走进了拉斯维加斯。置身于那么多闪烁的灯光、人群、车辆和嘈杂中间，你会觉得这个城市马上要爆裂开来。在换乘地铁去餐馆之前，小陆和我很是眩晕了一阵。

一个五口之家在我们身后挤进地铁车厢。看到这家人不止一个孩子，小陆很吃惊，猜他们是苗族人。计划生育政策对少数民族有所放宽，他们可以生育不止一个孩子。对大部分人来说，生了二胎不交罚款，会让这个孩子上不了本地户口。户口是一种身份证明，可以证明你是本地居民，允许你入学就读。户口往往被视为国内护照，没有户口，第二个孩子实际上等于在自己的国家成了黑户，成了非法居民。

中国的二胎罚款为数千美元，取决于你来自哪个省份。罚款金额随收入增加，基本上是家庭年收入的两倍。超生的最高罚款金额是中国著名电影导演，也是北京奥运会开幕式总导演的张艺谋缴纳的，据报道，他为自己的三个孩子交了 750 万元。

为了再造中国的劳动人口，独生子女政策实施过程中也有诸多演变，小陆和我曾谈起这些变化。有一段时间，夫妻双方都是独生子女的允许生二胎，后来又允许有一方为独生子女的夫妻生育二胎。从2016 年开始，政策进一步放宽，任何夫妻都可以生育二胎，"独生子女"政策就此先后经"双独两孩""单独两孩"而终于演变为全面开放"二孩"政策。但问题在于，大部分家庭选择不生。

小陆看着一家五口，说："我小时候，我们家邻居有两个小孩儿，他们交了罚款了事。对邻居家来说，罚款不是大问题，真的。他们家境挺好，比大部分人都富裕，还有存款。他们打定主意，更愿意要孩子，而不是银行账户里有大笔钱。"

今天，中国的年轻夫妇似乎不怎么想生二胎。在二胎全面放开之前，已经有 13 个省份的生育率明显低于总和生育率。而在政策执行最为严格的地方，即东部沿海地区和城市，生育率的变化最大。[9]上海和北京这样的城市现在的总和生育率约为 0.7，也就是说一对夫妇只生一个孩子，甚至根本不生。人口学家开玩笑说，城市化是最好的计划生育手段。中国的生育率统计数据表明，在竞争日益激烈、生活成本日益高企的中国，各个家庭都在选择少生孩子，尽管计划生育政策也确实还在起作用。

"我小时候能参加课外俱乐部，能上课外补习班，这些都是要花钱的。我在学校学习要是遇到困难，我们也请得起家教。"小陆说，"我上高中的时候，我们家就有了电脑，也联网了。我参加过高考线上培训课程。我从来不用照顾弟弟妹妹，家里人给了我能帮助我成功的条件。

"现在我住在苏州，刚刚找到一份非常理想的工作。而老家其他有兄弟姐妹的孩子，都还困在老家，未来的选择少得可怜。你知道为什么吗？"

小陆没有等我回答，接着说："因为我家里能把所有资源都投到我身上。"

从小陆作为独生子的角度来看，很多人决定不生二胎，是因为竞争太激烈。如果生两个孩子只会让他们都处于劣势，那何必生二胎呢？

有人研究了来自四个省份有代表性的 1 000 名学生，比较了其中独生子女、长子和次子的成功率。结果表明，独生子女在学业测试中的表现明显优于多子女家庭的孩子。特权、自我中心、抑郁、焦虑——所有这些预计会有长期影响的副作用，在独生子女身上都没有被发现显著偏高。该研究得出结论："总体来看，这些结果表明，中国的计划生育政策并没有养出一代'小皇帝'。"更确切地说，仅有的副作用似乎只是超强的应试能力，以及腰围大那么几厘米。研究发现，有两个省份的独生子女更肥胖。[10]

小陆看着那些在地铁车厢里一起玩耍的孩子，摇了摇头。

"我能有足够的竞争力进入这所大学，唯一的原因是，我是个独生子。这是在生活中拥有竞争力的第一步，这样才能娶得到妻子，照顾得了老人，养得了孩子。"

"一个孩子？"我问道。

小陆咧着嘴笑了："那要看我养得起几个了。不过确实，我觉得一个是最好的。"

第四章
逃不开的啃老

中国房市与婚事的碰撞

中国房市与婚事的
碰撞

一

李说自己只是个普通人。26 岁的他身高普普通通，长相普普通通，在银行工作，也只是比普通工作略好一点点。他的西装剪裁合体，符合行业标准。他戴的黑框眼镜也很普通：高达 90% 的中国年轻人都近视。[1] 他头发浓密，两边剪得很短，上面留得稍微长一点，在中国随便哪个地方，你随便走进哪家理发店，说"我想剪个头"，就会变成这种发型。无论是聊到钱、孩子、政治还是恋爱关系，他都一直面无表情，跟他干的银行出纳这种需要平心静气的工作倒是很相称。在中国，他的工作会让人肃然起敬。他爸妈跟朋友们讲孩子在哪儿工作时，

---

[1] 研究人员已经建立起教育方式与近视之间的关系。尽管中国曾报道称约有 20% 的人口近视，但落到青少年和年轻人身上，这个数字就飙升到了 90%。韩国的儒家教育体系也是出了名的以记诵为核心，报告有 96% 的学生近视。相比之下，英国、美国和德国学生近视的比例则在 1/3 或以下。

总是笑容满面。每当有人称赞他的工作时，他都会说："别那么一惊一乍，我不是搞投资的。"

从很多方面来看，李都很成功。他出身于底层家庭，最近则跻身中国的新中产阶级之列。这是个绝大部分人都在孜孜以求，也受到政府推动的转变。李高考时属于班上考得最好的，他说，他要是生在像北京、上海、广州或最新晋级的成都等一线城市，考这么好还是挺有用的。但因为他老家是个五线城市，他现在生活的也只是个四线城市，所以在高中班上名列前茅并没有什么意义。尽管如此，他并没有在高考的重压下崩溃，而是考上了一所很好的大学。他也有过出国留学的小心思，但他自己也承认他的英语并不够好。"而且我爸妈，肯定无论如何都供不起。"他的月收入约为 9 000 元，相当于 1 400 美元，比全国平均水平高了整整一个档次。他的工作和工资水平，让所有关心的人都羡慕得很。

但是，尽管所有这些成功都摆在明面上，李仍然是个**啃老族**。

"是个什么？"我问。我肯定听错了。

"啃老族。"他耐心地说道，轻轻耸了耸软垫西装下面的肩膀。"我啃老。"

二

第一次读到"啃老族"这个词的时候，我都觉得这么表达是个玩笑。中国的人口困境如此严重，我想，这是经常在众声喧哗的中国互联网上回应的一个解决方案：如果我们的老年人太多，干吗不干脆把他们啃食干净呢？

中国网民非常擅长玩文字游戏，也玩出了名堂。就在几年前，经常逛在线论坛的人就把目标对准了他们国家疯狂增长的"鸡的屁"问题。中国 GDP 两位数的增长率，让工资的增长速度远远赶不上房子和食品价格的增长速度，后来人们把这个问题叫作"鸡的屁危机"。其结果就是，中国的普通老百姓明显感觉自己穷了，尽管工资水平一直没变过。

人们都涌到在线论坛上，发泄他们对 GDP 疯长的不满。没多久，GDP 就成了敏感词，不便公开讨论。不用这个词，怎么把 GDP 写出来呢？中文里一语双关的例子可多了去了。在讨论社会热点问题时，中国网民已经特别擅长用音同调不同的字来代替，这样就能躲过政府审查机构的关键字检索。

于是人们开始写"鸡的屁"，因为"鸡的屁"读音跟 GDP 相近。"中国主要城市'鸡的屁'疯长，毁掉了生活质量！"人们的笔下满是怒火。

如果"鸡的屁"可以给国家造成困扰，为什么老人不能拿来"啃"呢？住在成都时，我有个中文私教名叫蒂娜，这姑娘无忧无虑，很喜欢开玩笑，我每周跟她上两次课。我给她转发了一篇写啃老族的文章，附了个笑脸表情包。第二天我去上课时，蒂娜已经把这篇文章打印出来放在桌子上，上面满是红墨水、黑箭头以及一些干净工整的文字。蒂娜冷冷地扫了我一眼，指着那篇文章说："这有什么好笑的？"

事实证明，中国的啃老现象不是玩笑。啃老族是指刚刚成年的年轻人，在超过社会能接受的年龄之后，仍然继续由父母提供经济支持。在这篇纵横捭阖的文章中，中国社会学家陈辉解释道，中国的啃老族是那些已经达到就业年龄，但经济上不够稳定，因此经历了他所谓的"社会性断乳延后"的年轻人。

陈辉所描述的，是中国的生活方式改变带来的症状，是传统的思考方式与这个国家快速变化的现实之间的摩擦。①

很少有什么变化，能赶上像从农村涌入城市这种规模的结构性转变。从 20 世纪 80 年代末开始，总量大致相当于整个欧盟的人口从中国的乡村迁移到了城市。

政府对城镇化的推动，部分目的是刺激消费，也确实做到了。食品、水、燃料、服装、阅历（城市生活的标志），这些开销在更为自给自足的乡村生活中全都可以压缩到最低限度。在城市中，"需求"的唯一定义就是变化。是什么让城市生活更美好？苹果手机？房子？汽车？对政府来说，更多消费意味着 GDP 增长达标。对人民来说，尤其是对年轻人来说，更多消费意味着全新的购买、拥有和占据的巨大压力。

蒂娜告诉我："啃老始于西方。这很可能算是与西方文化互动交流太多带来负面影响的又一个例子，就像快餐、色情、物质至上……"随后，就跟几乎每次课一样，剩下的时间我们都在唇枪舌剑。

---

① 陈辉，《从中西比较看"啃老"现象》，人民网，2012 年 4 月 23 日，http://theory.people.com.cn/GB/49154/49156/17720834.html。

蒂娜认为，成年子女依赖父母的现象是全球性的。这是对的。但说到成因，她却错了。在西方，我们自己的啃老问题背后，最大的原因是全球经济衰退，继之以技术发展，结果就连像办公室文员这样的白领工作都没了，再加上高额的学生贷款。在英国 16~24 岁的年轻人中，没上学、没就业，也没参加任何职业技术培训的人（缩写为NEET），甚至在经济衰退前就已经有很多，而且一直高于劳动力的总体失业率。在美国，"飞去来族"在大学毕业后，继续回到家中与父母生活在一起。2014 年《纽约时报》有篇文章称，20 来岁到 30 岁出头的美国人，有 20% 跟父母住在一起，还有 60% 的年轻人从父母那里获得经济支持。² 德国的情形与此如出一辙，那里也有"赖巢族"；意大利有"巨婴族"，法国有"袋鼠族"，就连中国台湾都有"尼特族"，即NEET 的音译。① 蒂娜说得对，啃老现象如今在西方也很盛行，但中国人啃老已经有几百年了，而且受 2008 年金融危机的影响较小，恢复得也更快。³

在中国传统的家庭模式中，本来就一直有那么点啃老的意思。中国社会学先驱费孝通先生，将儒家文化下的代际关系描述为**反哺模式**。② 第一代养育第二代，到了晚年，又指望着第二代回头照料第一代。

用外行话来说，这就是"少时我啃你，老了你啃我"。啃老是一种

---

① 陈辉，《从中西比较看"啃老"现象》，人民网，2012 年 4 月 23 日，http://theory.people.com.cn/GB/49154/49156/17720834.html。

② 费孝通，《家庭结构变动中的老年赡养问题——再论中国家庭结构的变动》，北京大学学报（哲学社会科学版），1983 年第三卷，摘要见 http://www.aisixiang.com/data/43595.html。

交易，不只是可以容忍，甚至可以期待。中国家庭很少在新的家庭建立起来之前分家；青年男子和青年女子极少会自立门户，直到结婚之后才会一起离开组建新家庭，而新家也会分得一部分家产。在很多西方国家，要是到了 25 岁还住在家里，就有被叫作"懒汉"的风险；而在中国，25 岁还住在家里的话只会被叫作"单身汉"。

但反哺模式的建立，绝不是为了在成本如此高昂的中国现代城市生活中，养育孩子那么长时间。过去，人们结婚之后很快就会生孩子，父母的寿命也相对较短。孩子年满 18 岁后结婚另立门户，对父母的依赖就结束了，那时的生活成本也很合理。到父母后来必须依靠自己的孩子时——反哺模式的后半部分——他们的依赖也不会持续很长时间，因为平均而言，父母都活不到 40 岁。在这样一种生活成本低廉、预期寿命短、人们早早结婚生子的文化中，父母和孩子双方的压力都减轻了。

今天，青年男女要读了大学才能找到工作，因此全国平均结婚年龄已经后推到男性 27 岁、女性 25 岁。城市中的平均结婚年龄更高，2013 年，上海女性的平均结婚年龄超过了 30 岁。[4]

这样的结果就是，年轻人感觉受到了传统和需求的双重挤压。李对我说："大家都告诉我们，我们得拿个本科学位才能成功。结果我们靠父母帮助读大学时，就被贴上了啃老族的标签。我们怎么都赢不了。"社会性断乳延后，一定程度上也是因为需要攻读学位、攒钱结婚。

因为依赖父母而产生的心理压力相当明显。中国 62% 的 90 后称，世界上跟他们最亲近的人是父母。[5]中国人向城市的大规模迁移意味着，年轻人往往无法跟自己的父母住在一起，这在中国历史上还是首次。国家统计局估计，2014年，约有3亿人至少有6个月时间在自己家乡以外的地方工作。李就是其中之一。但距离并不意味着父母与子女不再那么亲近，更不是说成年子女想当不孝子孙。"我该怎么想？"李问道，"长大成年的男人还要向父母求助！"

而当中国年轻人面临生存危机时，他们的父母却因为给孩子们在城市里的生存付账单而破产。

啃老现象引发了对不同文化如何养育孩子的密切关注。我最常被问到的问题是："美国家庭在孩子满18岁之后都会跟孩子断绝经济往来，是真的吗？"

蒂娜和李有个共同点，这个共同点也将中国的啃老族与世界上其他地方的区分开来：他俩都在挣工资，而且工资还不低。

我开始跟一些参加了工作的二三十岁的朋友假装不经意地聊起这一话题：如果你父母在经济上对你有所支持，那支持的力度有多大？在重庆一家很时尚的工作室当瑜伽老师的晶晶，每个月都会从父母那里得到很多经济支持。杨是公务员，他住的房子是父母帮他买的。小叶开了家旅馆，但她父母仍然每个月往她账户上打钱。数十位朋友和熟人，还有大量发博客的、发评论的，都在网上发泄着不满，也都承认自己是某种类型的啃老族。

这些人并不是刚刚大学毕业。最让人吃惊的是，30岁上下的成年人啃老的也大有人在，他们都挣着高于平均水平的工资，不少人已经结婚买房，有了自己的孩子，但仍然严重依赖父母的经济支持。

三

我跟李走进他的房子时，电视是开着的。他妻子一边干家务，一边看着《北京爱情故事》。他们的房子是新的，平板电视很大——李喜欢看高清的欧洲足球联赛。他们有张自动麻将桌，那天晚上我们和几个朋友一起搓了一阵。一把打完的时候，桌子中间有个圆盘会升起来，露出一个大坑，这样我们可以把上一把的144张麻将牌推进去，而一副新麻将已经整整齐齐码好堆，会从桌子下面升起来，推到四位玩家面前。房子里两间卧室的陈设都很上档次，夫妇俩还弄了辆动感单车放在电视左边。他妻子开玩笑说："上班让李都有点肚子了。"很明显，他们日子过得很好。

李向我示意，该去吃饭了。我们从他位于五楼的房子走出来，这里是毕节，贵州的四线城市。我跟成都一位朋友说要来这里时，她回答道："我都不知道中国还有这么一座四线城市呢。"确实有。虽然在省外不太有人知道，但这个山峦起伏、山岚缭绕的毕节市竟然容纳了650万居民。毕节人口自2000年以来翻了两番，^①几乎是柏林人口的两

---

① 原文如此。据2000年全国第五次人口普查数据，贵州省毕节市常住人口为632万；据2010年全国第六次人口普查数据，毕节市常住人口为653万；据《毕节市国民经济和社会发展统计公报》，2017年毕节市常住人口为666万。十余年间，毕节市人口并没有那么显著的变化。此处说翻两番，可能是就城镇人口而言，也是为了突出毕节城镇化的速度：2000年毕节城镇人口为80万，2010年达到171万，2017年达到275万。尽管并没有"翻两番"之多，但毕节确实是贵州城镇化过程中人口比例增幅最大的地区。——译者注

倍。不过在中国的城市中，毕节的规模仅仅排第 54 位。中国政府在西部大开发和推动城镇化这两方面的努力，让很多人离开农村，来到毕节及周边地区找工作、谋生活。2011—2013 年，中国用掉的水泥比美国在整个 20 世纪用掉的还多。[6] 毕节的每一寸土地，似乎都覆盖着一层来自永久工地的黄灰色尘土。

"你们那边的房子多少钱？"李问我。

我耸了耸肩，说我不知道。

他在人行道上停下来，身体后仰，好平衡这段山路的坡度。

"你怎么会不知道？"

"我就是不知道啊。"我说。李扬了扬眉毛。

我问他毕节的房价大概什么情况。李终于又开始朝餐馆走了。

"3 400 元一平方米。"他毫不犹豫地说。

我说："对四线城市来讲，好像很贵啊。"

李耸耸肩："还行。苏州房价差不多是这儿的 6 倍，19 000 元一平方米。你之前不是住在那里吗？"苏州物价飞涨的速度，就跟去上海的交通一样越来越快。

"北京怎么样？"我问。

"47 500 元一平方米。"李告诉我。

"上海？"

"43 000 元一平方米。"

"天津？大连？三亚？"

"19 000 元；10 000 元；17 600 元。"李答道，"我今天早上查的。"

我掏出手机，在诸多房地产应用中找了一个来查。李的所有价格数据，误差都在 200 元以内。

随便问一个 20 来岁的年轻人中国主要城市目前的房价是多少，他们都会带着一种宗教般的敬畏，以科学家的精确度背诵出来。不少朋友跟我讲，他们有过关于住房成本的噩梦。2016 年苏州房价上涨 44%，那些曾打算在苏州定居的朋友只得逃离：他们打包好行李，去了附近房价不那么高的城市。另外一些已经在苏州买房的朋友，则为自己明智的投资额手称庆。

今天的啃老是一种奇怪的突变，是年轻人为自己所费不赀的城市生活筹资的一种变通方式。尤斯图斯·冯·李比希（Justus von Liebig）的最小因子定律指出，增长会受到以最低数量存在的必需品的限制。但在中国，房子并非真的很稀缺。尽管有大量农民正在向城市迁移，中国还是有 1 300 万套空置房。^① 在很多地方，中国开发商创造出来的供给都比需求大。仍然大半无人居住的城市，往往叫作鬼城。^② 存在鬼城的部分原因是，下注在城镇化上相对安全。1990—2015 年，中国城镇人口所占人口比例从 26% 增长到 56%，约有 4.5 亿人从农村进入城市，相当于整个美国外加两个英国的全部人口。[7] 政府规划到 2030 年，城镇化率达到 70%，也就是还有 2.5 亿人要成为城市居民。[8] 毕节尘土

---

① 2018 年，西南财经大学中国家庭金融调查与研究中心发布的《2017 中国城镇住房空置分析》报告援引 2011—2017 年中国家庭金融调查（CHFS）数据和国家统计局数据，指出全国空置房屋约为 6 500 万套。——译者注

② 美国也有不少鬼城（ghost town，或译作"鬼镇"），但与中国的鬼城成因不同，其是先前有足够多的人居住，后来因经济、环境乃至文化等各种原因而遭废弃的村庄或城镇，例如加州就有很多淘金热时代留下来的鬼城。——译者注

满面的建筑物、从农村新来的翻了两番的人口，都证实了这一点。开发商似乎是在打赌，这些房子最后一定会被填满的。

尽管如此，房子仍然是中国稀缺的必需品，因为其定价就好像奇货可居一样。根据国际货币基金组织的住房价格/工资比，全球住房价格最高的10个城市中，有7个在中国。据《福布斯》杂志报道，在厦门这样的二线沿海城市，一套房子大概需要30万美元，而这里的平均年收入只有1.2万美元左右。[9]

为什么中国人还在买房？因为尤其是对年轻人来说，有套房子被视为有资格结婚的第一步。

四

李深吸了一口气，欣赏着夜色。毕节山里的空气清冷而潮湿。起风时，来自工厂的污染物就会被吹离城区。在各大城市，公交车身上常常布满广告，而这里的公交车上则由政府用充满自信的黄色字体刷了这么一道标语：为建设全面小康社会而奋斗！李把烟头弹到路边，我们走进他找的餐馆。

贵州省北部的美食结合了川菜的调料和各个少数民族文化中的烹饪技术，堪称一绝。在贵州这片土地上，到处都是中国传统绘画中比比皆是的青山绿水，但让这里如此美丽的原因，数百年来也让这里与中国其他地方在文化和经济上隔绝开来。要修路就得逢山开路，遇水架桥，在这里非常困难。因此，少数民族文化片区就在与世隔绝中自然而然地发展起来，没有受到其他地方汉族文化的同化。难以接近也意味着经济潜力受阻。无法与外界有效连接，贵州就无法参与中国的出口导向型经济。

李看起来神情疲惫。他回了老家一周过春节，刚刚回来。在老家，他不得不面对来自七大姑八大姨的著名的问话。中国年轻人每年都得认真读读发在网上的如何面对七大姑八大姨盘问的攻略，这些问题无所不包，举凡他们的感情生活、经济状况、居住条件、锻炼方法、每周在外面吃饭的次数、每天用餐时间是否一致、每天早上几点起床、他们在当地市场买的蔬菜如何清洗等等，都在其列。以关心家人为借口，这个由亲戚组成的高级理事会提的问题无穷无尽，有时还会下达死命令。

"一回到家，人人都会问你三个同样的问题：结婚了吗？挣多少钱呀？买房了吗？我是说每一个人都会问你。"在来餐馆的路上，李对我说。他描述的回家经历就跟人们到机场安检搜身一样——被侵犯、不舒服，而且他也觉得没来由。"我婶婶把我媳妇拉到一边，问她我们现在每周行几次房。她建议隔天来一次，好让受孕的机会最大。"

李招手叫服务员，看到我和李坐在一起，听得出来这位服务员抽了口气。"我从来没见过活的外国人。"她说，用的是最让人如坐针毡，但在本地很普遍的方式，来表达她只在电视上见过西方人。"他是从新疆来的。"李说。她点点头，意思是懂了。我不是第一回被当成维吾尔族人，他们是少数民族，住在西藏北边的新疆。

李很有礼貌地问我想吃什么，随后点了特别多的菜。中国礼仪要求他点的得比我们能吃的再多一半。一顿饭吃到最后还能有剩余是安全感和富足的标志，某种程度上也被视为对艰难岁月带来的社会惨痛的反应。但在商务和公务宴请中，这种铺张浪费已经成为严重问题，以至于政府开展了全国性的宣传活动，来阻止这种做法。不过李不为所动。

服务员拿来 6 瓶啤酒，李高兴地打开一瓶。跟没吃的饭菜不一样，吃完饭后没开的啤酒可以退。

李斟满两个小玻璃杯，刻意先倒我的。我们为家人干了一杯。

"你觉得我那房子怎么样？"李把酒瓶放到漆面木桌上，问道。我说我挺喜欢的。

"谢谢！"他笑了起来，平淡的声音里透着一丝酸楚。"我保证会跟我爸妈讲。是他们给我买的。"

李喝了一大口酒，沉默了一阵，看着我们旁边桌子上的小女孩玩苹果手机。

我们的菜上来的时候，还剩 4 瓶啤酒。盛着一整条鱼的铁板吱吱作响，砰的一声落在桌面上。青豆炒木耳，回锅肉，还有酸辣汤都已经上桌，还有更多菜在路上。桌面摆满了之后，服务员将新上来的盘子架在下面那些盘子中间，形成三维的中国菜肴塔。旁边桌上的男孩点评了一番我们有多少菜。他父亲看看李，又看看我，然后叫来服务员，又给自己点了一些。

我们开始大快朵颐。我问李，有没有想过他妻子是因为房子才嫁给他的。

他面无表情地看着我，摇了摇头。"你搞错重点了。我媳妇爱我，我也爱她。我们上大学的时候就在谈恋爱了。现在早就不是包办婚姻的时代了。

"但是——这是个大问题——她爸妈能不能认可我，是个非常大的决定因素。"李继续说道。他平日里冷静的面容因为酒精而稍许染了些红晕。"他们要求我有套房子。他们说：'要是这个人都不能给你和孩子一个屋顶，他怎么养活得了你呢？'"

作为尽心尽责的主人，他夹了一块上好的猪肉到我碗里。"而我爸妈也是那代人，他们非常理解这种逻辑。他们说：'要是我们儿子都没法给我们孙娃一个屋顶，才不会有人愿意嫁给他！'"

"那最后怎么样了？"我问。他放下筷子，双手合拢搭成一座桥，就像在银行里给别人提供咨询一样。他探过身，急切地悄声说道："我爸妈把他们的积蓄都拿出来，我爷爷奶奶也出了一些。合三代人之力，把大部分积蓄都花在了那套房子上。"

在说到家里人花在他身上的这些钱时，李听起来有些痛苦。他往我碗里又夹了些鱼香茄子。"没有别的办法。要是没套房子，我丈人丈母娘不会让我娶他们的女儿的。"

五

很少有人对婚姻产生的社会压力的理解比徐荣苏更透彻。徐是上海人民公园相亲角的红娘。中国新出现的在线婚恋产业年收益能达到数亿美元，但徐荣苏的操作是老派的，没什么技术含量。她坐在折叠桌旁的一排红娘中间，面前有一大本活页夹，夹子里满是塑封过的纸片，孩子们用来存放他们最喜欢的棒球卡也会用这种方式。不过，这本活页夹里全是人。

每一页都是格式相同、内容不同的广告。左上角会有张大照片，其他地方则写上了所有必需的信息：年龄、身高、职业、收入和财产。

诸葛亮

年龄：26 岁

身高：185 cm

职业：战略家

收入：9 000 元 / 月

房产：无

徐荣苏身后，几百米长的晾衣绳缠在树和路灯杆之间。每根晾衣绳上都挂满了同样的塑封广告，数以百计，也可能数以千计。"我的工作就是展示这些广告。如果你想费劲巴拉地自己读这几千份广告，请便。如果你想这个月就找到妻子结婚，请坐。"

徐荣苏说，对女性来说，前两个数据，年龄和身高，再加上左上角的照片，最重要，尤其是年龄。而对男性来说，最后两条，收入和财产，尤其是后一条，是最重要的。

徐荣苏解释了一下每张广告上列出的这些简单、通用数据的出发点。在她看来，尤其是在上海这样的城市中，有的数据比别的数据更加突出。"这年头要想寻门好亲事，有套房子是最基本的先决条件。要是你没房子，我这头就难办多了。房子都没有，在这么动荡的社会里你哪能带来安全感呢？"

跟中国很多涉及恋爱关系和婚姻的事情一样，最后还是要归结到**安全感**。我有个朋友梅，是我在成都外岛客栈认识的 22 岁的武汉大学学生，准备跟她大学的男朋友结婚。她父母一直没同意，直到男方买了房。梅告诉我："在中国，事情变得太快了，**计划赶不上变化**。[1] 你的事业可能在一夜之间蒸发，你所在的整个行业也可能会在 5 年之内被淘汰。有套房子会给你安全感，它不是一下就能从你手上夺走的。"[2]他们一开始考虑过私奔——他们深爱着对方——但这样做会让她的家庭支离破碎。最后，她婆家在武汉旁边的三线城市买了套小房子。

2016 年，中国最大的媒体平台之一搜狐发了一篇文章，题为《为什么中国人如此热衷买房子？》。文章将购房能力比作部落中的好猎手：好猎手能为自己的家庭带来资源。文章写道："在中国，大众的潜意识中对资源的缺乏恐惧在历代变迁中形成。也就是说，在若干年前，绝大多数人都曾经吃不饱和穿不暖。"文章甚至说，"房子会指向母亲的子宫象征"。[3]

---

[1] 如果中国打算拍一部反映过去 40 年发展历程的情景喜剧，主角的口头禅几乎肯定会是"计划赶不上变化"。这句俗话说得非常多，用来描述房子被夷为平地、技术发生根本变化、政府政策转向等所有好的坏的变化，这些变化让稳定长期规划在中国变得几乎不可能，除非留下的余地足够大。

[2] 在中国，拆迁可以被用来作为财富调解的手段。有的家庭得到的补偿款非常多，他们的子女会被称为拆二代，这是模仿处境极为优越的富二代、官二代这两个词玩的文字游戏。

[3] 胡慎之，《为什么中国人如此热衷买房子？》，搜狐，2016 年 3 月 9 日，http://cul.sohu.com/20160309/n439876566.shtml。

我有个在香港大学认识的朋友在上海工作，他答应让我在上海的相亲角帮他找个对象。他30岁，毕业于欧洲的顶级学府，在一家国际银行工作。我刚把他的信息贴出去——金融分析师，身高一米八，高收入，有房——立刻吸引了众人的目光。离开相亲角时，我装了满满一口袋电话号码和传单，接下来好几周也都一直接到电话，问我这位朋友是否还单身。

我跟所有为子女散发传单，或是坐在写满孩子的相关数据的广告牌前的父母都聊过，很明显，像上海这种房价高企的城市，女方家庭也会被要求承担部分买房的经济压力。

就在相亲角外面，我碰到了老舒，他正在收拾自己制作的传单，准备发给其他在给自己孩子找对象的父母。他给了我一张。他女儿29岁，留过学，做金融的。老舒相信她是个理想对象。他想听听我朋友的情况。听到我朋友也在金融行业时，他说："看，共同兴趣！"听到我朋友的年龄时，他一下子低落了："你朋友不可能对我女儿感兴趣。"

老舒来这个相亲角已经有两年半了，他也不再告诉女儿他还在折腾，但时不时地，他会介绍个把别人的儿子，告诉女儿说这是朋友的朋友。

我问老舒，他认为女儿还没处上对象的原因是什么。他说："如果你问她，她会说是因为还没遇到对的人。但是我看到了人们问我她是否有房时的那种眼神。如果我们不愿意出一半的钱买房，人家压根儿都不会考虑。"

她的年龄是另一个限制因素。男人应该在30岁前结婚，结婚前应该有套房子，这种期待对很多男青年来说有如泰山压顶。与此类似，女人要大学毕业，但又要 27 岁前就结婚生子，这样的期待对女青年来说也完全不公平。中国社会发出的信息显然太混杂了。中国的年轻人被困在文化期待和现实之间，无法脱身。

老舒说："我女儿出类拔萃，她是个好人。但在这里我们只谈钱、房子、工资。这就好像在市场上讨价还价买肉一样。没人性。"

六

我的中文老师蒂娜的父亲在一家国营汽车厂工作，厂里分给了蒂娜家第一套房子。但从 1998 年实施商品房政策以来，房子不再通过工作单位分配。

1998 年之后，中国政府开始允许公民拥有房地产……某种意义上的拥有。在中国，你买的只是房子，不是房子下面的土地。住宅房产合同 70 年到期。实际上，你买的房子只能算长期租赁。

中国政府就是这样创造了私人房地产行业。房地产也起到了确认买家为所在城市居民的实际作用，让买家能上该市户口。在中国，户口体系以这样那样的形式已经存在了数千年，通过只向本地居民提供政府服务，最主要就是限制上学，有效控制了国内的居民迁移。从李的老家贵州来苏州工作的人，如果想让小孩在苏州上学但没有户口，就会非常麻烦。买套房子是最简单的解决办法。在北京，人们会买面积很小的"学区房"，这样孩子就能上理想的学校了。

根据《第一财经日报》前总编秦朔的说法，中国经济已经被房地产行业绑架，而房地产行业对高房价和持续城镇化的依赖已经到了病态的程度。秦朔写道："'房地产驱动'和'资产依赖型繁荣'并不是'中国梦'的健康实现形式，相反，它正在让无数普通人的中国梦'悲欣交集'，愁绪难言。"①

李家买那套房子时，参考的只是杂志上的一张照片和钢筋混凝土框架。选的地方很合适——"毕节正在往我这套房子这边扩张，所以应该会稳步升值"——价格也满足他们的预算。他们付的全款，房子刚一竣工，李就搬了进去。他搬进去之后又过了一个星期，楼里才通水。李家是直接用现金买下的这套房子，80%的中国人买房时都没有贷款，而美国现款买房的只占一半。中国人不喜欢租房，90%的中国人住的都是自有房产。¹⁰（这个数据很可能没有包括大量外出务工的农民工，他们基本上都没有算在中国城市居民中。）

李的父母从很多年前就开始攒钱，坚持把三分之一的收入存着，准备给儿子结婚用。李解释道："我爸妈喜欢把钱投资在土地上。他们不相信银行，把钱交上去，拿到张收据，就是一张写了个数字的纸片。而一套房子他们看得见摸得着，也不会在一夜之间消失。"

尽管前有政府推动消费，后有搬进城市后无法避免的消费增加，中国人仍然是世界上最能存钱的。他们的总储蓄量，相当于中国GDP

---

① 秦朔，《中国经济已被房地产"绑架"》，新浪财经，2016年3月7日，http://finance.sina.com.cn/zl/china/2016-03-07/zl-ifxqaffy3682965.shtml。

的一半。[11]

七

啃老现象是以安全感为导向的迫切需要与现实之间的摩擦所带来的结果。房子对婚姻来说必不可少，然而买房的开销可能会在经济上压垮一个家庭。在社会正飞速发展的中国，传统和现实就像两个地质构造板块一样相互摩擦。李和他的同龄人，就困在这两大板块之间的断层上。

李认为，一切都可以归因于期望。"中国男人的人生轨迹可以总结为'买房，买车，生孩子，然后死掉'。"他又喝了一大口啤酒。我在网上读到过这句话，这句话曾在网络聊天室中、在办公室饮水机旁热议多年。一篇题为《80后买婚房：无奈成为"啃老族"》的文章反映了根本的困境：买套房子从而成为适合结婚的人，意味着必须啃老。这个标题，带有在社会期望的持续压抑下的疲倦。

李说："听起来很灰暗，对不对？但事实就是如此。前三样（房子、车子、孩子）你应当在30岁之前就搞定。然后你就等着最后一样就行了。"

在这个"房子、车子、孩子、死"的公式中，也许最让人感到压抑的地方是其按部就班的步调。"长大之后安顿下来"的全过程都要在30岁之前完成，但这跟更为传统的27岁比起来，已经算很宽松了。

一说到期望，李就打开话匣子。"我已经有了房子，我爸妈给我买的。"他确认道，"一个月前我买了辆车。"他举起手，每说一样就掰下一根手指：搞定一样，搞定两样。第三根手指他只掰下来一半：
"我结了婚，所以生孩子已经完成一半了。有了房，有了车，孩子好像
就太他妈容易了。"

李顿了顿。"但是我一看电视，就不禁会感觉自己落后了，好像从
来都没觉得我们拥有的已经足够了。"

电视里的生活与现实生活之间的脱节无处不在。电视节目里展
现的是完美的北京生活：俊男靓女、宝马香车、豪华到不可理喻的公
寓。我告诉李，我读过一篇文章，讲他最喜欢的美剧《老友记》中，
莫妮卡、菲比和瑞秋绝对不可能住得起曼哈顿西村那么好的公寓。

李朝着餐馆窗户扬了扬头，说："这是个规模问题。我们还是个发
展中国家。我妻子就向往《北京爱情故事》里那种时髦的生活方式。
毕节有哪里看起来像北京？"处于现代化进程中意味着中国各地不仅被
距离隔开，也被时间隔开。"我们的工资水平比他们落后 10~15 年，"
李说，"但那就是我们在电视上看到的生活。"

"政府为什么不直接控制房价呢？"我问李。

李解释道："政府要赚钱，房地产市场太重要了。支撑基础建设和
房地产开发的那些行业，一直在让中国经济保持增长，加上卖地也给
政府赚了很多钱。不会变的。"

"这一点我们知道很让人恼火。中国房地产几乎可以肯定会随着时
间大幅升值的时候，这投资就很靠得住。"关于房地产泡沫即将破裂的
预测已经传遍了中国的大街小巷。但仍然有很多人认为，政府要依赖
稳定的房地产市场来产生税收，就意味着泡沫绝对不会破裂，不过可

能会胀胀缩缩。

"你认为我想让家里人花那么多钱来买套房子吗？为了一套在未来十年实际上会贬值的房子而把银行里的钱全取出来？我不想。所以我也没开口。但我爸妈可不会同意。在我看来这么搞还不算彻底疯了的唯一原因是，我的朋友们全都住在爸妈买的房子里，他们娶的媳妇也都是要是没房根本都不会认真考虑结婚的人。你要乐意的话，就称之为'中国特色'好了，只有中国才有这种事。我们有一个靠婚姻撑起来的房地产市场。丈母娘经济。"

李看着我的脸，笑了。"把饭吃完!"他说，拍了拍我的背。然后他用了句老话来教育我，我也听中国祖父母对他们的小孙孙说过这样的话："剩的每一粒饭有一天都会变成你老婆脸上的麻子。"正说着账单来了，我们也就很高兴地停止了这个令人不快的话题，转而开开心心地为该谁买单争了起来。

这回是他请的客，我也早就知道，这样才是对的。我比他小，而且是来他这个城市做客。我们分别才24岁和26岁，却都遵守着像是谁请谁这样的严格的社交礼仪，也许看起来有点傻里傻气，但我们还是这样做了。账单送来的时候，我郑重其事地去够我的钱包，他郑重其事地把我的手推下去。另外几桌客人看着我们，面带赞许，赞许李的坚持要付账，似乎也对我的坚持忍俊不禁。我们争了争，也稍微秀了些肢体手段，然后一致同意：他去美国的时候我请他。我们俩都知道，他恐怕永远都不会去美国，但只有这么说才是对的。一切都有礼有节。宾主尽欢，我们俩离开餐厅时都对这样的互动非常满意，也都吃得很撑。

第五章
变化中的性趣

静悄悄的革命

静悄悄的
革命

一

　　小郭和他女朋友梅走进成都外岛客栈时，迎接他们的是 180 寸大屏幕投影，屏幕上的两个人正在做爱。这幅场景让两人当场石化，手里还推着行李箱。外岛客栈是一家青年旅社，在成都三环内，开在一栋 34 层的居民楼顶层一套有 6 个房间的公寓里。小郭和梅是在一个旅游论坛上知道这家旅社的。投影屏幕覆盖了旅社客厅的整个后墙，上面有个中国男人正气喘吁吁，赤裸的胸腔随着体力耗尽而起伏。15 名年轻旅人全神贯注，有些人坐在艳红色的沙发边上，有些人坐在铺了绿色地毯的地板上，还有几人站着，靠在房间后面绿色的墙上。他们来自中国不同地区。孜孜，一位咋咋呼呼的长租客人，和另外几个人坐在地毯上，抽着烟，一把吉他靠在他腿上。投影屏幕下面的墙上有人画了个尼姑，撩起长袍，吐着舌头，手指举在空中，就好像在听美国重金属摇滚乐队范·海伦的演唱会一样。屏幕上的男女是在一辆迷你库珀的后座上，男子倚在前凸后翘的女子身上，那女子戴着胸罩。客厅里很安静，只有迷你库珀前后摇动时一起一伏的嘎吱声不绝于耳。

房间里的人都没有注意到小郭和梅，他俩仍然石化在门口。性爱视频在中国还是新鲜事，很少会有人在180寸大屏幕前跟鱼龙混杂的人一起看。所有人都目不转睛，两个前一天才入住的上海女孩子脸上的表情写着"我希望能赶紧结束"。

突然，小郭和梅身后沉重的铁门砰的一声关上了。魔法被打破，15名旅人转过头来，看到了他俩。15双眼睛瞪圆了，15张脸突然变得煞白，接着又烧红了。度秒如年。小郭把梅和行李都拉近了些，仿佛在防备遭到攻击。

就在小郭好像打算抓着梅夺门而出时，有人喊道："不是那么回事！"紧张的气氛立时变成哄堂大笑，客人们笑得在沙发上打滚，或是从椅子上跌下来，挥着他们的胳膊，好像在否认。旅社老板小叶冲过来跟小郭和梅解释，那个在大屏幕上跟人做爱的男人是中国喜剧演员大鹏。小郭和梅大大松了口气，终于认出了这位小有名气的演员。

屏幕上的大鹏呻吟着，越来越紧张，然后……在女友的尖叫声中，吐在了整个后座上。他结结巴巴地说："不好意思啊，我晕车了。"这个笑料只引发了零零星星的笑声。

这是小郭和梅作为情侣的第一次浪漫之旅。他们来自位于丝绸之路东端的中国古都西安。他们尽职尽责地问我是否去过西安，看过兵马俑。小郭和梅都又高又瘦，店里其他客人都认为他俩有**夫妻相**，很般配。他们很快和这群年轻人打成一片，不过最为融洽的还是他俩彼此之间。

梅进他们房间整理东西时，小郭开门见山地告诉我，这还是他跟梅第一次共处一室。这时我已经习惯了人们对我吐露关于性的秘密。我是第一个住在外岛客栈的外国人，也是唯一一个；对几乎任何人来说，我常常也都是第一个在课堂之外跟他们说话的外国人。因为我是西方人，他们都默认我已经有经验了。性与其说是一种禁忌，倒不如说是一种未知，一种他们在孩提时代曾被告知对他们有害的东西，但在后来的生活中他们才知道，所有成年人都一直在做这种事情。电视和电影中的性越来越普遍，但性很少被描述得像大鹏在迷你库珀中的搞笑那么具体，在电影和电视中，性是含蓄的，是暗示性的，是对话的常规部分，更不用说互联网上无数的性交流和性内容了。中国媒体中性内容的泛滥似乎自然而然。性大有销路，这个世界也很想把性兜售给中国。

我问他这是不是也是他第一次跟女孩子共处一室。他说："梅是我第一个女朋友。"

小郭说，他们俩聊过这事儿。今天晚上，他们会尝试性爱。

二

中国正在经历一场性革命。你脑子里可别一下子信马由缰，马上想到纵欲，想到狂野的性爱游戏。对正在发生的事情，性学家李银河极力澄清："中国正在发生静悄悄的性革命。"

李银河开始在中国探讨性这个话题时，这还是一个搞婚外情都有可能被判处死刑的国度。她是中国的露丝博士[①]，也是中国当今学者中最有开创性、颇受欢迎的一位。直到我贴了一张跟这位著名性学家的合影，我的朋友们才开始认为我这个人挺酷："我天……你知道这是谁吗？！"

我跟李银河约在北京一家茶馆见面。她一边啜着菊花茶，一边对我说："大部分中国人并不滥交，他们还是会强调一夫一妻。但现在对于为性而性的想法，人们已经处变不惊了。"

中国静悄悄的性革命不是说和谁都睡，而是跟某个人睡，而且是现在睡，不是以后睡。1989年，只有15%的中国人有婚前性行为，到2009年，这个数字跃升至70%。有几位教授和真正的专家，那些组织大型单身交友活动的年轻人跟我确认，城市的这个数字接近85%。这么剧烈的变化实际上是在不知不觉中发生的。性情温和的李银河漫不经心地耸耸肩，说："真的。中国现在绝大部分人，性交都是为了找乐子。"

外岛客栈有三个大床房，还有三个有六张上下铺的房间。我跟另外少数几个人都是长住，和每晚走马灯般来去的各色人物一起住了六个月。我是住在那里的第一个也是最后一个外国人，因为后来这家客

---

① 露丝·韦斯特海默博士（Dr. Ruth Westheimer），性治疗师、性学家，为数千对夫妇进行过性心理治疗，写过约40本与性有关的著作，也曾在多家美国高校任教。——译者注

栈关门了。①叶老板通常让我睡在大床房里，但如果来了三对情侣，我就必须得睡速生木材做的上下铺了。因此我晚上的睡眠跟这些手牵着手、性情温和的情侣有了关联，对他们的来来去去，我变得特别敏感。

客栈位于一栋34层的居民楼顶层，所在小区有14栋这样的建筑，占了整整一个街区。这个街区住了大概5 000人。这家客栈是全国千千万万青年旅社中的一家，是大学生和刚毕业的人的前哨基地。

这里也是情侣们可以逃出生天的地方。中国的大学宿舍每间要住3~6个学生，刚毕业的大学生往往跟父母住在一起，或是住在人满为患的合租房里。在中国，空间是奢侈品，旅游则给了年轻人喘息之机。旅游也经常给年轻情侣带来第一次单独待在同一个房间里的机会。

回过头来看，很难相信在我住在外岛客栈的那段时间里，从全国各地来来去去的像小郭和梅那样的小情人有那么多。他们有的来自附近的绵阳和德阳，这两个大学城各有上万名学生。还有的来自北京或者更远的北方，有的甚至从台湾远道而来。

接触了那么多中国情侣之后，我开始注意到，他们控制距离的方式与西方年轻情侣有质的不同。跟典型的西方情侣相比，中国情侣表现出的态度更温和、更平静，也更牢固。比如像小郭和梅，他们常常很敏感，也几乎总是处于某种肢体接触状态。小郭要是回房间去找了会儿什么东西，再回到沙发上时，就会本能地伸手去够梅的后腰；不是为了把她拉近一点，只是表示他回来了；梅会轻轻朝小郭靠靠，俩

---

① 该青旅于2017年作者写作本书时曾关闭一段时间，后又于2018年重新开业。——译者注

人便贴在了一起，就像两个齿轮彼此路过，直到咔嗒一声，严丝合缝。

他们的肢体动作让我想起的更多的是老夫老妻之间的默契，而不是年轻恋人；是一种被压抑的激情，一种相互依赖的气氛。在大学里，大家都只能和几位同性室友住在宿舍里。在这家旅社中，情侣往往会最先离开大家，回到他们的房间，再见到他们就是第二天早上了。那时他会紧靠在一起坐在红色沙发上，认真看着他们的手机，策划着当天的行程。

小郭告诉我，他和梅是在大学里认识的。他们都是学工程的，小郭要高一年级，他们同专业的一位朋友介绍他们认识的。他加了梅的微信，他们开始发微信聊天，一开始还挺谨慎，后来就整天都在聊。他们见了一次面，一起上自习。上了很长时间之后，他们想到两个人应该都饿了，于是又一起去吃饭。然后他们开始每天都一块儿上自习。两个月之后，他们来到了外岛客栈。说起这些，小郭止不住笑。

晚上吃饭前，我问梅和小郭第一次见面的情形。"我们第一次一起上自习的时候，他跟我在一起紧张得不行，太可爱了。我们学了得有5个小时，他才提议我们去吃点东西。坐在自习室另一头都能听到我肚子在咕咕叫，但他就是没明白这个信号。"忆起他们第一次算是约会的见面，梅边说边笑。

"你紧张吗?"我问。

她说:"没小郭那么紧张。我以前谈过恋爱。"上海来的那两个学生扬起了眉毛。

在中国，贞操曾经是婚姻的先决条件。有些作家，比如余华，就写出了在这个快速变化的国家中静态的性观念。在他的小说《兄弟》中，12 名选美大赛的评委希望女选手都穿上比基尼走秀，并威胁说如果她们想赢得现金奖励，就必须陪评委上床。在选美大赛上赚得盆满钵满的是一位卖假处女膜的商人，所有那些挨个跟评委上床的女选手都买了好多。然而评委们支持的，是寻找真正的、传统意义上的处女。

对女性来说，贞操等同于美德。传统儒家社会更多地视女性为生育机器，而不是性爱对象。"性别平等"绝不是孔夫子的《春秋》所考虑的①。对滥交的传统看法，有一个最精辟也是被引用最多的说法来自清代著名儒家学者王永彬（1792—1869）。他在《围炉夜话》中写道："百善孝为先，万恶淫为首。"一位自称黛比的女权主义播客主持人这样描述儒家观点："在古代，身为荡妇是一种耻辱。所有女人婚前都应当是处女，否则就不能成婚。"自由恋爱根本不可能。

当代中国，特别是在 80 年代之前，情况也差不多。1969 年的美国年轻人会在伍德斯托克音乐节上裸裎相见、群魔乱舞，在泥地里交欢，而中国还经常将婚外性行为视为犯罪。50 年前的中国，根本不存在自由恋爱。《红门背后》（ *Behind the Red Door: Sex in China* ）作者理查德·伯格在一次采访中解释道："中国人认为任何发生在家庭之外的

---

① 说到性别平等问题，《春秋》因文字简略，少有女性事迹，难以体察，但在同为儒家思想渊薮的《左传》中，对女性人物的刻画非常精彩，塑造了两百余位或颇具政治智慧、或深明大义、或勇于反抗、或阴险毒辣、或自私自利的多姿多彩的女性形象，并没有贬低或无视女性。女性在中国文化中地位的演变很复杂，不可一概而论。女性自由恋爱的例子在古代也远非罕见，比如《诗经》中就有很多篇章为爱情诗。作者此处所述，反映了西方人对中国女性历史地位和婚恋观的一般看法。——译者注

关于性的讨论，都是西方的精神污染。要绝对忠贞不二，一夫一妻。"[1]

婚前性行为不只是犯罪，而且披上了浓重的道德色彩。为了写作《中国女性的性与爱》，李银河采访了很多女性，了解她们在"文革"期间及之后是如何经历性和性欲的。这部著作于 1996 年在香港出版。有位妇女告诉李银河："我们是 1975 年 9 月领的结婚证，10 月办的事（婚礼），办完了才敢（跟我丈夫）干那事。"一位中年单身女性解释道："37 岁以前我一直很传统，觉得不结婚就不能有这种行为，怕将来结婚不是处女，人家不珍惜我。"①

今天在城市里，对女性的这些期待早已不复存在。研究表明，女人——确切说来是聪明女人——实际上主宰着恋爱领域。2015 年公布的全国统计数据显示，女博士的恋爱经历比研究人员访问过的任何其他群体都多，平均每位女生有过将近 7 段罗曼史。②（不过研究人员并未具体说明这些罗曼史的性质。）

以前我遇到过一些标榜自己很传统的人，说他们想找个"纯洁"的女孩（他们用的就是这个词）。我问小郭有没有想过梅有前男友，小郭只是耸了耸肩："我干吗要在意？这都 21 世纪了！我觉得她很漂亮，很聪明，很有趣。我们喜欢一样的音乐，我们对未来也有共同的想法。我觉得我能信赖她。还要怎样呢？"

---

① 李银河，《中国女性的性与爱》，香港：牛津大学出版社，1996 年。（该书第一版由香港牛津大学出版社于 1996 年出版新后，内地从 1998 年起出过几次新版，书名改为《中国女性的感情与性》。本段两则引文，译文均采用中文版原文。唯此处作者将 1975 年误引为 1976 年，已更正。——译者注）
② 《2015 婚恋调查报告出炉，女博士竟是"恋爱高手"》，http://news.163.com/16/0114/07/BD99SFUU00014Q4P.html。（作者给出的原始出处已失效，此文亦可见于 http://edu.sina.com.cn/kaoyan/2016-02-17/doc-ifxpmpqt1366975.shtml。——译者注）

三

性革命的产生既需要意愿也需要方式。然而无意中提供了性觉醒工具的，正是中国政府。计划生育政策以及节育措施的普遍引入，实际上将性与生育截然分开。政府允许所有中国公民很容易就能弄到避孕用品。在中国历史上，计划生育政策让中国夫妇第一次在做爱时可以不用担心怀孕，但是传统告诉人民，为找乐子而性交是不道德的，现在缺的是火花。

我一位朋友的父亲老张告诉我，中国并非总是这么古板。我是在朋友小张家里做客时，认识了他父亲老张。老张喜欢穿毛背心，也喜欢看美国职业篮球联赛（NBA）。有一天小张吃完午饭去睡觉了，老张和我一起坐在沙发上看电视。屋里没有暖气，室外温度在零下。我和老张把脚放在桌子下面，桌子中间的管道也兼有室内加热的作用。我们在看一部纪录片——《马赛克里的中国》。

一位年长的主讲人说道："我还收集到一个 3 500 年前的石制的性工具。"老张一下子在沙发上坐直了。一个石质阴茎滑过屏幕。老张开始在沙发垫子中间手忙脚乱地翻找遥控器。主讲人继续讲述，开始比较所有文化中性文化的历史。遥控器终于找到了，老张犹豫着，咬着下唇，仿佛在权衡自己的选择。最后好奇心占了上风。"你们外国人对这些事情都看得非常开的，都 21 世纪了，对不对？"他问我。我们放松下来。

主讲人解说道，古罗马的性文化极为放纵，日本人的更粗暴、更狂野，很可能是因为他们拘谨的公共生活令人窒息。老张点着头。古代印度将性神化，把性交与宗教信仰联系起来。

主讲人断言："而我们中国古人的性文化非常讲礼仪。这个'礼'不是'礼貌'的'礼'，而是讲规矩，意思是非常温柔含蓄，温良恭俭让。"老张又赞许地点了点头。

老张接着给我演说了一番性与儒家学说的关系，这是我听过的学识最为丰富的"小宝宝怎么来的"谈话了。"温良恭俭让"是集中反映孔子思想的《论语》一书中表达的理想品质，不仅表现在性方面，也表现在生活中。孔子的弟子子贡用这句话来形容老师对遇到的每一个人的态度。老张和《马赛克里的中国》似乎都是在说，在性交过程中，中国人理应也把孔子终其一生所展现出的这些品质都体现出来。

中国从来没有占统治地位的宗教，更不用说信奉原罪观念的宗教了。对性的态度并没有受宗教支配，而是历朝历代都有所不同。

道教与佛教，尤其是金刚乘，更多人称之为密宗，早在一千多年前就在中国落地生根了。道教既是信仰也是哲学，强调养生，认为性是实现健康和长寿必不可少的手段。男人充满了阳气，代表光明和热量；女人则带有阴气，代表阴冷和黑暗。在道家观念中，性被视为"能量融合"，是追求生命对立面神圣平衡的方式。

儒家思想将性重新定位为创造家庭的实用主义行为。伯格写道："孔子认为，食、色，性也，吃饭和性欲都是必要的人类功能，性的主要目的是生小孩。"[2] 性与羞耻无关。性要有一男一女，因为这是唯一能生出小孩子的组合。性要求一夫一妻，因为要养育孩子，就必须要有儒家社会的核心，即传统的家庭单位。

<h1 style="text-align:center">四</h1>

外岛客栈那栋楼的电梯里，每天早上都会挤满了穿着校服去上学的中小学生。有个学生 16 岁，在本地高中上高一，要是在电梯里碰到我，就会抓住机会练几句英语。她自我介绍说名叫小鱼。她会说："你好！今天阳光真好！"或是："你吃了吗？"

有一天我跟小鱼和她妈妈一起坐电梯，她俩在吵架。

"你老师跟我讲你有男朋友了！哪个说的你可以找男朋友？你想毁掉你上大学的机会吗？不以结婚为目的的恋爱就是耍流氓！"她妈妈说着，以下面的话结束了讨论："考试之前不许找男朋友！"电梯在动，小鱼低头站着。小鱼背后是一家本地整形外科诊所的广告，展示了一个穿着内衣的女人，放大了的胸部在乳罩里呼之欲出，广告上写着："大……有不同。"小鱼妈妈的目光越过女儿，仿佛头一回看到这则广告，又看看我，摇了摇头。电梯到了她们的楼层，妈妈气冲冲地出去了，小鱼闷闷不乐地拖着沉重的脚步跟了上去。

小鱼的妈妈声称"不以结婚为目的的恋爱就是耍流氓"时，无疑以为自己在引用经典格言。这是成长的一大主题，几乎所有人的老师、父母、祖父母或叔叔阿姨，都曾在某个时候用这句话来警告一个十来岁的孩子悬崖勒马。因为这句话太流行，现在都已经成了年轻人抖机灵的通用语了。谈恋爱若非用来检验结婚的可能性，就是道德上的流氓行为。

第二天在电梯里碰到小鱼时，我打了个招呼。她只是点了点头，眼睛还是盯着地板。我问她："吃了吗？"她还是点点头。又过了一星期，她才又开始跟我聊天气。

在中国，高中生恋情通常还有一个名字：高考杀手。青年学生本应心无旁骛地准备大学入学考试，高中生恋情据说会影响学业。父母和亲戚往往试图完全禁止高中生谈恋爱，有时老师也会参与进来。

但这是一场注定会失败的战争。北京大学发布的统计数据表明，出生于 1995 年以后的中国年轻人，第一次谈恋爱的平均年龄是 12 岁。要说早恋，小鱼已经晚了。

中国文化近几十年来经历了诸多重大变化，对性的态度只是其中之一。从外岛客栈所在的 34 楼，可以看到在一条街之外，一片巨大的金属公寓楼群正拔地而起，建成后将容纳一万住户。建筑商三个月前才破土动工，现在那些楼的混凝土结构已经完成，起重机夜以继日地忙碌着。那片工地和外岛客栈之间是一块农田，种着一排排圆白菜，还有几间盖了油布的棚屋。中国就是这样。有些事情变化很快，有些事情变化很慢，而所有这些事情都在同一个空间发生。小鱼妈妈认为年轻人不该谈恋爱，小鱼则认为谈恋爱很正常。小鱼妈妈长大过程中从来没在自家住宅楼里见过丰胸广告，因为那时候还没有这片住宅楼。

小郭来到外岛客栈时还是个处男，这不稀奇。孩子们往往在高中时代就偷偷经历了第一次约会、第一次牵手和第一次接吻，但他们会等到大学时代再偷尝禁果，进行第一次亲密接触。主流美国电影中在舞会之夜失去童贞的桥段，对大部分 20 岁出头的中国年轻人来说并不存在，因为几乎人人都会保持童贞，而且没有人办舞会。

围绕着性的问题，代沟将成为焦点。根据前述统计数据，中国的80后普遍会在22岁有第一次性接触，90后失去童贞则更可能是在20岁。中国人的性观念正在改变，我碰到的28岁的处男处女，比22岁的还要多。我能总结出这一点是因为，成为朋友之后他们会告诉我。这事儿没什么好尴尬的。

初次性经验的平均年龄一直在降低。根据统计数据，1995年以后出生的人，会在17岁有第一次性接触，很多父母都觉得很可怕。这个年龄只比小鱼大一岁。

五

"看看这个。"弹吉他的客栈住户孜孜对我说。他的小米手机的扬声器里传出一阵像是日语的声音，伴随着一声哀号。我知道只能是动漫或者毛片，二者必居其一。

毛片在中国虽然泛滥，却并不合法。根据都市传说，以前通常都是妇女怀抱襁褓以转移视线，在巷子里、桥底下卖毛片光盘。那些妇女会对路过的人压低声音说："要盘吗？"外国片仍然处于严格管制之下时，毛片是通往外部世界的少数几个窗口之一。

现在，中国人在线观看的毛片超过世界上所有国家，网络毛片流量可能有高达1/3来自中国。[3]中国的性产业也在崛起。2015年，有3 000万中国人网购性爱玩具，而不是走进中国两万家情趣商店中的一家；中国制造了全球 70% 的性爱玩具，淘宝上性产品的销量也增加了 50%。[4]

在中国，拍毛片一直是违法的，因此孜孜和朋友们从来没有真正见过两个中国人做爱，除非他们自拍。大鹏在迷你库珀中的软色情性喜剧场面那么让人心绪不宁，部分原因是他和另一位演员在屏幕上表演做爱时说的是普通话。如果谁想对屏幕上的什么人产生认同，想要看到跟他们长得像的人做爱，他们就会看日本色情片。大部分中国男青年，也有部分中国女青年，是看着电脑上——现在则是手机上的两个人（或三个，或四个，或四个人外加一只乌贼……日本色情片的题材无所不包）生动地进入正题长大的。

孜孜想在手机上给大家看的视频，实际上是毛片。大家都抱怨起来，但孜孜坚持着："不不不，把它看完，不是你们想的那样。"

屏幕上的两人在看起来像是试衣间的地方。他们看起来像是在做爱。客栈老板小叶把责备的目光投向孜孜。看起来正是大家想的那么回事。

在几秒钟模糊的业余镜头之后，观看视频的这群人僵住了。

视频中，一个背景音以清澈的标准普通话说道："亲爱的顾客您好，非常感谢您光临优衣库三里屯店铺。本店一楼没有设置试衣间，需试衣的顾客请到二楼、三楼试衣。"

外岛客栈的客厅里，观看孜孜手机上的视频的每一个人都面面相觑了一阵，回味着他们刚刚听到的话。视频里那男的含含糊糊地说："叫老公！"接着模模糊糊地好像是猛推了几下："说，我们永远在一起。"

这群人忍不住笑。

"我——滴——个——天。"

"不可能。"

"不可能是真的！"

但确实是真的。这件事后来得名"优衣库事件"，迅速传遍全国，像弹球台一样引爆了中国网络。人人都看到了。性爱本身没什么特别——一对年轻人在一家优衣库的试衣间里干了这事儿，拿手机拍了下来。这件事立马让我想起老张和《马赛克里的中国》所描述的"温良恭俭让"，尽管说不上是"俭"——节制。

优衣库性爱录像引发了一场关于性的相当开放的全国性交流。视频明明白白由两位中国人主演，因此大家能产生共鸣。视频里看起来是两情相悦、温和友善，还带着点冒险的感觉，让人们很容易谈起。中国的性丑闻往往是某些政府官员与情妇合拍的照片泄露出来。这个视频则是两个人的你情我愿，中国网民称之为野战。它给了人们谈性的理由，这个国家二十来岁的人也都如蚁附膻。

中国性教育的缺席是众所周知的，家庭中也不会讨论性。李银河说："中国文化尤其不适合在公开场合谈论性，更不用说跟孩子们说了。"对 90 后来说，大部分都是只在高中上过一两次性教育课。而本质上，他们上的是关于解剖学基础的课程。快下课时，男生会被要求离开教室，然后女生会被告知经期和怀孕的事情。大多数人这时候已经经历了青春期。有几个女人告诉我，她们知道有人堕过胎。而最让我莫名震惊的是，这些年跟我聊过的人中间，至少半数从来没在学校受过任何性教育，一次课都没上过。父母也会回避这个话题。就连性学家李银河都说，她还没有和儿子谈过安全性行为，那时她儿子已经 16 岁了。

六

梅坐着，手放在小郭膝盖上。他们在浏览百度的糯米应用，想在好的川菜馆中间找找本地折扣。这个应用就像团购网站一样，会以折扣价列出餐馆用来吸引顾客的数百种招牌菜。你可以在应用内在线支付，直接走进餐馆，把手机拿出来扫描然后就餐，全程都不用拿出钱包。梅在找明天晚上的饭馆，因为今晚我们会一起做一顿丰盛的晚餐。

那两个上海女人和几个福建男人正在厨房里忙碌，其他人则无所事事，或是打牌，或是看电视。有人在放《老爸老妈的浪漫史》，这部美剧时而被禁时而解禁，在中国大受欢迎，经常取代以前大家最爱的《老友记》，成为复习功课时的英语背景音。

孜孜正忙着在手机上确认约会。一个星期前，他在"探探"上认识了一位女孩子，这是一款中国的交友应用。他们整天都在聊天，他邀请她今晚来吃晚饭，她答应了。孜孜冲厨房喊道："晚饭再加一位！"

一个上海女人从厨房探出头来喊道："不以结婚为目的的恋爱就是耍流氓！"有几个人笑了。孜孜回到自己的房间，穿了一件衬衫。

外岛客栈以及另外60来家我在全国住过的青年旅社——我在亚洲其他国家旅行时也会住以中国人为主的旅馆——凸显了中国旅人和西方旅人之间的重大区别：中国旅社中很少随机一夜情。在西方的旅馆中，性无处不在。在东南亚和欧洲旅行时，我见过很多一心只想着艳遇的西方旅客。这些艳遇在我隔壁房间大张旗鼓地上演时，也是我的厄运来临之时。在泰国有一个晚上特别糟糕，因为那事儿就发生在我的上铺。中国人就没那么随便，至少现在还没有。

跟西方相比，中国的性文化中大男子主义更少。在中国，我很少碰到会有人像美国大学兄弟会里的那些人一样，保存着一份自己睡过的女人的清单。恰恰相反，男人谈到性时，更多的是带着一定程度的敬畏——混合着无休止的好奇和一点点天真。

我朋友提醒我，在海外留过学的中国学生似乎是个例外。中国政府对西方精神污染的担心，似乎在性这个领域表现了出来：从美国大学回到中国的年轻人，仿佛在美国上的是兄弟会聚会和随意滥交的强化速成课。这当然是道听途说，但也是个经久不衰的话题。

中国正在现代化，人们也经常问我，这是否意味着中国正在变得越来越西化？如果是，那么到了什么程度？中国年轻人对美国性爱习俗的大部分了解来自两种电影：好莱坞电影和毛片。中国年轻人无论会说几句英语，基本总是会说："举起手来！"和"哦，宝贝，是的宝贝，来吧宝贝！"

西方人还有一个很糟糕的名声：某种意义上的性殖民主义——他们去中国或是亚洲别的地方，只是为了性交。有一次去一家中文播客做节目时，年轻的女主持人问我："有人说那些在自己国家一个女朋友都没有的外国人，来了中国能找两个，是真的吗？"

<h2 style="text-align:center">七</h2>

晚上聚餐过后，我们带着吉他和啤酒，一起上天台去看日落。小郭

挽着梅坐着，两人小口喝着青岛啤酒，笑容满面，跟着孜孜弹的吉他哼着歌。孜孜在探探约到的对象是个 20 岁的女孩子，来自旁边的艺术学校，很容易就融入了大家。天光在成都的摩天大楼后面暗淡下来，透过层层叠叠的雾霭和烟尘，灰色建筑物上渐渐笼罩了一层淡黄，接着是粉色，红色，最后是模模糊糊的属于夜间的蓝色。

小郭和梅很早就下去了，几个男人见状咧嘴大笑，互相看着，心领神会地点点头。孜孜拿起吉他，开始弹奏"痛仰乐队"最出名的一首情歌，是献给歌手妻子的一首原声歌曲。约会对象一脸崇拜。另外四个女孩子现在脸飞红霞，不知道是因为啤酒还是因为这会儿赤裸裸的性话题。她们很快也下了楼，回自己的铺位去了。这天晚上，所有男人都待到很晚，抽着烟，热切地谈论着曾经有过的或希望有一天能拥有的女友。

孜孜的约会对象这天也在这里过夜。到最后我只好去睡速生木材制成的上下铺。

第二天早上小郭报告说，他和梅昨晚很成功，尽管他没经验，因此他很紧张。仅此而已。作为一个 22 岁、刚刚有了第一次性经历的人，他看起来相当平静。他没有把自己的经历当成是一次征服，也没有吹嘘一番。他说，希望自己和梅的关系能进展顺利，还能一起回来，这样明年我们所有人都能在外岛客栈再聚聚。

我问他会不会跟梅结婚。

他答道："一步一步来嘛。"

第六章
那些年轻的剩女

社会压力下的
女性婚姻

社会压力下的
女性婚姻

一

春节前一个月，我回到江苏苏州的房子里，发现室友温迪还没搬走——尽管在去成都之前，我就已经叫她搬出去了。我们住的房子在一楼，是一栋20世纪90年代风格的水泥建筑。温迪住的是次卧，以前是房东女儿住着。房东让我管他叫彭叔叔，他女儿则给自己取了个英文名字，叫斯麦尔（Smile，微笑）。我不在的时候，房东父女俩和温迪有过一次冲突。彭叔叔不想说他们是为什么事闹的矛盾。后来斯麦尔告诉我，是因为她爸妈对于单身男人和单身女人住在一起感觉很不舒服。他们觉得温迪是想利用我这个"什么都不懂的外国人"。他们想让她搬走。温迪在给那些准备参加高考的学生当英语家教，跟我走的时候相比，她似乎更加坚定地不想离开。我不在的时候，她的东西慢慢爬出了她的房间，穿过狭窄的过道向我的房门延伸。我们的两个饭碗中有一个装了墨汁，方形餐桌上散落着一些笔记本，三张凳子中，有一张上面堆满了湿衣服。毫不夸张地说，这个屋子冷得跟冰窖一样。长江以南的城市通常都没有集中供暖系统，苏州的温度正儿八经会降到零度以下，但由于湿度太高，雨很少会变成雪。温迪把窗户开着，让本就阴湿的房间里更加潮湿，墙上的瓷砖摸上去都粘手。

温迪没有按照我们说好的搬出去住，尽管我感到失望，倒也不算意外。春节临近，我室友面临的问题，比我要求她清空房子的问题大得多：温迪必须回家看望父母。

温迪 31 岁，未婚，这让她成了中国最具话题性也往往被人惋惜的社会阶层中的一员：她是个剩女。

对温迪来说，回家意味着要面对每年春节都会被问的问题："生孩子了吗？"没。"结婚了吗？"没。"哦，你多大了？"随后是因失望而来的沉默，每一个背叛了出生时就默认签字画押的文化协议的人，都会得到这样的沉默。

温迪的本名当然不叫温迪，这也是她自己取的英文名。1983 年，也就是中国的改革开放政策让中国经济发动机开动了 4 年后，温迪出生在中国江苏的一个农村家庭。温迪的父母一直在努力学习他们的第二语言：普通话。他们从来不会管自己的女儿叫温迪。但在苏州，她几乎对所有人自我介绍时都会说自己叫温迪，无论对方是中国人还是外国人。

中国始于 20 世纪 80 年代中期的快速现代化，让中国人同时拥有了旧世界和新世界、第三世界和第一世界，也同时拥有了品茶的传统主义和使用高科技的现代主义。中国的成就显而易见，触手可及：温迪小时候苏州到上海 4 小时的慢车如今已经变成了仅需 21 分钟的高铁；年轻人普通话说得很溜，但老一代人说起来费劲得很，因为这是他们的第二语言，也因此他们的思维模式更加有局地性。与此同时，一些传统的思想仍然在态度、立场和民族传统中挥之不去：女人得在 27 岁前结婚。

温迪在这个快速现代化的国家长大，因此是 21 世纪的产物——她能用英语会话，法语也还行，英国演员休·格兰特是她的梦中情人。她跟一位美国朋友住在一起，这人还刚好是个男的；大部分父母都会觉得这样的安排有伤风化。但她也在坚持一些不合时代的传统习惯——她拒绝西医，在冬天也不肯在室内用暖气（热空气会让嗓子和皮肤发干），而且还不停谈论她要是生了孩子，就会有至少一个月不能洗澡，因为生完孩子身体太虚弱，洗澡会生病，甚至可能死掉，孩子就没人照顾了。

例子很简单：这是新，那是旧。但区分哪是新哪是旧，往往要困难得多。

温迪第一次形容自己是剩女时就是这种情况。这是现代俚语呢，还是古代俗语？温迪用中文重复了"剩女"这个词，然后在自己总是随身携带的一个笔记本上写了下来。"女"是学写汉字第一天的入门课程中就教过的一个部首，"剩"就难多了。我见过这个字出现在"菜"前面，合起来表示一顿饭吃完之后剩下来的菜肴。但"剩"的意思肯定不止一种，所以我摸不着头脑。

对普通话学得还不到家的人来说，这样的困境比比皆是。每个汉字本身就有一定的含义——往往有好几个互不相关的定义，然后跟第二个、第三个或一连串别的汉字结合起来，就有了一个完整的意思。有时候这种结合很实事求是："老"和"家"合在一起就是"老家"。有时候这种结合很有诗意，就像一位中国古代的诗人复活，尽了最大努力来形容现代的让人叫绝的进步："着火的车"叫火车，"带电的影子"就是电影。还有的时候，这种结合要神秘得多。我认定"剩女"这个词，要么有好几层意思，要么有隐藏含义。

所以我直接问了温迪。没有什么事情比哪壶不开提哪壶更可怕的了：你认识到社会中的不足之处，就此向某人提了个相关问题，而这个人恰好深受该不足之处的影响。举个例子，如果有个在美国学英语的中国年轻人，彬彬有礼地去问一个比理想体重足足重了100斤的人，请他定义一下"病态肥胖"是什么意思，那可真是不幸得很。我干的就是这么个事儿。

温迪解释说，剩女就是剩下的女人。按照温迪的说法，指的是30岁还没结婚的女人。但从那时起我问过的所有人，以及一些官方文献，都认为成为剩女的年龄是27岁，我没有告诉温迪这跟她说的年龄不一样。"剩女"一词背后的逻辑是，中国女人要是过了27岁还没结婚，就肯定有问题，有缺陷。

温迪一五一十地说："就像劣质食品。"在我们冰冷的公寓里，她的脸就像一张毫无表情的面具。她坐在桌前，朝着敞开的窗户，外面是瓢泼一样的冬日冷雨。桌面上是她的旧笔记本电脑，屏幕上暂停的英国浪漫喜剧发出孤寂的光芒，在温迪的圆脸上投下阴影。她的行李箱占据了床和桌子之间的大部分空间，挤得她的椅子都没法转动。温迪的房门刚好能贴着她的单人床打开，床则紧靠着墙，没有一丝缝隙。墙上光秃秃的，还有裂纹。如果温迪没有那么反对用暖气，房间里会更舒适些，尽管也会更挤一点。因为没有暖气，这里真的就跟冰窖一样。温迪戴着帽子、手套，穿着靴子和臃肿的厚外套坐在桌子前，边看外国电影，边听着窗外的雨。她说着话，手里心不在焉地把玩着房东留下的一把算盘。她神情漠然，就跟她每次向我解释什么新词，或是教我做什么本地菜的时候一样。

"剩女"概念背后的传统思想，是我在中国遇到过的古董思想中最顽固不化的。中国人经常打趣说，他们的寒暄是这样子的：几个例行公事的问题——"你哪儿人？""你做什么的？"，然后连珠炮一般的"挣多少钱？""有男朋友了吗？""结婚了吗？""有孩子了吗？"刚开始我还以为人们问我第二组问题是因为想安排我跟他们的朋友相亲——作为美国人的迷之错觉，以为自己在中国炙手可热。我们会互相留电话，我会等着有人牵线搭桥。但结果他们只是好奇，想知道我是否结婚了，以及如果结婚了的话，我妻子是不是中国人。这些基本问题提供的数据，似乎足以满足大多数人的社会衡量机制。一旦你提交完答案，几乎就能听到齿轮咔嗒作响，马达嗡嗡旋转，然后——砰——你被成功分类，贴上标签，上架储藏。

中国人经常问这些问题，每天都问。陌生人在第一次见面时会问，朋友和家人也会一遍又一遍反复问，好看看哪些数据可能有变化。有变化就意味着需要重新归类，于是你听到齿轮再次开动，马达重新运转起来。这个评判过程丝毫不加掩饰，对于像温迪这样的人来说，机器再次吐出裁决结果时，冷酷无情。提问者带着恶毒的怜悯表情，给你盖上剩女的戳记，归入"能力不足"的类别，紧挨着"失败"旁边。

我见过几次陌生人瞄准温迪开火提出这些问题。温迪从不反抗或粗暴回击，她会带着木然的微笑一直摇头，嘴巴在动，但眼睛凝视着问话那人身后几米远的地方。她的表情中有随着时间变得越来越坚硬的韧性，让人捉摸不透。

但从我回来以后，温迪似乎心烦意乱得异乎寻常。很明显她想谈一谈。我听说过20世纪90年代中国工厂里的当地经理在工人牢骚满腹时用的一种策略，叫作"谈到筋疲力尽"。做法是这样的：让心烦意乱的人好好发泄，说出他们想说的一切，想说多久说多久，这个过程会让这个人的情绪渐渐平复。

温迪开始说的时候已经是半夜了。凌晨3点半，她还没有任何筋疲力尽或是宣泄完毕的迹象，我只好问她我们能不能中断一下，先去睡觉。

温迪跟我讲了这些事情：她对自己的父母既有强烈的憎恨，也有更加强烈的责任感。她父母对她的生活与其说是责备，还不如说是纠缠不休。温迪说，按他们的标准，她让他们大失所望：没有外孙，没有女婿，也没希望以后能养他们的老。

他们养育温迪的方式跟很多中国家长养育自己孩子的方式一模一样。一方面，温迪是"小皇帝"一代，她得到的吃的、穿的尤其是关心特别多，从表面上看，她是整个家庭的焦点，集万千宠爱于一身，但另一方面，所有的关心也都有伤人的一面。温迪小时候，不管她怎么努力都没有人称赞她，除非这些努力带来了别人想要的结果。每次考砸了，妈妈都会直接说她好笨，这样的责骂我在别的学生身上也经常看到，有很多中国朋友也跟我说起过。西方人会觉得，温迪妈妈缺乏同情心和同理心。

像温迪妈妈这样的"虎妈"，把孩子逼得很紧而且结果导向，在中国很普遍。西方国家已经开始赞赏虎妈取得的成就，但没有人问，那些没能削足适履的孩子，那些没能成为音乐会上的大提琴演奏家或是医学院学生的孩子最后怎么样了。同样被逼得很紧，但没有达到积极结果的孩子面临着来自父母的最阴冷的嫌弃："我们没生气，我们就是失望。"

中国年轻人的生活中，父母参与的程度同样很高，而且贯穿他们的全部生活。他们小时候，考试成绩最重要，父母也就非常强调学习。一旦孩子们到了25岁上下，尤其是女孩子，精力充沛、存在感爆棚的父母就会一切以结婚为导向了。

因此，随着春节临近，单身的温迪就得再次面对她文化上的尴尬状态，坐上"着火的车"去履行另一个由来已久的传统：回老家。在老家的时光，她会和父母以及那些看着她长大的人一起度过。（"还没结婚？真的？"）

温迪说："中国大龄女性总是需要面对"剩女"这个称呼。这个说法跟时间一样古老。"解释完之后，温迪又回头去看电影了。

二

春节前几周，我突然发起了高烧。温迪仍然没有搬出去，我们俩都没提房东要求她搬走的事儿。室外温度在零下。整整三天时间我都躺在两床被子下面，小口小口地喝热水（温迪提醒我："冷水对你身体不好！"），看着电视节目。有小部分是真实的相亲节目、唱歌比赛，还有比例高得离谱的抗日神剧或是抗日电影。相亲节目里面满是情侣，但没什么浪漫情节，不像温迪喜欢看的休·格兰特的电影那样。到需要吃饭的时候我会溜出去，温迪也给我带过两次粥。

我房间里很暗，天花板上挂着一个灯泡。透过我落地窗外的砖墙，也有些周围的光线照进来。我的电视很笨重，是平板电视出现之前的中端产品，留到了现在。温迪坚持认为漆过的深色木地板是假的，但这地板是这套房子里我最喜欢的地方，跟房子里其他地方坚硬的油毡布和瓷砖比起来，更能给我一种宾至如归的温暖。我睡的床架是用加工过的植物材料紧密编织在一起，牢牢钉在木质框架上做成的，有点像绷紧的吊床，或是坚硬的蹦床。这种床很传统，比起床垫来也要便宜很多，睡着足够舒服，比我以前只是拿木板条钉起来的床高了一个档次。这种老式的床又是一件过时的东西，不过这房子本来也已经有些破旧。电视机连着一台卡拉OK唱机，是这房子自带的。在租下这个房子之前我看过十间房，其中三间都有免费的K歌设备。

在我一位学校同事的建议下，我把一堆生姜去皮、切碎、加水煮开，然后一点点喝着姜汤，直到睡着。这是治感冒的传统方法，我同事跟我保证，一定会霍然痊愈。

数小时后，我满身是汗，抖个不停，冷得像要冻僵，又热得像要着火。我收到温迪发来的紧急短信，把烧得迷迷糊糊的我一下子给吓醒了：我被警察关起来了。肯定是产生幻觉了。我又迷迷糊糊地睡了过去。

又过了几个小时，终于退烧之后，我又看了一眼短信，吓坏了。我起身用一床被子把自己裹起来，走了六步穿过铺了油毡布的饭厅，来到温迪门口，门缝下面透出灯光。我敲了敲门，过了一会儿，才听到一句："进来。"

那天晚上温迪去见她约会过几次的一个男人。关于这个人，我知道的一切都是温迪告诉我的："他很有钱，还时不时会上电视。"温迪叫他郭老板。

原来是这么回事。郭老板已婚，比温迪大25岁，有个儿子跟温迪年纪差不多。7年来，郭老板一直偷偷和温迪幽会，让温迪不只是成了剩女，而且还当了小三。郭老板在乡下给温迪买了座小房子，以此补偿温迪的两次流产。她试过去乡下过日子，但在中国，这个词可不像西方人想象中的山水田园般有诗意。中国乡下代表着过去、贫穷和落后，对温迪来说则代表着流放。所以她才花了500元月租，把我多出来的那个房间租了下来。

这次温迪又怀孕了。过去三星期，温迪一直想联系上自己的爱人，发短信、打电话，全都无济于事。郭老板曾跟她说，要出差三周去海南三亚，那里是中国南海的热带岛屿。温迪感觉有些不对，而她的情况——那时候她已经怀孕两个月了——要求她必须做出决定。警察放了她之后，她把这些全都告诉了我。

之前我病得躺在床上的时候，温迪跟我说："我要出去找他。"在他上班的地方，没有人肯告诉她他在哪儿。她去找警察，问他们要他家里的地址，警察居然就给她了，这个细节我到现在也没完全整明白。接着温迪就去了他家，但"没打算打扰他或是他的家里人"，就在门外头等着。果然，郭老板在家，不在三亚。这家人故意无视了在门口绕圈的影子，郭老板一连几个小时都没有出现。而他出现的时候，是去招呼警察，是他叫来的警察。

警察把郭老板和温迪都带去了派出所，在那里，温迪什么都说了。房东女儿斯麦尔后来跟我解释说："温迪干的这事儿吧，搅起了非常严重的面子问题。"

面子是声誉、个人的自尊以及社会地位的混合。为了揭露她参与的这起不正当的事情，温迪有意败坏了这位本地著名商人的名声。他没了面子，但温迪也没了面子。温迪曝光了她跟一个比她大25岁的男人的不道德之恋，这是个成功的商人，是个养家之人。为了保住面子，这个男人否认跟温迪有任何牵连，声称："我从来没动过她一根手指头……我可没让她怀过孕。"温迪没有让步。

警方要求立即解决，但这不是个正式解决方案：让郭老板给温迪500元钱——相当于温迪一个月的房租——来"处理眼前的问题"。他们想让温迪把孩子打掉。但温迪已经一无所有——这么多年的沉默、隐秘，以及作为剩女一直遭到的羞辱，她已经受够了。温迪想说出来——希望不只是一名外国室友、一个同情她的朋友能听到。

"媒体说他们想帮我。"在跟郭老板和警察交锋之后的第二天，她一边在浴缸里用一个很大的陶瓷碗洗头，一边告诉我。我们浴室的洗脸池没有连水管，我们用它来放厕纸。"我需要说出来。我不能继续把问题一个人扛着。"她看上去非常紧张，但也解脱了，下定了决心。她穿着漂亮的红色毛衣，裤子笔挺。她最后看了一眼屋子，看看自己有没有忘了什么，然后拿起钥匙，骑上电动自行车，去了派出所。第三天，更多记者来到我们的公寓。我知道，如果斯麦尔的父母都觉得温迪跟我住在一起很奇怪的话，当地媒体对此肯定会更加如蝇逐臭，如蚁附膻。我锁上房门，假装不在家。一小时后，记者们都走了，我以为这事儿应该也就到头了。

两天后我收到斯麦尔的一条消息，她问道："你知道温迪怀孕了吗？？？我们全家刚在电视上看到她了。我爸妈非常非常生气。"

斯麦尔的消息证明，人们确实听到了温迪的故事。这几天她一直很忙，我都没见过她，只是因为大清早看到她门缝下面的灯光，还有扔在水池里吃剩下的粥，我才知道她还在。我也无意中听到她跟闺蜜打电话说起郭老板，这位闺蜜开了家茶馆，温迪经常去听她朋友弹古琴，跟朋友的小女儿玩，小女孩叫她阿姨。根据温迪在电话中的反应，很明显她朋友在恳求她翻篇儿，让这件事过去。温迪说她不想，她就是要讨个公道。

但媒体并不认为温迪有什么公道好讨。按西方标准来看她是对的，尽管属于你情我愿。郭老板引诱了温迪，承诺会爱她，想跟她私奔。

他背着妻子搞外遇，严重伤害甚至毁掉了自己的家庭，害一个孤孤单单、没什么主见的女孩子怀孕，然后又矢口否认。这个人卑鄙无耻。

但跟我聊过这件事的人没有一个这么看，媒体也不是这样报道的。孔子说家庭很重要，家里的每一位成员都有重要作用，丈夫是家长，妻子支持丈夫，孩子服从、尊敬父母，所谓父慈子孝，兄友弟恭。最重要的是，家庭就是一个单元。这是中国社会的重要基石。

温迪上电视，就毁掉了一个家庭单元。她如此行事的动机并不清楚。我心里的西方浪漫主义会说："一切都是为了讨个公道。"但中国的实用主义者会提出疑问，尤其是，一个贫穷的女人找了个有钱的爱人，动机何在？

媒体以及后来跟我谈过这件事的所有人，都指出温迪这个人太恶毒了。他们都说，温迪如果想跟郭老板和解，不需要去找媒体。有情妇的人太多了，和解基本上只是处理方式的问题，尤其是那男人还那么有钱。温迪上电视，得到的只是百分之百毁掉了一个男人的面子和家庭。人们觉得温迪干了这么些事儿，活该受罪。

一周后，房东叫我搬出去。斯麦尔解释说，他们家对整个丑闻都感到"不舒服"。第二天他们来解除合同，斯麦尔的父亲彭叔叔塞给我一个信封，里面装着押金。他说："很对不起你啊。"他的口音很重，但他讲得很慢，好让我听得懂。"中国有的人是好人，有的人是坏人。我相信美国也是这样，但是我不知道。"他朝着温迪的行李箱扬了扬头，"在这儿你碰到了一个坏人。我们不是都这样的。"斯麦尔耸耸肩。她妈妈不高兴地看着我。春节马上来临，我这几百块钱对他们原本会有点用处的。

几个星期之后，媒体失去了兴趣。他们已经知道了她的故事，又继续去追寻下一条精彩的当地新闻了。

与此同时，这座城市宣布要将一片老住宅区改造为旅游区，结果这个规划也包括我和温迪刚刚腾出来的公寓。政府会拆除我们这栋老楼，把这里变成风景名胜。我在一家饭馆碰到彭叔叔，最后我们一起吃的这顿饭。他说："我只希望政府能为我们的房子多补点钱。"桌上的饭菜他几乎没动。

这段经历让我感觉有些震动。我一个人搬进了大学南门的一间公寓，远离了运河，远离了学生云集的小吃一条街，而我已经爱上了那里。[①] 几个月后我会永远离开这座城市，一路向西前往成都，中国"西部大开发"的中心之一，也是中国的新兴城市。

就在我离开的前几周，大概是老房子差不多要拆的时候，来自得克萨斯州的一位传教士引领斯麦尔去"寻找在天上的主，被他的天恩拯救"（她就是这么跟我说的）。她开始去教堂，还试图说服父母信主。下一次也是最后一次我见到彭叔叔时，他看起来仿佛老了 10 岁。虽然跟外国人接触得不多，但就这几次接触让他的生活变得无比复杂，简直是灾难。

---

① 有一次我说起搬离苏州那间房子让我多么痛苦时，一位北京朋友训了我一顿。他们家已经从胡同里搬了出来——那里都是狭窄的小巷子，已经成为"老北京"的象征。他说："你们外国人，尤其是记者和学者，来到中国，想了解中国，了解中国的今天和未来，对不对？你们全都搬进我们的历史街区，搬进我们的老建筑，而我们全都想从那些地方搬走。你跟我说说，中国是在朝着胡同的方向发展吗？是在朝着挨着运河被拆掉的房子发展吗？你们在这些地方住着，只会扭曲你们对中国的理解和报道。"

我最后一次跟温迪聊天时，她仍然没有跟郭老板和解，也不清楚到底还能不能和解。他一直对温迪的指控矢口否认，温迪已经没有了公众作后盾，也没有朋友支持她，这似乎也削弱了她继续与郭老板对峙的力量。

温迪无处可去，只好搬进了郭老板公司三楼的一间办公室。她这么做，部分是出于抗议，表示自己不会就这么消失；还有部分是出于必要。郭老板这么做则纯粹是出于无奈：如果她不想去乡下，他就必须在城里给她找个住的地方。她有个简单的折叠床，有台电视，但这个地方的采光比我们在一楼的公寓要好很多，洗脸池里也有自来水。现在她能期待的最好结果，就是能有钱抚养这个孩子。她一直希望能得到感情支持，但郭老板拒绝了。他表达得很清楚，他不想要温迪，因此她会继续"剩"下去。

在这间由办公室改建的卧室里，寒意继续侵蚀着室内的空气，温迪裹紧外套，坐在一张小桌子前，面前是打开的笔记本电脑。来自英国爱情电影的光芒，在她僵硬的脸上蹁跹起舞。她还是喜欢让窗户开着。她的呼吸变粗了，似乎让狭小的房间起了云雾。行李箱躺在地上，半开半合。这个春节，她不知道要不要回家，去看望自己的父母。

第七章
"双十一"做双眼皮

全球最大购物节
与炫耀性消费

全球最大购物节
与炫耀性消费

一

初冬的一个夜晚，在一家座无虚席的川菜馆，我们七个人围着院子里的一张大圆木桌，坐在塑料椅子上。桌子中央开了西瓜那么大的一个洞，透过边缘刚好能看到下面的木架上吊着煤气炉。今天没有污染，成都的夜空稀稀落落点缀着几颗星星。桌子上的人谁都没注意到。在黑暗中，小祁和杨的朋友们静静坐着，手肘撑住一侧，手都举着，脸离自己的手机只有几寸远。手机屏幕上的光冲刷着他们的脸，给他们打上一层亦真亦幻的光芒。

小祁叹了口气。他请大家来吃炖羊肉，结果除了他女朋友杨，大家整晚都把脸埋在手机里。杨没有理这些人。小祁穿着带垫肩的厚夹克，杨闭着眼睛，紧紧贴在小祁的臂弯里，乌黑的长发垂落在小祁胸口。这对小情人很少能有这么私密的时候——他们大学宿舍只能住同性别的学生，不允许异性进宿舍楼。就算小祁能偷偷从门卫眼皮子底下溜进去，杨狭小的宿舍里还有三个学生，没法把宿舍变成私人空间。门卫是个 60 岁的阿姨，跟杨专横的奶奶长得很像，让人不舒服。（"每回小祁送我回宿舍，她都会盯着他看，就好像小祁是条狗一样！"）其他吃饭的人都被科技产品整得五迷三道，杨正好借此机会，跟男友有了个一刻千金的夜晚。

90 后大部分都是数字土著，跟全球千禧一代"手机长在手上"的形象如出一辙。截至 2016 年，18~35 岁的中国人 85% 都拥有智能手机，相比之下，35 岁以上的中国人拥有智能手机的只有 43%。[1]（在城市中年龄就不是问题了：城市居民使用智能手机的比例高达 88%。[2]）

今天晚上，小祁和杨约来吃饭的朋友，让这个形象更加深入人心。我扫了一圈，当然，整个院子一桌桌地坐满了静悄悄的顾客，都在忙着拨弄他们的手机。

从木头圆桌的迷宫中间出现了一位又矮又胖的老妇，围裙上满是油渍，端着一个沉重的金属锅。她快步向我们走来，肩膀在炖肉的重压下绷得紧紧的。她熟练地将锅放在桌子中间煤气炉上面的金属支架上，然后伸手到桌子下面点燃了炉子。火苗开始舔舐锅底，老妇用浓重的四川口音请我们慢用，然后转身急匆匆地穿过人群，回了厨房。

院子上方的灯照亮了锅里咕嘟咕嘟喷出的一阵阵水汽，慢炖羊肉汤和着香菜的味道很快钻进了我的鼻孔。院墙外面，汽车飞驰而过，锡皮三轮车将刚下班的人从地铁站送回他们的住宅楼。据说炖羊肉能让全身都暖和起来，其营养足以让你整个冬天都保持精力充沛。今晚这顿炖羊肉大餐，标志着冬天已经来到了成都。

小祁和杨一直在偷偷接吻。他们的朋友雷内，年轻的电影制作人，一位胸有大志的导演，一直在拿眼角瞟他们。他咳嗽了一下，但他们还在亲热。他咳嗽得更大声了，他们干脆无视了他。到最后，雷内终于爆出一句："坐在他们旁边真受不了！这腻歪劲儿都要让我害病了。"他看向丽贝卡想得到应和，但盯着手机的丽贝卡头都没抬，也没注意雷内说了什么。

23岁的丽贝卡刚刚回到四川。她一般都用自己的英文名，是她在上海工作时有人给她取的。大家都知道雷内暗恋丽贝卡。因为丽贝卡的沉默，雷内揉乱了自己的长发，也回到手机上。我能看见他的手机打开在探探的页面，这是一款交友应用。雷内取英文名的原因跟他留长发、蓄山羊胡一样，更多的是日式风格，而不是中国大陆流行的风格。他曾告诉我："这能让我看起来更神秘。"

网络上喜欢把低头族称为**脑残**。无论是不是脑残，整个餐厅的所有顾客看起来都有些过度沉迷于手机了。我打断这对正在卿卿我我的爱侣，问小祁："今天是什么全国性的脑残节吗？这些手机党都怎么回事？"

小祁扬起眉毛："你不知道明天是什么日子吗？"

我摇了摇头。我不知道。杨看都没看，抬手指了指院子里混凝土墙上挂着的电视。中央电视台新闻节目主持人正在播报晚间新闻："光棍节即将来临。中国光棍在热切地浏览网站，决心寻找真爱和幸福……"

"明天是光棍节。"小祁笑着说，把杨又拉近了一点。

我看向雷内的手机屏幕。他在探探上找到了一个对象，这会儿在考虑怎么搭讪，输入一个句子然后又删掉，最后才发了一句"光棍节快乐^_^"。

"就好像情人节?"我问。

雷内说:"有点儿像，但是是反过来的。情人节是庆祝你有女朋友，光棍节是提醒你没有女朋友。"

我朝着满院子长在手机上的人扬了扬头，问道:"所以大家这会儿都是在探探上找对象吗?"

小祁摇摇头，又指了指电视。

"各个地方的购物者都为光棍节做好了准备，要趁大减价买买买。今年阿里巴巴会有好几万商家打折，马云预计这会再次打破全球单日消费纪录，而且这次的速度也会创纪录。"

光棍节的特别报道会播一整晚。

小祁说:"光棍节是我们最重要的购物节。淘宝上每一样东西都会特价销售 24 小时，他们全都在计划着用手机上的淘宝买东西。"

我问:"中国的反情人节这天，所有人都只是买买买吗?"

小祁点点头，然后向雷内示意，他正在苦苦思索给探探上的对象写点儿什么。"也有的人……在找乐子。"

雷内低声骂了一句，把自己的塑料凳子挪开，又偷偷朝丽贝卡的方向看了一眼。丽贝卡翻了翻眼珠子，把椅子转了个方向。

二

光棍节，字面意思是"光溜溜的木棍节"。在一个日子里——11月11日——出现的这四个孤单寂寞的阿拉伯数字，指的是中国的单身汉，那些仍然光溜溜的木棍，还没有让自己的家成为一棵枝繁叶茂的大树。光棍节的低调起源可以追溯到20世纪90年代初，是南京的一群大学生搞起来的。这群年轻人有个共同点：尽管他们百般努力，却还是在打光棍。每年11月11日，单身青年们都会聚在一起。随着口耳相传，这个节日的影响力变大了一些，并最终通过在线论坛流行开来，每年在啤酒、卡拉OK和同情的滋养下，越来越壮大。没有人希望自己第二年仍会获邀参加。

20年过去了，光棍节入了阿里巴巴创始人马云的法眼，从此彻底改变。中国没有圣诞节可以用来促销，马云一直在找机会提高国庆节和春节之间淘宝的销售收入。中国人的春节在西方往往叫作中国新年，因为阴历会有变动，通常是在阳历的1月底到2月底之间。

中国年满18岁的公民中约有两亿人是单身，[①]他们被戏称为单身狗。如果让这些人组成一个国家，那么这将是世界上人口第六多的国家，排在巴西和巴基斯坦之间。

阿里巴巴把"双十一"变成了为期一天的购物狂欢节。刚开始只

---

① 《中国单身男女人数已近2亿，女性未婚生育要交罚款》，人民网，2015年12月4日，http://health.people.cn/n/2015/1204/c398004-27888743.html。

有 27 户商家决定大减价 24 小时，结果一发不可收拾。[3] 引入三年后，"双十一"就已经打破任何节日的全球单日消费纪录，超过了黑色星期五和网络星期一的总和。[4]（2015 年，"双十一"的销售额几乎达到美国最大的两个购物日销售之和的 3 倍。[5]）在马云将"双十一"变成购物节后仅 5 年，参加"双十一"促销的商家就增长到 27 000 户。之后数年，又增长到 40 000 户，而且有全球供应商参与进来。[6] 2016 年，仅仅"双十一"的网络销售额就已经超过巴西该年预计的全年电子商务总额。[7] 阿里巴巴在 5 分钟内的销售额就达到 10 亿美元。[8]

"双十一"和淘宝预示了中国消费的新纪元。2014 年，在"双十一"的 23 点，马云站在一群员工和记者前自豪地宣布："见证中国网购和内需……今天我们看到了中国内需存在的强大的需求力量，只是我们用了一种新奇的方法把内需挖掘出来。"[①]

很多商人、竞争对手和业余的人类学家想知道的是，这是怎么做到的呢？中国家庭是出了名的能存钱。城镇化迫使中国家庭为城市生活支出更多，但中国的家庭储蓄率仍然保持在可支配收入的 30% 左右。（而美国储蓄率刚增长了个 5.5% 就欢天喜地了。）从数字来看，中国 90 后与前几代人有所不同。2000 年小祁 8 岁时，中国家庭仅有 4% 被视为中产阶层（家庭年收入在 6 万 ~22.9 万元之间，相当于 9 000~34 000 美元）。2012 年小祁上大二时，这个数字已经骤增至

---

① 信海光，《双十一电商疯狂之夜，马云说了什么？》，新浪网，2014 年 11 月 12 日，http://blog.sina.com. cn/s/blog_49bc1a2d0102vbj8.html?tj=tech。

68%。⁹然而，西方生意人在写到中国的千禧一代时，会把他们描述得好像是一群独角兽，神秘莫测。

当马云和阿里巴巴能够协调4万多商家将所有来自全球的著名品牌、质量上乘的商品大幅降价时，"双十一"所激起的不亚于一场狂欢——销售额达到50亿美元只需要一个小时，这还是2016年的数据。¹⁰就这一个节日，完整提供了很多产品：鞋、服装、技术、家具，乃至汽车——半价。

阿里巴巴一般每天向全球发送1 700万个包裹；"双十一"后一周，发送量将近6.5亿。公司预计部署170万快递员、40万台送货车辆、5 000座仓库和200架飞机，好把每件物品都投递到该投递的地方。¹¹

在中国，"双十一"之前的日子充满了忙乱。小祁说，没有任何准备就参加"双十一"，就像"没有一幅城墙和城门的地图就想征服一座城池"一样。我笑了。小祁仰起头，挑了挑眉毛。他没开玩笑。

三

中国的很多年轻人一年过两次情人节，传统的情人节叫"七夕"，还有舶来的西方情人节。与"双十一"相比，这两个节日在现代中国都不具备真正的吸引力。专家形容"双十一"是一种大众零售疗法，用打折促销来掩盖悲伤。在某种意义上可能确实如此，但"双十一"蓬勃发展起来也有另一个原因，就是就其提出的问题——光棍——提供了真正的解决方案。马云的"双十一"在经济方面能如此成功，是因为运用了一个心理学策略。情人节是庆祝你拥有什么的机会，而"双十一"带来的是得到你想要的东西的机会。

在中国，据说女人眼中如意郎君的标准是**高富帅**。下一句是："但实际上，不高、不帅也是可以的。"剩下的就是富了。杨解释道："跟一个高个子我能干吗呢？高能拿来当饭吃吗？帅呢？他要是太帅了，得有多少女人喜欢他。跟这样的男人出去，我一点儿安全感都没有。"

至于男人，据说他们的梦中情人都是**白富美**。当然也有下一句："但实际上，不白、不富也是可以的。"剩下的就是美了。所以像杨这样的女孩子感到有巨大压力，会去加入中国增长最快的市场之一：美容产品。

这两组要求——高富帅和白富美——都源于在线论坛上的讽刺，是对一些人肤浅的吸引力标准的尖刻总结。现在媒体的新闻主持人总是把这些描述当成社会事实来引用。

雷内一针见血地总结了光棍节和大众零售之间的关系："我们中国人喜欢好东西。女孩子喜欢有好东西的男孩子。好东西等于高收入，高收入意味着你能让生活稳定。人人都想生活稳定。所以我买了这个iPhone。"

中国人对光棍节的看法就是围绕着这种消费者符号学展开的：关注点不是产品有什么用，而是产品代表了什么。新车代表什么？苹果手机象征了什么？

在最基本的层面上，买买买的能力，拥有某部手机、穿某个品牌的衣服、开某种档次的车，都象征着安全感。中国人做媒时的性别差异仍然相当严重。中国女人要找对象，没有什么因素比电视相亲节目和爱情电视剧里那些人所谓的**安全感**更重要。女人想从男人那里得到的安全感往往是经济上的。父母尤其喜欢强调找个能给他们的女儿带来"安全感"的人。几十年前，"安全感"一词还不是今天这个意思，这是现代的一种委婉说法，是一种文化的副产品。这种文化中经济上的安全感不是必然的，有人很有钱，也有人吃了上顿没下顿。中国所有的交友网站和相亲角都会贴出三个基本数据：年龄、身高和收入。前两个是固定的，尽管异军突起的整形外科颇有向基因限制开战之势。第三个数据——收入，或至少是对收入的感觉——可塑性就强多了。有了"双十一"的那么多折扣，像雷内这样的年轻人，花一半的钱就能大大提高对自己身价的感觉。

雷内在看一件白色皮领的牛仔夹克，是李维斯的。我问他知不知道这件衣服是不是真的。他说："哈！当然是假的。真的要花两倍的钱。但假货质量也非常好。我们一开始做的可是真货，对吧？"

淘宝变得那么受欢迎，是因为很多年轻人渴望拥有自己喜欢的产品，但暂时还没那么有钱。淘宝以极低的折扣，提供了他们想要的品牌、外形和产品类型。根据中国国家工商行政管理总局随机抽样得出的数据，淘宝上 60% 以上的商品都不符合中国的零售商品标准。（淘宝反驳称，该调查仅抽样 51 件产品，而淘宝在售的产品超过 10 亿件。[12]）尽管中国年轻人手里钱不多，淘宝还是让他们能买得起时尚服装和高性能的电子产品。商品未必都是真货，但总算买得起，通常质量也差不多。

雷内指着自己"爱芙趣"的牛仔裤说："最好的假货往往都是真工

厂里做出来的，说不定是个有胆识的夜班经理干的。通常一种昂贵的材料会被替换成看起来差不多但便宜些的材料。重要的是牌子。看起来全都是真的。"

任何东西、一切东西，都可以从淘宝上买到——名牌服装（真的假的都有）、电子产品、定制西服、本地蜂蜜、西藏天珠……应有尽有。"双十一"购物节创立后6年内，淘宝每年发送的包裹数量从10亿增长到100亿。90后网购的人中，有70%首选淘宝。[①]

淘宝也是一种民主：店家竞争很激烈，用户也很喜欢在购物后打分评价。最好的产品自然会上榜。从事低技术含量工作、月收入大致相当于500美元的人也能买得起仿制的古驰皮带，是淘宝让这一切成为可能，也借此从根本上改变了中国的购买力。

要买真货的话，大家都知道要上阿里巴巴的天猫市场，其中85%的产品都是正品；或者上京东，这个电商巨头是阿里巴巴的竞争对手。不过还是马云的电子商务平台占主导，天猫和淘宝合并计算，阿里巴巴占据了中国电商市场75%的份额。相比之下，亚马逊在美国电商市场所占份额不足一半。[13]

"假不假的，都不是什么事儿，"雷内继续说道，"质量过得去就行，重要的是名牌。淘宝能满足我们，大多数时候还打折。'双十一'所有人都会大减价，销售情况比一年当中其他任何时候都要好。"雷内一边

说着，一边用手机淘宝把牛仔夹克放进购物车准备结账。购物车里塞满了他准备在午夜特价开始之后购买的东西。

四

"双十一"前夜，感觉就好像全国人民都守在手机或电脑旁边，等着把所有选好的商品都推出去结账。朋友们通过群聊，组队搜寻、交流即将到来的最佳折扣。专门讨论"双十一"购物策略的所有博客都在传阅电子表单，比较着笔记本电脑在哪里买最划算，以及竞争平台提供的不同手机的价格。大批消费者憋了整整一年，把大采购留到11月的这一天。

"双十一"吸引了所有人，不只是单身青年。小祁和杨也要买东西。小祁想换掉他那件破破烂烂的旧夹克，杨打算买一双新靴子冬天穿。

杨还计划买些别的东西。她点开朋友发给她的一个广告："双十一做双眼皮！"

杨已经认定，她要是没有"双眼皮"，凭她的美貌就不足以留住小祁。"双眼皮"是中国一种新的美容潮流，就像六块腹肌或白皮肤一样。双眼皮是眼睑上的一道水平褶痕，有双眼皮的人眨眼的时候这道褶痕就会出现。尽管我从没考虑过这种事情，但在中国却已经风靡一时。（做了这个手术的人看起来就好像做了个很小的眼部提拉手术一样。）

关于这股风潮，我在广州美容大会上了解到了更多信息，这是全球排名第二十五位的美容博览会。迪士尼风格的人群从亚洲各地乃至全球各地蜂拥而至，挤进五栋多层的飞机库。宾馆提前几个月就订满了。我碰到一个叫莉莉的女人，开了家卖双眼皮贴纸的公司。她鼓动我在她小展台的椅子上坐下，好用我来吸引观展的人。

我坐下后，莉莉开始指示："闭上眼睛。"15个女孩子在我们周围停下脚步，专注地看着。

莉莉站在我旁边，像医生在给一群实习医生做示范一样。她拿一支没打开的笔指着我的眼睛："女士们，看看会怎么样。好了，慢慢睁开眼睛。"

我照办了。莉莉突然提高了嗓音好强化效果，指着我的脸说道："这儿！看见了吗？双眼皮！"莉莉用笔指着我，让观众看得更清楚些。她说："外国人都能有双眼皮，就连男生都有。我们中国人反倒没有。"

莉莉做的是眼贴生意，就是一小块塑料贴纸，大概一张石蕊试纸的1/3那么大，贴在眼睑上就能让皮肤折叠起来，形成双眼皮。莉莉对围上来的人说："大部分中国人都深受相貌平平之苦，其中就包括眼皮。我们的眼贴能帮助解决女孩子生活中的这一痛苦，就连像这位一样的外国男人都不需要担心。带来的效果是更有深度、更立体的外貌。眼贴和双眼皮增加了维度。"

莉莉的主要竞争对手是双眼皮手术。她解释说，决定做还是不做手术，部分是出于经济考虑。"什么，你以为中国人不会算数吗？是贴一辈子的眼贴，还是做个几分钟的手术，很容易决定。我没法跟愿意做手术的男男女女竞争，这种手术也越来越流行了。"

在中国，并没有什么人觉得整容是个不好的事儿。眼贴常见得很，也有很多年轻人每天都戴美瞳，他们只不过是想在以黑眼睛为主的人群中显得与众不同一点。对想要彰显个性的人来说，这种"自我改进"已经司空见惯了。谁会说动个小手术就过分了呢？

"我们生活在一个看脸的社会。"杨说，她引用了一些关于自拍文化和中国社交媒体的热门评论。在社交媒体上，人们每天都会给自己的脸来个大特写，发到互联网上。"我知道我很漂亮，但单眼皮让我觉得自己很普通。小祁很帅，工作也相当不错，别的女孩子很可能也会喜欢他。双眼皮手术能给我带来安全感。"

11 月 11 日，杨用阿里巴巴的电子钱包——支付宝——在线支付了手术费用。

一周后，杨从成都坐了两个小时火车去重庆整形外科诊所。从长江岸边就能看到，诊所的招牌像酒店招牌一样闪烁着。

双眼皮手术很快，几乎没什么好做的，挺让人吃惊。在眼皮上快速划上两刀，结疤的过程就会产生褶皱。

就这样，现在的杨和千千万万别的女孩子一样，达到了一个几十年前在中国还不存在的美的标准。

五

中国飞速增长的 GDP 总是有一个看不见的陪跑者——中国快速上升的社会期望。30 年前中国的人均 GDP 尚不足 200 美元，在这样一个国家，人们对如何才能过上"美好生活"的理解变化得比经济发展速度还快。电视节目和电影展现了中国发展的最新趋势。中国年轻人的期望——他们对自己想要过的美好生活的梦想——和他们的经济现实之间的巨大差距，往往比世界上任何国家这种类型的差距都更大、更广，也来得更让人痛苦。他们坐在路边摊，吃着一美元一盘的炒饭，看着法拉利疾驰而过，由此而来的挫败感不言而喻。

丽贝卡在上海市中心一家韩国烧烤餐厅工作了一段时间，刚刚从上海回到成都。她23岁，来自安徽省，单身。她去上海是为了寻找机会。她说："我并不是真的知道有什么具体的机会，只是这个国家所有人都在说，上海是能让人梦想成真的城市。"丽贝卡的梦想只是在现代化大都市中出人头地。安徽没有大城市，世界上也没有几座城市的浮华与魅力能与上海这座滨海都市相匹敌。

丽贝卡在就业市场上没什么优势可言。她说："我在成都读的是职业学校，三年毕业，回家的话也能找一份过得去的工作，但那样的话我就只能待在老家那么丁点儿大的地方，或是一个四线、五线城市。我还年轻！我想亲身体验一下大城市的生活，就像电视上看到的那样。"后来她知道，在上海找份稳定的工作并不容易，于是她回到成都，这里也是中国发展最快的经济中心之一。

尽管工作上有困难，她还是决定这次"双十一"买个苹果手机。

一个月挣500美元的人怎么买得起850美元的手机？丽贝卡的父母也不富裕，她只找他们借了一点点钱，用来租房和吃饭，因为不想给他们增加经济压力。她自豪地宣称："这个手机我要自己买！"所以她要等"双十一"，到时候手机就没那么贵了。

中国有两位特别受欢迎的媒体人物，也是播客主持人，分别叫梁冬、吴伯凡。他们为这个问题做了一期节目："中国普通餐馆的服务员怎么买得起他们在工作时用来自拍的苹果手机？"

表面上看，这在经济学上几乎说不通。尽管苹果手机在中国组装，但在中国的售价却几乎比全世界其他任何地方都高。美国一部无锁版^①苹果手机要花 649 美元，而同样的手机在中国卖 851 美元。

跟世界上其他国家相比，买苹果手机花的钱在中国消费者收入中所占比例更高。一部苹果手机的钱是丽贝卡每月房租的 5 倍多。加州的全职服务员一年能挣 3 万美元左右，有那么几个月省吃俭用，服务员就能省出一部手机来。就算丽贝卡有一个月的时间不吃不喝，也不花别的任何钱，用这个月的收入她也买不起苹果手机。

梁冬和吴伯凡认为，买不起苹果手机的人坚持要买，是因为 90 后都太渴望成功了，他们现在就想过上最好的生活。一个月挣 3 000 元钱的人永远不可能买得起车，房子就更不用说了。这么一来，一部手机就成了他能买得起的最好的大宗采购，感觉还够得上。

在上海，越来越多的女性都在准备自己买房子。这么做是一种独立宣言，尤其是对那些选择追求事业而不是早婚的都市女性来说。丽贝卡也考虑过存钱买房，但很快就打消了这个念头。"如果没有爸妈

---

① 手机运营商为销售手机，往往会要求制造商在手机中置入软件代码，用来确保该手机无法使用其他运营商的网络，这就是"锁"。如果想解锁设备，需要置入另一种软件代码。可参阅 Marguerite Reardon, "Ask Maggie," CNET, August 15, 2013, https://www.cnet.com/news/confused-about-locked-vs-unlocked-phones-ask-maggie-explains/。

帮大忙，永远都不可能。"她边说边摇头。但如果她好好省钱，可能加上贷笔小款，或是弄个分期付款，那苹果手机就是她的了。这是她的"手可摘星辰"，她的骄傲与欢欣，也是她及时行乐的方式。她解释说："我可能要存一辈子的钱才买得起房子，到老了才能享用，但我也可以存半年的钱，现在就开始享用。"

中国年轻人有一种新的决心，即从现在就开始享受，"及时行乐"的心态无处不在。丽贝卡并不想存钱买房，成为她和千千万万人口中的**房奴**。父母们会说享福在后头，但她还年轻，她想快活。

所以苹果手机畅销得飞起，尽管对绝大部分中国年轻人来说，买个 iPhone 在经济上无疑是个疯狂的决定。这是他们当下就能享有的奢侈。

六

小祁把搂着杨的手抽回来，在一张纸上写下："一年之计在于春。"这句中国谚语可以追溯到公元 500 年。8 000 年前，中国农民第一次收割稻谷时，开创了一种值得自傲的农业文化。今天，这一文化生产和消费了全世界 1/4 的稻米。种稻始于春日，因此中国稻农在春天必须特别勤快，好给这一年的收成打个好基础，他们的生计有赖于此。丰收的希望要在春天种下去。

理论上，这句谚语说的也是青春。我在江西曾见过一位中学教师板书了这句话，叫她的 40 名学生每人在作业本上抄一百遍。她的意思是人生命运的种子要在生命的春天播下，一生之计在于勤，少壮勤奋努力，未来就能硕果累累。

　　小祁在这句话后面加了个"**节**"字，就把"春"变成了"春节"，西方叫"中国新年"。一直到今天，这都是中国最重要的节日，就像放大版的圣诞节。他欣赏着自己的改动，说："看，一年之计，在于春节。让这些谚语与时俱进一下也是蛮好的，对不对？"

　　马云创造"双十一"购物节，也许最高明的地方在于这个日期在日历上的位置：在春节前不久。春节是中国唯一一个几乎所有人都会回到家乡、阖家团圆的节日。春节返乡是地球上规模最大的人口迁移活动之一，2014 年春运期间，中国发售了 36 亿张单程火车票。[①]

　　雷内对小祁写在纸巾上的谚语眨了好几次眼，随后转向其他人，问："他啥意思？"

　　小祁答道："你打算给爸妈买床新被子，你打算给他们买两瓶维生素明年吃。你已经给老爸买了运动鞋，给老妈买了小手包，还买了酒准备给叔伯舅公们喝。"雷内还是看着那句谚语。小祁接着说道："意思就是，你这些都不是为庆祝'双十一'而买的，而是给春节备下的。"

　　中国文化既有请客吃饭的文化，也有送礼的文化。活跃的礼品经济（在中国大家都这么说）既是爱意的表达，也是社交所必需。马云"双十一"购物节的神来之笔很可能就是其时机的把握。"双十一"购

[①]《2014 春运起跑，预计将运 36 亿人次》，BBC 中文网，2014 年 1 月 16 日，http://www.bbc.com/zhongwen/trad/china/2014/01/140116_china_chunyun；《春运 36 亿人次是怎么算出来的?》，人民网，2014 年 2 月 8 日，http://politics.people.com.cn/n/2014/0208/c70731-24296732.html。

物节总是在中国最重要的节日临近之前到来，因此大家可以把整个春节大采购都放在这时候，折扣还不低。

回老家就意味着要面对七大姑八大姨连珠炮似的轮番发问。小祁去年春节放假回家待了 7 天，记下了家人们有多少次问他有没有女朋友：107 次。

小祁把今年回家的旅程形容为衣锦还乡。对父母总是会问的那个大问题，他已经有了答案；这样父母对亲戚们总是会问的那个大问题，就会有个答案；而亲戚对邻居们总是会问的那个大问题，也就有了答案：你在跟谁处对象不？他有个人人艳羡的女朋友，他们打算结婚，他工作还行，以后的日子看着也不错，甚至可以说很不错。因为对大家关心的重大问题有了答案，所以他很放松。

雷内从事的并非传统职业，因此他的还乡之旅铁定会比小祁的要艰难得多。七大姑会问："当导演挣多少钱？"八大姨会问："挣这么少，怎么找女朋友？"当妈的会问："什么时候我才能抱孙子啊？"

因此，"双十一"提供了三个机会。第一，"双十一"大采购可能会成为还乡之前找到一个稳定的男女朋友的契机（通过淘宝可以花钱雇人假装是你的另一半，陪你回家过春节）。第二，中国人认为他们可以利用"双十一"大采购来改善自身形象，因此他们也相信，这些采购可以让他们在城市生活中感觉更加良好。很多人会跟自己的老乡结婚，因此"双十一"大采购给了你让老家邻居大吃一惊的机会，还只用半价。第三，给所有亲戚都买一份上佳的礼品能体现你的慷慨大方，他们也会据此评定你的经济状况。三赢。

七

阿里巴巴总部位于中国古都杭州，从这里坐高铁到南京，只要俩小时。

回到 2012 年，中国超市文具货架上的钢笔、铅笔、活页夹、文件夹、订书机和笔记本上都被一张很容易认出来的脸占据。那不是马云的脸。已故苹果创始人兼首席执行官史蒂夫·乔布斯，是超市返校文具采购区的主宰。

那些笔记本的意思是，年轻学生应当渴望成为像美国最伟大的创新者那样的人。2014 年，马云带着阿里巴巴到纽约证券交易所上市，创造了世界最大 IPO 的纪录，马云也成了中国的创新英雄。今天，马云的脸主宰了文具区。在纪录片中，在数十部传记中，在橡皮擦和 2 号铅笔上，马云光耀宇宙……

淘宝把中国变成了企业家的国度。对于大学生以及小祁和他的朋友们这样的年轻人来说，淘宝有点儿像个俱乐部——"我治、我享"。淘宝上有数十万小零售商，很多都是想挣点外快的年轻人。他们每月去一次香港，能以批发价拿到库存产品——手机、钱包、手包，放在行李箱里通关，逃过大型零售商店必须缴纳的各种税款。

电商在中国如此成熟，部分原因是中国消费者生来就敢为天下先。2016 年"双十一"，淘宝上的购买有 82% 是通过其移动应用完成的，而三年前这个比例才 25% 左右。[14] 中国的应用，尤其是为智能手机开发的应用，在很多方面比西方的要先进得多。旧金山州立大学的交换生雨荷曾告诉我："从淘宝和京东买东西简直太容易了，相比之下，你们这儿的美国公司，老实说就好像不想赚我们的钱似的。"

八

吃完炖羊肉，我们去了附近一家咖啡厅。"网速快，稳定，还便宜。"雷内跟我保证。

时钟指向 12 点，购物者纷纷"大开杀戒"。咖啡厅里的人每当确认付款，就大声喊出自己买的东西。一台迷你冰箱。普洱茶，给小祁父母的礼物。一部小米手机。一年的韩国保湿面膜，修复皮肤，保持青春光泽。华为电脑。一双耐克，给小王父亲。两双耐克，给她。离我们两桌有对夫妇买了辆车——凯迪拉克，居然——半价。他们拥抱，又蹦又跳，接着拥抱，接着又蹦又跳。

我在网上看着汇入阿里巴巴总部的销售额。仅 8 分钟，阿里巴巴的销售额就达到了 10 亿美元。

小祁给杨买了她非常想要的冬靴。杨给小祁买了新的厚夹克，换掉她花了好多时间擦洗的那件旧的。小祁给妈妈买了个小米手机，给爸爸买了双彪马鞋，好让他的脚不那么痛。他还给杨买了公文包大小的一箱维生素好春节带回去送父母，要是想表达关心和体贴，人们普遍都会送这个。雷内注意到了："这是送老丈人、丈母娘的呀！你们有啥要告诉我们不？是快要求婚了吗？"小祁在他胳膊上猛击一掌。他还没见过杨的父母。

丽贝卡给自己买了部苹果手机，给父母买了维生素，还买了各式各样的四川特产准备带回安徽老家，送给朋友和家人。"会把他们辣哭。"她笑着说。没有人了解她为啥买得起这么多东西，但杨说，上次在丽贝卡的房子里，她看到好多泡面。

雷内给父母买了很多维生素，都很贵，还给叔叔伯伯们买了好酒，给婶婶大娘们买了时兴的茶。他说："我知道他们希望我能有最好的生活，但这些问题真的很让人头疼。说实话，他们让我觉得我在这儿追逐梦想一定会失败。这些礼物应该能告诉他们，我干得还行。"

美国 2016 年的网络星期一在 24 小时内为所有公司在所有销售平台上总计赚得了略低于 35 亿美元的收入，轻松打破上一年的纪录，也超过了最初的估计。[15] 凌晨一点，淘宝、天猫、全球速卖通、天猫环球等购物网站的销售额已经超过 50 亿美元。[16]

几个月后杨回到家时，父母有些诧异地看着她的双眼皮。妈妈有意转移话题，说道："靴子真漂亮！"爸爸问："在哪儿买的？"

"其实是别人给我买的。"

"谁？"

杨拿出小祁给他们买的够吃一年的维生素，交给爸妈："跟给你们买这些的是一个人。"

他们互相看了看，再看看那箱维生素，最后看了看杨。妈妈笑了，笑得很开心。爸爸耸耸肩，挠了挠头："什么时候我们能见见他？"

第八章
学霸的创新梦想

中国学霸能否彻底改变中国？

中国学霸能否彻底改变中国？

一

琳琳在桌子前面坐下来时，谨慎地扫了一眼我的录音笔和记事本。"很高兴见到你！"她用略带口音的英文说。她把背包背带挂在椅背上，把一本浅蓝色封面的书放到桌子上，随即把手搁在了书上。一个女孩子的肖像从她的手指下面向外窥探。我还没来得及看清楚，她的简历就已经出现在桌子上，供我细读。服务员来了。琳琳点了杯苹果汁。

我面试琳琳是因为我在为哥伦比亚大学招生办公室工作，我这个小角色就是和学生聊聊天，主要是中国西部的学生，他们都已经通过了大学录取程序的前几个阶段。每次面试完我都要写一份报告，这份报告会成为哥伦比亚大学决定招生的奇特炼金术诸多组分中的一分子。

我看着她的材料，说："你的学术能力评估测试（SAT）成绩很好啊。用英语考试对你来说难吗？"

我对面的女孩子咧嘴一笑，露出全副牙套。"测试部分还行，但写作部分对我来说挺难。"

我低头看她的简历。她拿了满分。实际上，她的整个测试都是满分。在这一年即将成为大学生的将近170万名考生中，拿满分2 400分的有583人，琳琳是其中之一。而且她还是拿第二语言考的试。

我问琳琳："你最引以为傲的成就或经历是什么？"

"我的图书销售，还有我的奖学金。"她说。她胳膊下面那本书封面上的女孩子，原来是琳琳自己。《爱你在旷野》，英文诗集，在她中学时爱读的维多利亚时代的作家和诗人激发下写成，出版于琳琳15岁时。

琳琳自己给《爱你在旷野》做的广告和销售。她是从学校的一场图书销售活动开始的。她说："那时我真的很紧张，因为我担心同学们不会接受我的诗集，这可是我花了好几年的心血才完成的。但我还是说服自己去试一试，因为不管怎么说，最坏的结果也就是失败而已。我提前做了很多准备工作，练习叫卖，还做了个易拉宝。"卖书那天，她在自制易拉宝前面做了场慷慨激昂的演讲，在全校800名学生中卖出去了325本书。有了这次成功，她联系了当当网说想在上面卖书，这是中国最大的网络书店之一。她用在学校的销售成绩来证明这本诗集的潜力，当当网同意了。利用卖书的收益，琳琳在重庆农村创立了自己的奖学金，资助来自二圣镇农村的四名优秀学生完成高中学业。

她的家乡成都是中国西部大开发战略的中心，而这个战略是中国用来修复经济裂缝的尝试。由于经济快速发展、不平衡加剧，城乡之间，比如像成都这样的城市和像二圣镇这样的农村地区之间的经济差距，估计差了好几十年。

"你为什么选择这个作为你未来的专业？"我问。

她答道："我研究经济学和政治学的梦想，源自办丧事。"

我眨了眨眼睛，问道："你的梦想是关于办丧事的？"

"对，办丧事。"她重复了一遍。"在我老家四川省的农村地区，人们必须尽可能地存钱，预备着巨大的一次性支出，像是大型手术，或者传统的风光大葬，钱存得越多越好。他们收入很低，地里的收成也不稳定，往往非常贫瘠。一旦有人死了或生病了，这些家庭就要承担巨大经济压力。"

我问："要研究中国城乡贫富差距问题，最合适的地方应该是中国。为什么不考虑清华或者北大呢？"

琳琳耸了耸肩，伸手把挡住眼睛的头发拨开，这才接着说道："我考虑过。我的理想是在一所能促进……"琳琳抬起头，沉思着，在她巨细靡遗的英文词汇库里筛来筛去。她也是中央电视台"希望之星"英语风采大赛的三等奖得主，击败了全国范围内数万名参赛选手。"……批判性思维与创新的大学学习。而且中国的大学不是世界上最好的。最好的在美国，我想去那里。"

二

近年来，全中国人民都变得能熟练使用自我反省的措辞来表达梦想。虽然中国人在哪个年代都不缺雄心壮志，但中国并不像西方那样总是标榜以自我为中心。出乎意料的是，是中国政府出手，规范了中国人的梦想。

2012 年，国家主席习近平首次提出"中国梦"的概念，"中国梦"自此成为中国政府的引领口号。第一次阐述这个概念时，习近平并没有直截了当地下定义，而只是说，中国梦意味着"中华民族的伟大复兴"。"复兴"这个概念很抽象也很深奥，这个近 14 亿人口大国的主席，主张他的人民要有梦想。

时光流转，中国梦的概念变得越来越个人化。老师开始要求学生写下他们的中国梦，写得最好的说不定能上本地新闻。在中国热门电视综艺节目《中国好声音》中，主持人一开场就突然问参赛者："你的梦想是什么?"电视台记者报道了一名灾区学生克服困难参加省级科学博览会并赢得一等奖的令人感动的故事，称赞这位获奖者"实现了他的梦想"。

真诚的梦想需要勇气，人们不会对梦想的概念感到厌倦，也不会因为说了发自肺腑的话就失去勇气。有位很受欢迎的 90 后播客主持人黛比，本身也是北京大学的学生，来自西藏。她对我说："无论你对中国、对北京有什么看法，至少这是个没人会嘲笑你梦想的地方。"

后来，习近平明确提出了中国梦对国家而言的含义，即"两个一百年"奋斗目标，这是在中国历史上两个关键节点的百周年纪念时要达到的目标。首先是到中国共产党成立一百周年（2021 年）时成为中等富裕的国家，全面建成小康社会。这个目标的关键之处是消灭贫困，提高中国最贫困人口的生活水平。习主席希望，到 2020 年，中国人均 GDP 相比 2010 年（当时约为 1 万美元）翻上一番。为了社会稳定，中国政府希望能让内地和西部也同样富裕和繁荣起来。第二个一百年是到中华人民共和国成立一百周年时（2049 年），把中国建设成为社会主义现代化强国。这两个一百年，就是中国现代复兴的两大支柱。

两个一百年以中国经济的新愿景为基础，而在习近平的领导下，中国经济正在努力变得更加富有创新精神。为了战胜贫困、实现中华民族的伟大复兴，中国不只需要生产者，也需要科学家和企业家。

政府对创新的探索，始于努力完善政府制度，而破坏制度的症结所在，就是腐败问题。2015 年，皮尤研究中心在其报告中宣称中国人认为这个国家最大的问题是政府腐败，比水污染、食品安全、空气污染等问题更严重。[1] 只有关系合适的人才能进入重兵把守的大门，取得成功。在全民梦想的时代，中国政府的另一个重中之重是反腐运动，几乎与中国梦的概念同时提出，倒是很有道理。

但有些中国年轻人的梦想开始漂向海外。

2012 年，习近平提出"中国梦"的概念时，在美国学习的留学生中，将近 1/3 来自中国，比印度学生整整多三倍，而后者大学生年龄段的人口比中国要多，在教育方面的雄心跟中国相比也毫不逊色。2007—2016 年，中国送往海外留学的学生数量平均每年增加近 20%。[2] 2015 年，在海外学习的中国学生超过 50 万人，这让中国境外的中国学生总数达到近 100 万人，而其中 1/3 在美国。[1] 中国梦似乎跟其他国家的关系越来越紧密，尤其是美国。

似乎挺奇怪的。为什么会允许年轻人的思想受外国影响？要是中国政府愿意，完全可以有数十种不同方法来抵消或限制学生出国留学的努力，再不济也能形成严重阻碍，签证限制就是个一劳永逸的解决方案。但中国政府并未如此，与此相反，政府甚至还通过了鼓励学生出国留学的政策法规。

美国——以及像英国、澳大利亚、日本、加拿大等有大量中国留学生的国家——在中国的复兴规划中，扮演了什么角色？

三

2014 年，美国第一夫人米歇尔·奥巴马一行抵达四川，声势浩大。所有本地媒体和国家级媒体均报道了第一夫人的到访：奥巴马夫人参观了熊猫保育温室；第一夫人试着和学生一起打太极；米歇尔与本地高中生座谈。

奥巴马夫人参观了成都七中，这是中国四所"全国示范性高中"之一，由教育部于 2000 年评定。18 岁的琚朝刚好在这所学校就读，而且被选定为美国第一夫人致欢迎辞。高三的琚朝是年正在申请海外

---

[1]《中国留学回国就业蓝皮书 2016》，中华人民共和国教育部，2016 年 3 月 25 日，http://www.moe.edu.cn/jyb_xwfb/xw_fbh/moe_2069/xwfb_2016n/xwfb_160325_01/160325_sfcl01/201603/t20160325_235214.html。

的大学，我为哥伦比亚大学面试了他。他是致辞的不二人选——学校模拟联合国社社长、理科优等生，英语很出色，极具个人魅力。不过他还是挺紧张的。

除了巴拉克·奥巴马的母校哥伦比亚大学，琚朝同时还申请了另外六所美国顶尖大学。

琚朝一边回忆那篇欢迎辞，一边叹息："我的书面语听起来还是太紧张了。我的问题出在哪儿呢？我需要放松。"他从桌上的红色塑料容器里迅速抽出两双筷子，递了一双给我，然后偷笑了一下，说："不过还是挺酷的，对吧？第一夫人听我讲话了呢。"

琚朝出国留学的梦想始于 10 岁，那时他父亲给他读了一本科学杂志上的一篇文章。"我爸给我读了阿波罗计划的一些内容。这简直是奇幻故事，跟我们这里一天到晚都在学习的模式太不一样了。我爸很喜欢读那些内容给我，我也特喜欢听。"后来他告诉我，哥伦比亚大学不是他的首选——他的首选是麻省理工，那篇讲阿波罗计划的文章中反复提及的学校。

面试中琚朝表现出的兴高采烈让我大为惊讶。别的学生看起来都很小心翼翼，努力用英文表现出他们是有思想、有责任感的大学申请人。但琚朝看起来非常轻松自在，他的热情也很有感染力。当他开始谈自己的兴趣爱好——天体物理学和太空旅行时，他异常开朗的特点显露无遗。

琚朝的英语比琳琳更流利，也更像口语。他告诉我，他从 14 岁起就通过斯坦福大学创建的 Coursera 和麻省理工与哈佛共同创建的

edX 这两个在线教育网站练习英语，这些课程都是由全球最好的大学提供的。（根据 Coursera 的数据，该网站来自中国的注册用户有 100 多万。[3]）我面试他时，他已经利用空闲时间学了两学期的大学课程，同时高中的学习成绩和计划也没受任何影响。他完成的第一门课是哈佛提供的，名为"公正"。接下来 7 门课程来自麻省理工，包括"航空航天工程导论：航天学与人类航天飞行"。

我问琚朝，是不是他父母逼他去上的这些课。他眉毛一挑，笑了："我爸妈都不会说英语。你觉得他们能知道 Coursera 是什么吗？"他耸了耸肩，"我就是好奇，我觉得。"

琚朝也是当年 SAT 成绩最好的学生之一，离满分只差 10 分，使他跻身全球 810 名成绩最佳考生之列。

我问琚朝为什么不想去北大或者清华。他说，如果他在中国上大学，他想去的是北京航空航天大学。

他说："我们的大学也在变得越来越适合搞科研了，但在促进新思想方面还略显不足。再说，"他咧嘴笑着补充道，"这俩都不是发射控制中心的大本营。"

所以琚朝和琳琳一样，都想出国留学，政府也允许他们这么做。

四

我问琳琳："你是怎么准备写作这部分的呢？"其实我想问的是，你的 SAT 是怎么考这么好的？

考试前 45 天，琳琳认识到自己最薄弱的地方是写作。对此她自己也很惊讶，但她提醒自己，弱项就是弱项，并开始有条不紊地运用她知道的最佳方法来加强。接下来的 44 天，她每天早上都比平时早起 50 分钟写一篇习作，最后到考试当天写下第 45 篇也是最后一篇应试文章时，就很完美了。

中国最擅长考试的学生几乎都用同一策略来准备所有考试，这就是**题海战术**。琚朝和琳琳就是这样对付让人头疼的美国大学入学考试的。

题海战术是通过考试本身来学习考试内容，把自己扔进考题的深海之中，直到自己学会游泳。琚朝说："准备 SAT 考试，我从来没报过班。我只是过了一遍习题集，因为这是熟悉这些题目最直接的方式。所有的答案都在这些题目当中。"琚朝的学习策略就是，买习题集做题，然后买备考书籍来读。中国最擅长考试的人都会反复练习考试，直到最后参加真正的考试。

当然，把随便什么人都往海里扔的危险就是有人会被淹死。题海战术的心理压力相当可观，很长时间里都一直在做错，需要非常强大的自我安慰能力。琳琳和琚朝申请的所有学校都要求他们参加 SAT Ⅱ 测试（即专项水平测试，共有五大科目二十个门类可选，前身为成就测试），他们都选了美国历史。琚朝选美国历史是为了挑战自己，琳琳则是因为想要深入了解即将前往留学的国家。

琚朝从来没上过任何美国历史课程，因此第一次练习考试时，所有题目都答错了。琚朝做了个鬼脸："每一道题啊！但既然我所有题目都答错了，我知道我以后不可能还这么糟糕。"他又考了一次，成绩好了些。再下一次，成绩又上一层楼。

他俩都说，在准备考试时，最重要的是让自己熟悉题型、熟悉题目提问的方式，以及考试中的时间把握。琚朝会以他自认为超快的速度阅读标准的高中历史课本，然后投身于考试之中。他断言："所有事实都在考题当中。"

对他俩来说，SAT Ⅱ 都是他们考过的最难的英语考试，因此，学习考试语言和考试战术跟学习考试内容一样重要。SAT Ⅰ 的数学部分和科目测试中，最难的地方是题目中的英语习语。

我问琳琳："你开始学 SAT Ⅱ 物理考试中关于数学的内容时多大？"

她笑起来，肩膀耸得跟耳朵一样高，往四周看了看："13 岁。"

16 岁时，她转学到一所以学习极为刻苦、管理严格而著称的寄宿学校。宿舍每天晚上 10 点 40 分左右熄灯，老师建议每位同学都买个应急灯，好在熄灯后继续学习。

我问琳琳在那里开不开心。

她尴尬地笑了笑。

"其实吧我也不知道怎么解释，但你要是真的待在学校，整天都在学习，就没有你想象的那么难了。我是说，在转去这所学校之前，我听说别的学生都刻苦得很，我担心我所有同学都会学习到凌晨一点，就我睡得早。转学过去之后，我发现那些同学也没那么吓人，没那么刻苦。早起也不是什么事儿，因为对学生的规定就是这样，你只需要照办就行了。任何决定都不需要你自己做。"

她想了会儿，最后点了点头，做了总结："算是顺其自然。"

琚朝跟父母达成了一项协议。15岁时，他告诉父母想去国外读大学。他说，对于他想学的太空知识，在国外能学到的比在中国大学能学到的更多。父母同意了，但前提是他能获得奖学金，支付一半学费。于是他开始埋头苦读，攻克英语。琚朝知道，要学好英语，就必须在成都找到机会练习英语。

整个高中三年，几乎每周五晚上，琚朝都在四川大学体育馆外的两根旗杆周围玩，跟陌生人说英语。他带我去过一次。停车场上高耸的体育馆屋顶很像悉尼歌剧院，而体育馆的背阴处已经聚起一小群人，琚朝毫无压力地融入其中。当夜幕降临，街灯嗡嗡响着亮起，人们会像蜜蜂一样在旗杆周围成群结队，时聚时散，形成紧密结合的群组。这就是英语角。

全中国所有城镇都有英语角。这些英语角只有一条规则：必须说英语。有时候在大城市或更大的校园里会出现个把外国人，这时候想要真刀真枪练习英语的一群人就会围拢来，绕着这个人转。参加英语角的基本都是中国人——大学生、高中生、带着孩子的妈妈、带着孙子的爷爷奶奶，还有一大批只是出于好奇的业余爱好者。

我在内蒙古的省会城市呼和浩特时，就有一群笑容满面的大学生走过来围住了我。他们特别想知道我从哪儿来，觉得这里的美食怎么样——当然是用英语问的。在广州的英语角，我碰到一位妈妈带着7岁的儿子，她对我说，现在就让孩子接触英文无疑能帮助他将来考个好大学，也能保证将来找个好工作。在海港城市宁波，在山城重庆，乃至在四川与云南交界的一个小村庄，都有以某种形式组织起来的英语角。

四川大学的英语角是成都最大的英语角之一。冬天，会有个顶棚用来给大家遮挡四川冬日绵绵无尽的冷雨。春天来的人更多，大家穿的衣服也更少，这里会变得更像无限畅饮的欢乐时光，而不是语言学习小组。夏天来学习的人要在高温高湿的环境中度过完全用英语闲聊的几个小时。秋天是新学年的开始，也带来了新面孔。周五的夜晚总是会有带着口音的叙述，全球变暖、篮球比赛、《魔兽世界》、做面条的不同程序等话题从未缺席，也总是会有无话找话的"吃了吗"——取决于聊天的人的水平和兴趣爱好。

那里几乎人人都在追逐梦想。四川大学化学工程专业一位 22 岁大四的学生说："去美国留学是我多年以来的梦想。如果我想通过托福考试，被美国的大学录取，我就必须努力学习，努力工作。"一个 7 岁的小女孩穿着蓝白相间的校服，跟妈妈一起站在人群边缘。她说："我也想去美国！"

"为什么？"我问她。

"因为……我喜欢吃比萨！"妈妈赞许地点着头，我们周围的十几个人笑了起来。

五

我第一次去清华大学时认识的第一个学生名叫周佳丽，是个本科生。我提到自己正在考虑来这里读研，她告诉我别申请清华。她说："你会讨厌这里的。"

我问她为什么，她说："这里所有人都是学霸。"

中国学生、家长、教育专家，以及这些学生未来的老板，都普遍抱怨，僵硬的考试文化只能培养出考试成绩很优秀的人。中国学生更有动力成为出色的考生，而不是解决问题的人；成为更擅长填空的人，而不是创新者；成为更好的强化训练补习班学生，而不是创造者。正像琚朝说的那样，中国的年轻思想，有太多是在戴着镣铐跳舞。

中国大学录取体系完全由高考分数决定。该体系并未将其他因素纳入考量，是因为很难找到替代方法来比较每年申请大学的 900 万考生的素质。这个过程，最多也就是能产生越来越多的所谓学霸。四川有家工程公司已经退休的老板有一次向我抱怨："考试本该反映学生对特定学科的理解程度。我这儿所有的工科毕业生，以前都只懂怎么考试。"

中国所有的经济规划都体现出，中国渴望把经济从"中国制造"升级为"中国创造"；这些规划也都设想，中国人不但要成为这些公司的员工，也要成为这些公司的管理者。

中国的问题在于，教育体系比较教条，不利于培养创新者，因此政府将优秀学生都送往能培养创新者的学校。

琳琳、琚朝和数十万渴望留学海外的学生，他们的个人梦想与中国的国家梦想十分合拍。中国政府明确提出，要在国内为留学海外的学生创造机会，激励他们回国，这也是发展"人才"的部分任务。至少现在，如果中国希望创新者越来越多，出国留学就是不可或缺的一部分。

中国有大量向海外学习经济创新方法的先例。20世纪80年代初，中国想成为自给自足的现代化工业国家，但又对现代工业一无所知。在之前的30年，中国一直把农民奉为中国社会的基石。尽管中国农民很懂得如何辛勤劳作，却不怎么了解如何炼钢，或是生产运动鞋、衣服、计算机和家用电器。于是中国打开大门，邀请世界上最顶尖的企业进入中国。大众、耐克和盖璞带着全部制造技术来到中国，苹果、三星和通用电器也跟着进来。

短期来看，这些公司得到了中国的廉价劳动力，但长远来看，中国得到了所有这些公司的制造技术。

在国际教育方面，中国现在也如法炮制。就跟中国人从世界顶尖企业那里学到了工业化一样，他们也在试着从世界上最杰出的创新者那里学习创新。

但并不是最近才这样。从20世纪50年代末开始，外国的大学就在中国的发展规划中有意扮演了不可或缺的角色。一位来自苏州的在澳大利亚留学的交换生王朗说："像是火箭、导弹乃至高科技铁路这样的核心技术，各国显然不会派自己的科学家和技术人员来教我们，所以我们只能把自己的学生送到发达国家去学习。"

中国一直很支持这些留学生，他们是变革的先驱。中国历史课本上众所周知的"两弹元勋"邓稼先，造出了中国第一颗铀弹和第一颗氢弹，就是1950年于普渡大学获得物理学博士学位的。当时中国周边有拥核的苏联，还有美国及其盟国，都对中国虎视眈眈，正是邓稼先给中国带来了基本的安全感。

中国现代企业各巨头也在将它们公司的起源追溯到身在海外的时光。百度创始人兼总裁李彦宏，在中国富豪中排名第六，就是在纽约州立大学布法罗分校拿到的计算机硕士学位，回国之前还在一家开发早期搜索引擎的公司工作过。马云说，他的灵感来自在美国长时间逗留时与互联网的首次接触。（他也很想留学，但被哈佛大学拒了 10 次，成为奇谈。）商业地产开发公司 SOHO 中国的联合创始人兼总裁张欣，在世界上白手起家的女富豪中排名第三，是在剑桥大学获得的发展经济学硕士学位，回国之前在纽约高盛银行工作，回国之后则改变了中国最大的城市建造高楼大厦的方式。

自从中国高等教育于 1998 年开始改革以来，中国学生不再是过去 10 年中的学霸形象。处于癌症研究前沿的休斯敦卫理公会研究所所长莫里·费拉里告诉我，该所有半数研究员是中国人。"科学用语已经变成了中文。当然，书面出版物仍然明显以英语为主，但在实验室里，真正在做研究的时候，中文会占上风。"这是在休斯敦。"人们普遍有一种错觉，认为中国应试教育出来的学生思维僵硬，不懂创新。以前这么说是对的，但现在我们这儿的学生完全不是这样。"

我向一些教授打听过他们带的中国学生的情况，问得越多，就越是发现教授们对自己学生的综合才干满心敬佩。尽管美国校园里的中国学生仍然以"两耳不闻窗外事"著称，但他们接触到的外部世界和西式课程还是会帮助他们，把他们举世闻名的勤奋刻苦与好奇心、智慧活力结合起来。

留学意味着更富有的公民离开中国时，中国会遭受经济损失。短期来看，因为中国学生支付的学费，美国大学大为兴旺；据《耶鲁经济评论》估计，仅仅 2011—2012 学年，中国学生在美国大学支付的学费和房租就达 54 亿美元。[4] 通过接纳世界上最专心致志的学生，美国机构也受益匪浅，因为这些学生推动了研究，也促进了研究人员之间的竞争。长远来看，中国最优秀的人才都在学习创新，让中国离实现梦想又近了一步。

六

面试琳琳一个月之后，我在一位朋友离成都约 500 公里的山村老家待了几天。那几天我本来是要和他们家一起过节，但结果花了不少时间在他们家隔壁邻居的一场丧事上。逝者在本地德高望重，乡里大部分人都来守灵了。中国人会日夜轮替守护逝者的遗体直到下葬，整个过程中还会一直焚烧冥币，也就是死后可以用的货币，让逝者大富大贵。（中国人更愿意相信死后的生活是今生今世的延续，而不是上天堂下地狱。按中国的传统说法，他们在死后的活动仍然需要花钱，这里面务实的考虑倒是一以贯之的。）花最多时间守灵的人是直系亲属，但他们也邀请了全村人都来参与。我不禁想起琳琳和她关于乡村丧事的梦想。屋子里摆开十几张麻将桌，孝子贤孙们端着托盘四处走动，为吊唁的人送去满盘的食物和价格不菲的香烟。他们办了一场极尽奢华的宴席，几乎全村人都来赴宴了。送葬当天，他们雇了一群专门哭灵的人来哭天抢地，奏响唢呐送逝者上山。归总到一起，这场丧事的开销超过全家人一年的总收入。

琳琳那时候说："办丧事和治病这种数额庞大的一次性开支，可能会毁掉在农村生活的那些人本来就不堪一击的生计。我想帮他们解决这个问题。"

美国算是琳琳梦想的孵化器，是学习、拼搏和成长的地方。她的目标仍然在中国，在农村最贫困的人身上。据北京大学最近发布的一则报告，中国最富有的 1% 人口，拥有的财富占全国的 1/3。[①] 联合国用基尼系数这一指标来衡量各国国内的不平等程度，中国的基尼系数为 0.49，远远高于 0.4 的"警戒线"，与"高度不平等"的分界线 0.5 只有毫厘之差。（美国的基尼系数为 0.41，德国为 0.3。据世界银行统计，大国中只有巴西和南非的基尼系数高于中国。）中国已经发布了一系列指示，包括最近的五年规划，都确定减小贫富差距为中国近期需寻求改善的主要目标。

琳琳的梦想与中国梦是同步的。她伴随着成都逐渐成长为一线城市的过程长大，而在她祖父母的老家，简陋的木头房子、需要精耕细作的稻田都没有任何改变，因此贫富差距对她个人有深刻影响。她的成功，就是这个国家的成功。

---

① 《北大报告：中国 1% 家庭占有全国三分之一财产》，凤凰网，2016 年 1 月 1 日，http://phtv.ifeng.com/a/20160116/41540417_0.shtml。

琚朝的梦想略有不同："我愿意去任何地方，只要能学太空专业就行。"中国在太空探索方面的投入，也彰显了中国想成为全球科技领先者的决心。琚朝看电视时，无论是看到新闻还是科幻电影，都会觉得中国的太空项目越来越令人惊叹。他说，如果他必须今天就做决定的话，他希望能为埃隆·马斯克工作，但对国内的机会他也不会拒绝。

中国一直在担心人才流失，20世纪八九十年代就曾发生：最优秀、最聪明的人留学海外，但学成并未归国。中国当时正处于现代化发展的起步阶段，按国际标准来衡量，中国的工资水平很低，对那些想有所创新的人——研究人员、学者、有创意的企业家和思想家，政府的支持不大。对他们这些人来说，美国有更好的发展机会。

如今，中国投入了大量资源，努力创建能吸引创新者回归的环境。休斯敦卫理公会研究所的费拉里说："中国的研究人员过来签个两三年的合约，算是一种交换生，学完就回去了。这已经是个发展良好的交换体系，他们最好的研究人员在我们的系统中轮换，我们训练他们，也受益于他们的高超技艺。然后他们就回国了。"

据中国教育部统计，2015年有70%~80%的中国留学生回国。这是个可信的数字，因为他们学成之后，美国能提供的工作签证少之又少。[5]

拿到签证在美国工作的可能性看起来不大靠得住之后，百度的李彦宏开始鼓励硅谷的国际企业家前往中国。[6]中国政府也制定了各项政策，帮助在国内寻找机会的中国学生创业并获得经济支持。或者就像琚朝的情形一样，中国的国家太空项目资金比世界上其他主要太空项目的资金增长得都快，远远超过俄罗斯和美国，而且单次发射的成本比美国国家航空航天局的要低得多，尽管后者的资金跟中国比起来已经相形见绌。[7] 回国的选择很有吸引力。

中国留学生回国都是出于务实考虑。告诉我不要申请清华大学的那个女孩子周佳丽，当时正在申请美国的研究生。她想看看这个世界。两年后，还差 6 个月就能拿到纽约大学的数学高级学位的周佳丽觉得她已经得到了她想要的。"美国人口太少了。相对来说，美国的运动场没有国内那么热闹。要说发展机会，中国市场那么大，有那么多消费者，简直想都不用想。学业完成之后，可能还要实习一段时间攒点知识和经验，然后我就会回国。我想筹点钱自己创业。虽然我还不知道该做什么，但只要是给自己打工，做什么都行。"

在留学生微信圈子里广为流传的一篇评论文章描述了回国创业的吸引力。作者指出："就算我们能把资源渠道和关系网络移植到我们在海外的生活中，我们还是必须面对自身价值的大减价。"这些中国青年在国内会被当成最优秀、最聪明的年轻人，但在国外，他们只不过是普普通通的大学毕业生，说英语带着口音的年轻工人，需要有个难于上青天的签证才能工作。作者写道，在国外他们始终是局外人。这位作者是一名国际学生，准备毕业后回中国。他在国外生活的同龄人，有个看得见摸得着的天花板。

而且，回国后的机会又大又真实。评论文章继续写道："国内创业狂热的汹涌浪潮，让我们这些海外学子一个个内心激动不已。打开你的微信朋友圈看看，今天有个旧日同窗创业了，明天又有位大学同学拿到了数百万资金。他们能做到，我凭什么做不到？"

七

哥伦比亚大学没有采纳我的建议，拒绝了琳琳和琚朝的入学申请。我问招生办公室是什么原因，结果被告知，对中国、韩国和新加坡学生来说，接近满分的考试成绩是题中应有之义，只有他们的所作所为才能让他们与众不同，跟其他人区别开来。

这个理由让人很难接受：琳琳自己出过书，是作家，还创立了自己的奖学金；琚朝曾担任过米歇尔·奥巴马的学生翻译，积极进取，立志投身天体物理学。

也许是因为他们看起来都像学霸。而且在琳琳和琚朝申请大学的这一年，韩国和中国都爆出大规模作弊丑闻。这年哥伦比亚大学接受的中国学生，全都来自知名度更高、更有资历的高中。我推荐的这两名学生也都申请了奖学金，而哥伦比亚大学的招生还需要考虑外国学生的支付能力。

琳琳很失望，甚至可以说很生气。她跟我联系上之后问我为什么自己被拒了，哥伦比亚大学对中国学生是有名额限制吗？这一决定怎样才公平？为了能在世界一流大学学习，她已经很努力了，也相信自己够格。

琳琳妈妈将女儿被拒归因于招生体系的黑暗。她对我写道："在招生办公室眼里，2 400 分（SAT 成绩）对 2 300 分乃至 2 200 分来说，几乎没什么优势。实际上，很多普普通通的中国学生很容易就能拿到2 200~2 300分，用这么简单的考试，他们怎么能判断并挑选出真正优秀的学生呢？"她是在赞同一种很流行的观点：西方的大学对申请文科的中国学生，比申请理科要求的标准要高得多。流行观点认为，理科生更容易在自己的专业领域脱颖而出，而且能通过他们的大学得到很好的反映。

回到纽约之后，我遇到的成功申请到美国大学的中国学生，本身都确实极为优秀。这些学生全都来自少数几所我听说过的高中，都是有国际学位的国际高中；在一位招生人员看来，这些都是最透明、最值得信赖的学校，它们的成绩单最不可能造假，但也都是最昂贵、最高端的学校。

被哥伦比亚大学拒绝之后，琳琳一时无法决定是去一所毫无名气的西方大学，还是去人人都视之为亚洲哈佛的香港大学。她问我觉得香港大学怎么样，因为我在那里上过学。"那儿的教育方式是类似的吗？"我很后悔不得不告诉她并非如此。

琳琳最终选择了香港大学，开始学经济学和政治学。她说："美国最好的大学不想要我，但我还是想和最聪明的人打交道，即便他们只是亚洲最优秀的人。"

琚朝拿到了密涅瓦大学的奖学金。这是一家初创教育机构，由哈佛大学以前的一位校长在旧金山创立，初衷是为了打破过于昂贵的精英教育体系。琚朝兴奋地告诉我："我们第一年是在旧金山，之后的每个学期我们都会在一个新的国家。"密涅瓦大学的所有课程都是在线的，由一流教授远程授课。他们的互动非常多，班级规模也很小。所有学生都住在宿舍里，教授会连线进来，因为所有学生的脸都显示在屏幕上，教授可能会随机点名，所有学生都会全神贯注。这种教学方式缺少人情味，但对已经听过好几年在线课程的琚朝来说堪称完美。他说："我一直想参与到前沿性、实验性的事情当中，而且，我们真的能看到这个世界。"

　　以琚朝的快节奏，大学课程每周只需要 12 个小时左右就能学完，此外他还选了一门 edX 的课程，每周要花 10 小时。他说："高级天体物理学比我以前在学校学过的任何一门课都难，不是躺着就能学会的，对不对？"

第九章
朋友别哭

寻求认可的
性取向

寻求认可的
性取向

一

两个胖乎乎的门卫站在"目的地"俱乐部的混凝土大门外把着门。成群的男人在门外排着队，等着进入俱乐部外的石头院子。有些人带的提包、背包、钱包，进门之前都要由这两个门卫检查一番。检查到威廉的背包时，他暗自发笑，因为他知道，包里只有润滑油和避孕套。在坐地铁过来的路上，威廉坚持说今晚他不是来一夜情的。要是一夜情的话，他更喜欢去 Funky 酒吧，但这家北京最时尚的同志俱乐部的老板在春节期间关店了，因为要回家看望父母。所以我们才选了"目的地"酒吧。"目的地"曾于 2008 年被评为北京最时尚的同志俱乐部，已经很成熟，也很受欢迎。站在门外，酒吧里传出的低音震颤着，击打着北京灰色的人行道地面，在我脚底下一阵一阵地振动。

"同志"，字面意思是"志同道合的人"。今天，"同志"一词不再指革命者，而是被中国的同性恋群体一致选中，来描述其成员。贴满北京大街小巷建筑物的海报不再是"同志们，粉碎旧社会，建设新社会!"，而是像"目的地"酒吧里的一张海报一样问道："同志，最近你测过了吗?"

大概有百把个男人在酒吧外面的院子里踱来踱去，厚厚的冬衣下面，色彩明艳的服装探头探脑，若隐若现。这里是北京最拥挤的酒吧街，等待进入这所著名同志酒吧的人只要进了院子，就不再有被同事、家人或邻居看见的危险。这个隐蔽的院子相当于减压舱，或一种文化上的气密过渡舱，方便人们从北京灰暗天空下的世界过渡到俱乐部门后迷人的红色焰火。高的，矮的，胖的，瘦的，偏女性化的女同，偏男性化的女同，体格壮硕的，光彩照人的——所有外貌、所有类型、所有性取向的人都排着队，身体前倾，人人都故作漫不经心，偷偷看着其他来泡吧的人。但还有一大群人，威廉称之为"昼行人"，没有表现出任何风格。威廉扫视着人群，对我说："你没法从一群直男当中把这些男孩子认出来。你的同志雷达在中国可能不大好用。"

威廉20岁出头，在排队的人当中差不多是最年轻的。他个子很高，身体也很结实，一件黑色T恤紧贴着他肌肉发达的上身，到凌晨他就会把这件T恤在舞池里脱下来。他是四川大学哲学系学生，在班上成绩数一数二。他把头发绾成一个发髻，上面插着黑色木质发簪。他说："这可不像你们那些脏兮兮的潮人，这是宋代文人的发型。"拿掉发簪，头发就会披落在他宽阔的肩膀上。几个小时前，威廉刚去了趟健身房。"进舞池之前我想举举重。"

我们终于来到售票处。每当沉重的大门开启让人进入时，低音声浪都会滚滚而出，刺痛我脸上的神经。门卫很帅，还做过美甲，穿一身油光水滑的西装，黑色衬衣没有扣上，露出光溜溜的胸部。粉橙交错的俱乐部灯光在他的飞机头发型上闪烁，让我想起一幅画，画的是黄昏时分的海浪。威廉说："两位，谢谢。"他背后全黑色的墙上贴了一张巨大的海报，上书"周三晚，猎熊"，一个半人半熊的大块头斜倚在墙上，充满性暗示。[①]威廉指着海报喊道："天哪，我真希望今天是周三！"然后他转身朝着我补充道："记住，今晚要避开土豆猎人。他们无处不在！"说着话，他把我推向门口，我们挤进了"目的地"。

二

两个星期前的成都上下班高峰时期，我和威廉挤进了同一辆公交车。

威廉生于 1992 年。那时候的中国，同性恋还被看成是犯罪，也被中华精神科学会认定为一种精神疾病。1979—1997 年的 18 年间，男同性恋被定性为**流氓罪**。中国对外开放之后，受外国影响，道德上出现了一些松动，中国政府因此于 1983 年开始"严打"，流氓罪则成为严打的代表。被定性为流氓罪的行为包括婚前性行为、性骚扰、小偷

---

① 在男同性恋圈子中，常用不同动物作代称来区分不同体形的人，其中"熊"指体格魁梧、健壮的男同性恋。——译者注

小摸、扰乱治安、公开斗殴、同性恋性行为等，犯流氓罪的人可能会被判无期徒刑甚至死刑。

中国的同性恋讲述了流氓罪遭严打时期的一些故事，他们聚集在公园中、公厕里或是桥底下——入夜之后足够黑暗，从而能带来些隐秘感的任何公共场所。年老的同志讲述的是遮遮掩掩、无名无姓的爱情故事，在黑暗中偷偷摸摸、迅速完事的罗曼史，匆匆忙忙，压低了嗓门，唯恐被捉个现行。在城市中，他们建起了自己这种性取向的人能感到安全的地方，让他们能坐下来聊上几句，觉得自己很正常，哪怕只是一夜，就像禁酒令时期偷偷卖酒的地下酒吧一样。大家都知道，打情骂俏是不允许的，更不用说建立长期关系了。一位老同性恋者告诉我："你要是住在乡下，那就等于住在孤岛上，可那时候大部分人都住在乡下。"今天，在线论坛已经很大程度上取代了那样的正常化空间，所以威廉说他想带我去参加聚会时，我一点儿都不知道他的计划是什么。

威廉在北京长大，他小时候并不知道同性恋是什么。他说："新闻、电影和媒体随随便便就会提到这个词。它们会提到**同性恋**，但我从来都不知道这个词是什么意思。会让你生病吗？会藏在你床底下吗？会让你坐牢吗？"

中文里并不区分男同还是女同，一律用"同性恋"这个词来指代。字面上这个词的意思就是，同一性别的人之间的爱情。问题在于，"性"这个字跟"姓"的发音一模一样，就算写下来区别也很小，只需把左边的偏旁换一下。

威廉从来没见过写下来的"同性恋"一词，因此把"性"和"姓"这两个字完全搞混了。"最后我有点儿搞明白了，这说的就是两个人同姓，所以有特殊关系。我们会在学校里跟别的同学开玩笑：'你姓赵，我也姓赵，我们是同性恋！'"

1997年威廉5岁时，中国废除了流氓罪，但人们提到性的时候，态度、方式并没有什么改变。中国性教育的匮乏是出了名的，22岁的女同性恋者叶苏来自江西省，她告诉我："我们的性教育老师是校医，完全不愿意跟我们说这件事。她打开视频《人体的奥秘》，然后就走出了教室。"我问关于性她父母告诉过她什么，她说："我妈告诉我，我是从垃圾箱里捡来的。"

中国社会坚决反对年轻人之间偷尝禁果的尝试，但这里面有个漏洞。因为从来没有人提到过LGBT（女同、男同、双性恋和跨性别者的合称，广义来讲指所有非异性恋者）问题，所以这是个全新的道德领域。威廉跟一位年纪比他大的同学发生了第一次同性性行为，但那时他甚至都还不知道同性恋是什么。"我们小时候都知道性很不好，认为那是成年人的事情。但我们也知道性是跟女孩子一起做的事情。我们真的不知道我们做的已经是性行为了。"

2001年，中华精神科学会将同性恋和双性恋从《中国医学疾病分类》中删除，但值得注意的是，直到2017年，精神科医生都仍未将性别不安（性别焦虑症）从心理疾病名单中剔除。

威廉还在上小学时，同性恋已不再被视为一种心理疾病，但性教育老师描述同性恋的方式并没有改变。威廉记得，一直到上初中，校医都一直跟学生讲，同性恋"就跟智力发育迟缓差不多，是心理上出了问题"。

威廉说，如果不是李银河，他很可能会对老师深信不疑。李银河是性学家，当代中国最有名的女性之一。在她的《他们的世界——中国男同性恋群落透视》中，威廉读到了同性恋的一切细节。该书初版于1992年，那年威廉刚出生。他在北京一家书店发现这本被藏起来的书，于是就坐在那里读了起来，但根本不敢买下来带回家。

三

中国可能是世界上同性恋者最多的国家。具体数字肯定是没有的，但专家估计，3%~5%的中国人是同性恋，也就是约有4 000万~7 000万。[1] 中国本质上不是宗教国家，因此要让同性恋群体被这个社会完全接受，并没有原罪或上帝之类的阻碍。然而根据中国最大的同性恋社交网络淡蓝网的统计，中国的男同性恋中，仅有3%彻底出柜——对所有人，包括朋友、父母和同事都坦诚相告。1/3的人没有透过半点口风。女同性恋的数字稍微高一点点：5%的人彻底出柜，80%的人告诉过一些朋友，仅有9%没有告诉过任何人。[1]

在婚前性行为仍然属于犯罪、同性恋能让你关一辈子的几十年里，

---

① 《2015中国LGBT群体生活消费调查报告发布》，淡蓝网，2015年11月11日，http://www.danlan.org/disparticle_52160.htm。

关于卧室门背后的生活，李银河仍然敢写敢说。她是同性恋群体的英雄，一直在推动她于 2003 年首次提出的，让同性婚姻合法化的一项提议。有位朋友曾告诉我："如果你是中国的 LGBT，李教授的著作能让你了解你是什么人。"

在第五章我曾提到，李银河在北京一家茶馆亲切接见了我。这位教授生于 1952 年，几乎与中华人民共和国同龄。她身材矮小，灰白的头发剪得很短，戴着大眼镜，有浓重的北京口音。我们在二楼的茶室坐了下来。

她说："从中国人看待同性恋的方式，你也可以了解到他们是怎么看待这个世界的。中国历史上人们并没有瞧不起同性恋，认为同性恋不自然，或是违反本性或上帝。他们有时候觉得同性恋是犯傻，有时候觉得可耻，但多数时候只觉得是在错过机会。'像他这么个年轻人，身体好好儿的，就应该生孩子，而不是瞎胡闹！'"

"中国有一句俗话，"李银河缓缓说了一句现代中国人耳熟能详的儒家信条：

不孝有三，无后为大

这句话简直就是中国的圣经，描述了家庭延续的重要性。从道德上讲，没有子嗣可不只是个人选择，而是会让你成为不孝子孙。

自从开放二孩政策以来，这句话就变得特别切合实际。在我曾参与过的所有关于中国文化的讨论中，这条强调小孩子很重要的儒家信条，被提到的次数比其他所有法规或价值观都多。在成都一家同性恋酒吧，一位来自陕西农村的年轻人对我说："西方人每到星期天就要喝他们上帝的血，吃他们上帝的肉——他们还好意思说同性恋不自然！中国人就实际多了：后代在哪儿呢？"决定不出柜的中国同性恋，往往会说自己是出于家庭压力。①

李教授说，中国文化教给人们面对性欲的方式就是抑制性欲。中国的同性恋群体会选择压抑自己的性取向，至少也会尽力隐瞒。李银河认为，中国的男同性恋中，有80%，也就是2 000万~3 000万人，还是跟异性结婚了。②另一位敢为天下先的中国性学家、上海大学退休教授刘达临甚至说，中国有90%的男同性恋与女性结了婚，而美国的男同性恋中，这部分人只占15%~20%。[2]

四

2012年夏初的一天，四川大学讲师罗洪玲听到新婚丈夫的手机响了，这时丈夫正在洗澡。她拿起手机，发现一条短信，是她不认识的男人发的。后来的官方报道说，这条短信具有"可疑性质"。

跟很多夫妇一样，罗洪玲跟丈夫是由共同的朋友介绍认识的。罗洪玲对做媒的传统很熟悉——她硕士论文的题目就是《中韩古典婚恋文学中的"红娘"典型对比考察》。但婚姻生活跟她的想象很不一样，

---

① 《2015中国LGBT群体生活消费调查报告发布》，淡蓝网，2015年11月11日，http://www.danlan.org/disparticle_52160.htm。
② 李银河关于同妻的微博，http://blog.sina.com.cn/s/blog_473d53360100dkiv.html。

于是她到在线论坛寻求帮助。她的网友得知她和丈夫结婚几个月以来仅有几次性生活之后对她说，她可能嫁了个同性恋。

在翻看丈夫的手机时，罗洪玲震惊地发现丈夫在好几个同性恋社交应用里都有账号。

25天后的凌晨，时令仍然是初夏，罗洪玲在新浪微博上发了一条状态："这个世界真叫人疲倦，那么就让一切都结束吧！"① 随后她登上大学十三层公寓楼的楼顶，纵身跳下。

媒体报道了她的故事，网民对她的丈夫怒不可遏。"他骗了她，对她撒谎，只不过是为了保护他的身份，不让家里人知道！"

罗洪玲的父母将她丈夫程建生告上法庭，指控他骗婚。这一指控当初之所以被写入法律，是为了保护那些被配偶骗取了婚姻资产的人，被骗的通常都是钱财或土地。这是最早的与中国人所谓"同妻"（同性恋的妻子，不知情地嫁给了男同性恋的女性）有关的骗婚案例。但从严格的法律角度来看，程建生并未从这场婚姻中得到任何有形的好处。他没有窃取钱财，也没有让罗洪玲的家人身陷商业债务之中。程建生从婚姻中得到的，是不让自己父母失望的机会，是当孝子的机会。因为没有证据证明他骗取财物，法院驳回了罗洪玲父母的起诉。

婚姻往往是中国人生活的重心，是让家庭得以存续的载体，而家庭也是传统中国社会的基本结构。对数千万罗洪玲这样的中国女性来

---

① 《中国"同妻"现状：几百万异性恋女性嫁给深柜同性恋》，搜狐网，2017年2月2日，http://www.sohu.com/a/126266833_349547。

说，她们的重心建立在骗婚的基础上。

五

我们的公交车向北穿出成都时，威廉开始聊互联网，以及他父母是怎么知道他是同性恋的。

中国发出第一封电子邮件是在 1987 年。那封邮件中写道："穿过长城，我们能抵达世界上每个角落。"1994 年，互联网开始进入公共用途。[3] 因为家庭关系，威廉家是他们社区最早拥有台式电脑并接入互联网的人家。在他大概 12 岁的时候，妈妈注意到他的网络浏览记录中有个名叫"朋友别哭"的网站，这是中国最早的在线论坛，整个论坛都是在讲同性恋。在发现李银河的著作后，他在网上四处浏览，终于发现了这个网站。威廉说："最重要的是这个网站让我知道，这可是我破天荒头一遭知道，真的，同性恋是真实存在的。"这个论坛特别有用。"论坛描述了同性恋的生活方式、涉及的感受。但真正让人认清现实的是那些故事。我看到了这些，就好像，'哎呀，原来我一直都是同性恋啊'。"

威廉的声音缓缓而出，平稳而低沉。他的普通话吐字清晰，非常标准，跟大部分成都人说的"川普"都不一样。他回忆道："已经是新时代了，互联网时代，我不知道该怎么掩饰我的行踪。"妈妈问起他上这个网站干什么，威廉解释是出于好奇。他说："我只不过想好好了解一下如此特别的同性恋社群。"2003 年的中国，对心理学新奇领域的兴趣到处都在涌现。威廉妈妈学术而理性，在她看来，儿子的好奇心是理智的，因此也合情合理。

后来在掩饰行踪方面他变得更加拙劣。14岁时，妈妈发现了他的QQ聊天记录。他加入了一个同性恋QQ群，好多周都在跟人聊与同性恋有关的话题。威廉又一次笨嘴拙舌地找了个借口来搪塞。一年后，妈妈看了他的短信，发现他在跟一个同班同学发色情短信、说脏话。

"他们第三次抓到我之后，我就再也没有办法绕开了。"威廉泡了一壶父亲最喜欢的茶，放在客厅的茶几上，然后把父母叫到一起，告诉他们自己是同性恋。

"我爸一个字都没说，往后一仰，瞪着天花板。我妈说：'你确定的话，我们也只能接受了。我们已经做好了准备。'"

我们的公交车在一座桥边上停下，让乘客上下车。威廉跳下车，走上成都拥挤的自行车道。电动自行车飞驰而过。他深吸一口气又呼出来，点点头，表示满意。"今天空气挺好，适合锻炼。"

我们来到了老城区，这座城市没那么发达的东北部。过去五年，城市南端已经变成高新技术产业园区，闪闪发光的钢结构和玻璃建筑在多年前建起的混凝土公寓楼旁拔地而起，越攀越高。

"你知道麻婆豆腐吗？"威廉问道，那时我们正穿过人行道上熙熙攘攘的人群。我点点头——他说的是国际上最有名的一道川菜，用豆腐跟又麻又辣的辣椒、豆瓣酱、发酵过的黑豆和猪肉末一起烹制而成。传说这道菜的名字来自"**麻婆**"，一位满脸麻子的老婆婆，过去经常在自己的店里卖这道菜。"这位麻婆以前就住在这附近。"威廉说着，指了指北边。我对着成都雾蒙蒙的天际线眨了眨眼睛，试着想象一位面色红润的老婆婆，在这些混凝土公寓和钢铁高楼还没有主导这里的夜景时，在这里卖她的香辣美食的情景。

很快，威廉坚定的步伐带着我们迅速穿过这座桥，躲开电动车和街上那些小贩：他们在街边摊开油布，摆上仿冒的苹果手机线和自拍杆叫卖。手提音响里放着震耳欲聋的 90 年代风格的音乐，给成排起舞的中年大妈带来了节拍——她们每天晚饭后都会来到街边，做这样的有氧健身锻炼。汽车鸣响喇叭，有个孩子哭起来，威廉转过拐角，被城市的夜生活淹没，消失不见。

六

威廉对父母宣布出柜之后，过了好几天，他父亲才开口说话。他把威廉拉到一边，问了一个问题："对孩子你有什么计划？下一代怎么办？"

威廉在家里肩负重任。赵爷爷有三个儿子，很引以为傲。"儿子这么多，应该很容易让血脉传下去。而且，多子多孙也意味着爷爷奶奶年纪大了之后，会得到很好的照顾。"

但计划生育政策改变了赵家的一切，现在这三个儿子都只能有一个孩子。两家已经生了女儿，只有威廉的父亲生了儿子，于是威廉成了延续赵家血脉的唯一希望。

威廉是同性恋，但仍然有生养下一代的责任。他父亲已经把问题想清楚了。问题不在于结婚、找对象，而是血脉和基因。"你有两个选择：领养或是代孕。"

威廉松了一口气。这番话意味着他父母不会试图强迫他结婚。他也想要孩子，想参与中国的家庭传统，想有个孩子延续赵家血脉。

父子一致同意，找代孕妈妈显然是最佳选择。这样一来，基因仍然是赵家的，他们的血脉也会完整无缺。

威廉认识的很多同性恋者都没有他这么幸运，包括那时候他正在约会的年轻人——他的健身房小伙伴乔西。

乔西 25 岁，是同性恋而非双性恋，人很聪明，长得很帅，按照中国的相亲标准来看，非常适合结婚（是个高富帅）。乔西的父母一直在催他结婚。

中国人的婚姻是家庭事务——父母积极参与，祖父母、堂亲、表亲、远房亲戚，还有那些通家之好、兄弟相称的人，都会插手。乔西的家人把乔西视为骄傲和快乐之源，他们一直说想"抱孙子"——这是中国人的固定说法，父母用这句话来敦促自己的孩子赶紧要孩子。中国也有关于婚姻的搞笑情景喜剧，故事情节很少跟这对夫妇爱情中的悲欢离合有关，而是会重点关注年轻夫妇如何在自己追逐激情和事业与父母想赶紧"抱孙子"之间保持平衡。乔西爸妈经常给乔西打电话，不是问他最近怎么样，而是直奔主题，劈头盖脸就问："找女朋友了吗？我们想赶紧抱孙子！"

一天，乔西的妈妈打电话宣布："都安排好了，今天我们到成都。"果然，他妈妈下午抵达成都。一起来的还有乔西的父亲以及另外一家人，包括父母、奶奶和一个非常漂亮的女儿（乔西的相亲对象）。乔西妈妈说："我们一起吃午饭。"乔西知道，最好不要违抗母命、破坏她的计划。

他们一起吃了午饭，乔西也拿出了孝子的样子，在场面上很像那么回事。那天晚些时候，他跟妈妈好好谈了谈这场让他很不快的安排。

他说："我还没准备好，你让我自己来。都 21 世纪了。"但妈妈不打算听。

妈妈的反应让乔西不得不采取变通方法。中国的 LGBT 群体不得不面对社会压力，尤其是跟婚姻问题扯上关系的时候。最流行的解决方案是**形式婚姻**，或者叫"形婚"——看起来跟传统婚姻一样，但什么实质内容都没有。这种婚姻往往也叫互助婚姻。

形婚是一位男同和一位女同结合而成的婚姻。乔西跟自己母亲讨论过后，联系了一位女同朋友。他们俩之所以会考虑结婚，都只是为了暂时化解来自双方父母的压力。

威廉说："困难之处在于，乔西妈妈做这些是因为爱他，是因为天底下的慈母都会这么做。他们一直这么做。这是传统。"

七

同性恋网站"朋友别哭"上面读者最多、流传最广的一个故事，有人跟我说这是中国同性恋必读。这个故事的题目是《两名北大同志的十年爱情故事》，讲的是两位勤奋刻苦的年轻人，一个叫特德，一个叫弗雷德，在北京大学相识相知。① 他们坠入爱河，决定去美国留学。后来他们分别拿到哥伦比亚大学和印第安纳州圣母大学的入学资格，保持了一段时间的异地恋。毕业后，特德在华尔街找到金融工作，弗雷德便搬到纽约，二人终于能长相厮守。休假时他们一起旅行，把他们在大峡谷、在蒙特卡洛度假村的喷泉边、在拉斯维加斯的赌场里，以及坐在洛基山上的甜蜜照片贴在网上。后来他们便结婚了。

仅此而已。这个故事说的不是革命，不是被彻底接受，也无关名声和突如其来的财富。这个故事说的是一对平和的爱侣，刻苦勤奋，为自己赢来了成功的生活，没有捷径，没有借口，也没有压力和干扰。

很多我采访过的同性恋都表达了一个很简单的愿望：不想让自己的性取向破坏他们为实现梦想而进行的诸多努力。

对大多数同性恋来说，特德和弗雷德更像虚构，而不像真实的故事。中国的大众文化中，似乎没有谁是公开的同性恋而且还很开心，没有谁身为同性恋而成功，也没有谁身为同性恋而骄傲。中国长期以来都视同性恋为犯罪，因此公众舆论中没有同性恋的模范角色。除了在新闻里，威廉和同龄孩子们在电视上、电影中或生意场上都看不到同性恋男女。

李银河告诉我："在内地，LGBT 群体以前没有任何榜样人物。没有人站出来。不过香港倒是有一位。"

我十分清楚她说的是谁。我问："张国荣？"

---

① 如今这个故事已经有诸多版本以诸多名字广为流传，已经不可能确认故事原型为何许人也了。

"对，张国荣。"

我们一起沉默了一阵，不知道该怎么继续。如果李银河说的是真的，那么中国 LGBT 群体唯一的"英雄"人物，已经在 2003 年自杀了。张国荣是歌手、演员，在内地和香港都非常受欢迎。由于他在全中国乃至全世界都大受欢迎，在美国有线电视新闻网（CNN）发起的一次网络调查中，他被评为历史上第三大音乐偶像，仅次于迈克尔·杰克逊和披头士乐队。[4]

1997 年，香港回归中国，流氓罪被取消；也是这一年，一名中国调查记者揭露了张国荣的性取向。在这个大多数中国人仍然视同性恋为犯罪、变态的年代，他的性偏好成了全国性话题。张国荣的这条新闻爆出来，整个国家都惊讶万分。

6 年后，张国荣从香港文华东方酒店的楼上跳下，自杀身亡。人们经常把他的自杀说成是对中国公众人物的警告：出柜后的生活很危险，甚至是生命危险。我有位来自广东的朋友说："张国荣很优秀，很有魅力，也是个同性恋。可到最后，他还是被舆论和媒体赶尽杀绝。如果连他都不可以出柜，还有谁可以？"

中国的 LGBT 群体在国内没有找到全国性的榜样，倒是在海外得到了激励。2014 年，头条新闻爆出"蒂姆·库克：我是同性恋，我骄傲"时，中国人大吃一惊。库克很文静，被认为"很正常"，他取得的成功也让全球瞩目。他的性取向并未破坏他实现自己雄心壮志的能力。在"朋友别哭"网站上的故事中，他既是特德，也是弗雷德。

保守的中国人仍然认为同性恋是一种疾病，库克的性取向让他们睁大了眼睛。中国很久以来都一直把苹果公司当成卓越和创新的标准，这家公司的领导人还真能是个同性恋？

蒂姆·库克爆雷之后，留言板上热火朝天。恐同怪物对库克发表恶毒评论："难怪 iPhone 6 没法直着。"网民回击："你发这条评论用的什么手机？"回答呢？"我不得不承认，现在只能用电脑了！"但同性恋群体也早就备好了这一着，回敬道："电脑？那也幸亏有同性恋你才有电脑用！艾伦·图灵也是同性恋！"

库克出柜的消息在一定程度上推动了中国社会中 LGBT 群体生活的正常化，也正好与这一潮流不谋而合，尤其是在大城市中。要找到同性恋群体的生活迹象，人们不再需要上穷碧落下黄泉地到处搜寻，出现在媒体中的同性恋也越来越多。有一段时间，微信上有好些文章展示了同性恋群体中的一些猛男，之后"#他太优秀了不可能是直的"这一标签获得了大量关注转发。有位人气颇高的微博博主发帖道："他们身材保持得那么好，很会穿衣也很会打扮。你梦想中的男人？太可惜了，这样的人绝对是同性恋。"

荣是我在中国男同社交应用 Blued 上认识的年轻人，最近刚从遥远的甘肃省搬来成都。在成都，他发现自己不会因为自己的行为方式、兴趣、说话的样子而被人瞧不起，而最重要的是，没有人鄙视他的性取向。实际上，还有人觉得他挺酷。他说："我们很有趣、很好奇、很现代，就像韩国电视剧里那些。我们很潮——跟热门的、酷的、时尚的东西最合拍。"

热播电视剧也开始悄悄吸纳了一些同性恋角色，最常见的就是女主角模式化的同性恋男闺蜜。这个角色在剧里从来不会明明白白地说是个同性恋，但每个演员都仍然设法表现出了所扮演角色的性取向。

正是这种半推半就的态度让威廉最感到沮丧。政府从未说过支持 LGBT 社群——但最近也很谨慎，不去批评他们。威廉义愤填膺："就是他们这种不承认的态度扼杀了我们。我们是看不见的。我们不存在。"

在中国，政府对你视而不见就等于默许。李银河告诉我，她最近一次请求国务院考虑她提交的 LGBT 婚姻法案时，并没有被认为淫秽下流而遭拒，而是被质疑其必要性。政府官员问她："在这个问题上为什么我们得走在全世界前面？"

与此同时，政府也在悄悄接受中国正在变化的性局面，至少在某方面是如此。中国早期互联网在管理上比今天更严格，但即使 20 世纪 90 年代中后期，政府都没有审查"朋友别哭"。而且那时候中国的广播电台探讨性话题的谈话节目开始大量涌现，比如"今夜你不孤单"就很有名。尽管如此，这些节目还是带来了一些实质性的内容：介绍了现代世界中的性。政府并不想公开纵容当时很多中国人仍然会觉得震惊的行为，于是以这种方式传播信息。政府和媒体一直在谈论中国经济在如何发展、高楼大厦、铁轨和高速公路如何改变了中国大地上的风景。中国人对性的态度也在演变，"朋友别哭"和政府资助的谈情说性的电台节目则是一种默许。

今天，中国的同性恋群体也开始被视为商业机会，得到正视。耿乐是全球最受欢迎的男同性恋社交网络应用 Blued 的总裁，他说："中国的 LGBT 人口超过 7 000 万，相当于整个英国的人口数。"[5]

耿乐希望，中国 LGBT 社群所代表的商业机会能让他们得到了解，而且是以其他中国人能理解的方式：金钱。尽管很多中国人尚需习惯承认中国同性恋群体将带来的社会影响，但对于商业机会，没有谁需要调整一番才能适应。

2014 年年初排名第一的同性恋社交应用 Grindr（名称有"男性搜索系统"的含义），号称在全球有 500 多万用户。[6]当时 Blued 的用户为 200 万人，对才两年历史的应用来说已经很不错了。对耿乐来说，这一时刻很值得骄傲，也标志着中国"粉红经济"的真正觉醒。耿乐踌躇满志，甚至可以说是成竹在胸，于是宣布 Blued 很快就会有 1 000 万用户。专家们对此嗤之以鼻。

2016 年末，Blued 号称已有 2 700 万注册用户，[7]一跃而成全球最大的 LGBT 应用。Blued 的规模和范围让中国开始关注"粉红经济"的市场潜力，因此也为同性恋群体多赢得了一些认同。此外，Blued 也创造了不必局限于中国更开放的城市的网络空间，像"目的地"这样的俱乐部能在北京、广州、上海等大城市找到立足之地，像 Blued 这样的应用则在全国各地都建起了同性恋社区。

八

我很快了解到，"目的地"俱乐部的土豆猎人就是一个想勾搭外国人的中国人，无论外国人是同性恋还是直男。"因为嘛，西方人吃土豆呀。"我小口喝着长岛冰茶，穿过一个个楼层，看男人们跳着舞，玩着一种很流行的掷色子喝酒的游戏，或是划着拳喝酒，再或是玩着任何只要有人知道的酒令。笨重的音响里，电子音乐震耳欲聋。

在"目的地"，没有人像一些书里说的那样看起来似乎心理失衡，除非健康的性欲必须划入此类。房间里到处都是保安，以确保不会发生超出常规的事情。但他们完全不需要出手干预。跟中国其他大型俱乐部相比，"目的地"至少在戏剧性方面温驯得很。

凌晨两点，我们离开了俱乐部。出来的时候，我们经过了一名中国昼行人，正在跟一个看起来像是东欧人的白人亲热。威廉翻了翻眼珠子，说："土豆被猎人捕获了。你们西方人对男人的品位真差劲。看到那家伙了没？"

从俱乐部出来，我们进了院子。威廉重新穿上黑衬衫和厚外套，我们聊着天，再次走进北京灰蒙蒙的夜晚。街灯下的雾霭发出暗弱的微光，我们坐在街边，等着用类似于优步的一款中国打车软件叫出租车。威廉要回爸妈住的地方，他们没问过他晚上会在哪里消磨时间，他也没跟他们透露过任何信息。于是我问了威廉一个问题，大部分同性恋者我都问过，只要我感觉到他们不会反感这个问题：从骗婚到李银河让同性婚姻在中国合法化的尝试，所有的社会问题中，他认为哪个最重要？

威廉毫不迟疑，说："教育。我们的性教育根本没有教给我们任何跟性有关的东西，而且对待同性恋的方式仍然很糟糕。我不希望还有任何小男孩或小女孩像我这样长大，不知道自己是什么人，也不知道自己为什么会有这样的感觉。"说完他上了出租车，回了与父母同住的家。

第十章
学会玩乐

从吃苦到吃火锅

从吃苦到
吃火锅

一

"民以食为天。"张伟缓缓说完，优雅地夹起一个汤包，用两只筷子轻轻夹住精致的面皮，以免夹破流出里面的汤汁。我们坐在苏州一家专卖午饭的餐馆里，这座城市是中国古都，按传统说法，也是两大人间天堂之一。小张是苏州本地人，他答应带我吃遍本地所有从他小时候一直保留到现在的最好的饭馆。他带我去了全城各处的老字号餐馆、小吃摊和小饭馆，这些地方完美展现了中国饮食文化的优势和复杂性。小张一说到美食就眉飞色舞，跟我详细介绍每个省份、每个城镇的饮食文化，以及中国的"四大菜系"，即北边的鲁菜，南边的粤菜，西边的川菜，当然第四个就是东边的苏菜，而苏州就是苏菜的中心。

那天我们吃饭的地方很实在也很低调，是个"老百姓"的馆子：

塑料椅子，方便擦拭的简易桌子，随意得很，在意的是食物而非其他。竹屉堆叠的角度就像苏斯博士的绘本中那样，一直堆到了天花板下的风扇下面，俯视着那些身穿白色工作服的中老年男女。他们正在把肉剁碎，跟韭菜一起用面皮包出精致花样，再放进竹屉蒸熟。每屉有四个鲜嫩的小笼包，更多的人管它叫汤包，是中国最著名的输出美食之一。

张伟看着我，目光中充满赞赏。在他的美食讲座中，我对知识的强烈好奇心被他搞糊涂了。（其实我是在研究张伟是怎么控制自己的筷子的，他就能好好夹住汤包不把那么薄的皮夹破，而我的醋碟里已经流了不少肉汤。）他为自己的宗教观察提出了更多证据："在你们崇拜宙斯和雷神等等的时候，我们中国人在崇拜吃食。"

在中国，食物是最难得的享受，是老少咸宜的嗜好，也是满足感的核心。其他所有乐趣都衍生于此。

"民以食为天"出自成书于公元二世纪的《汉书》。①这句话与其说在讲美食，倒不如说是马基雅维利式的评论，强调了让人民吃饱饭以确保安定的重要性。

今天，民以食为天在某种程度上仍然是对的。周五早上我会骑着车去本地的生鲜市场，那里有大量摊位，卖新鲜肉类和农产品。从左邻右舍走进或冲进晨光中的表情，我经常都能猜出这天的猪肉什么价。

---

① 作者此处指《汉书·郦食其传》"王者以民为天，而民以食为天"，不过《史记·郦生陆贾列传》中同样有"王者以民人为天，而民人以食为天"，为更早出处。——译者注

人们有时候会把猪肉价格叫作"猪肉指数"，也是中国幸福指数的最佳指标。这个指数也经常用来替代消费者价格指数，因为中国消费了全世界一半的猪肉。中国人消费的肉类中，猪肉占60%。（禽类位居第二，只占不到20%。）中国对猪肉的嗜好甚至改变了中国的农业文化。根据世界银行发布的数据，从20世纪90年代初以来，中国玉米产量跃升了125%，而大米产量只增加了7%。玉米产量剧增不是要喂人，而是要喂全国那么多头猪。[1]

然而对中国美食学者来说，这个问题从此有了类似于《诗经》雅颂之篇的地位，中国对饮食频繁做出的泛文化承诺也有了历史性的正当理由。

张伟把汤包举到嘴边，在面皮上咬了一道小口子，就像吸血蝙蝠在受害者身上咬出的小口子一样。他做了个很夸张的动作，补充道："而且，'民以食为天'这句话，早就写在所有中国人心里了！"随后他把汤包放在嘴唇上，像中了一枪似的脑袋往后一仰，滋溜一口吞下里面的汤汁，享受过其中的美味之后才把包子放进嘴里，然后向下一个进攻。

二

食物是中国文化最基本的组织准则。中国文化专家王学泰先后出版过两本讲中国饮食文化的著作，即1993年的《华夏饮食文化》和2012年的《中国人的饮食世界》。他在文章中写道："中国精神文化的许多方面都与饮食有着千丝万缕的联系。"[1]中国学者认为，饮食在中国文化各个方面确实都占据着中心位置。四川大学的一位哲学教授有一次在用筷子夹着一片上等五花肉时对我说："如果不了解中国饮食，你就无法理解中国。"

每种文化都需自问："是什么诱惑了人类？"西方有七宗罪的概念，这些诱惑和缺陷也默认了人类多么容易偏离正轨。

中国的诱惑要少得多：食、色。论及人性时，中国学者往往会引用《孟子》中的一句话："食、色，性也。"食、色不是属于人性，而是人性本身。

在中国的大众哲学中有一群学者认为，中西文化的根本区别，仅仅在于饮食和男女之间的区别——西方受性欲驱使，而中国受食欲驱使。王学泰也写过大量关于中国幽默的著作，他说："西方文化（特别是近代美国式的文化）可以说是男女文化，而中国则是一种饮食文化。"[2]台湾教授张起钧在《烹调原理》一书中比较了儒家经典仪轨与西方宗教信仰和哲学文本，由此清楚表明西方人是受性欲驱使的。张起钧把原罪当成基准。我在台湾时听了一段张起钧的采访录音，他说，在亚当夏娃的故事中，苹果暗喻着肉体诱惑。但如果是中国版，

---

[1] 王学泰，《中国饮食文化精神》，《光明日报》，2006年11月30日，http://www.gmw.cn/01gmrb/2006-11/30/content_514905.htm。（原文将《华夏饮食文化》出版年份误作2006年。该书先后出版过两个版本，即1993年中华书局版和2013年商务印书馆版，并无2006年版。此处引文出自2006年王学泰在"光明讲坛"的一次题为"中华饮食文化精神"的讲座，并全文发表于《光明日报》。——译者注）

[2] 王学泰，《中国饮食文化精神》，《光明日报》，2006年11月30日，http://www.gmw.cn/01gmrb/2006-11/30/content_514905.htm。

就不会有这个象征意义了——只是食物。他们会把苹果吃掉，然后把蛇也吃掉。

作为一个国家，中国用肚子来思考和感受。辛辛苦苦干一件工作叫"吃力"，在生意场上或社会中大受欢迎叫"吃香"，例如："真正有学问、受过良好教育的人，到哪儿都吃香。"从16—18世纪的欧洲探索时代就开始皈依基督教的中国人，叫作"吃洋教"。我朋友小槐想追一个女孩子结果被彻底拒绝，大家便开玩笑说他"吃闭门羹"。中国媒体责备年轻人太软弱时，会叫他们"草莓族"。批评者说，跟吃了好多年苦、坚韧不拔的老一辈相比，年轻人只能享受"高档水果的香甜"。

中国年轻人继承了中国数千年来的传统，对食物极为重视。现在年青一代有了点可支配收入，对他们不断膨胀的欲望来说，食物是最直接的发泄途径。虽然中国正在迅速变成一个性感的国家，但它更大的标签是美食王国。

如此一来，中国在食色方面会做到极致，也就不足为奇了。电视纪录片《舌尖上的中国》堪称中国饮食版的《地球脉动》，仅仅第一季就在中国最大的视频应用优酷上得到了3 000万的点击量，第二季的播放量也已经超过两亿次，在电视上播出时观看的人还没算在内。一个拍摄中国人如何收割、如何准备食品的超高清节目，有两亿人次观看。闪着光的酱汁，咕嘟作响的汤都拍到了超高清特写镜头里，我们很难否认，中国对食物色香味的追求，比世界上任何地方做得都好。

我的中国叔叔①一边往我盘子里夹了好多炒竹笋，一边说："对我们中国人来说，吃饭是最接近宗教礼拜的活动了。这是一天当中最神圣的时刻。"

　　在印度寓言故事中有一群盲人，他们每一个人都只摸到了大象身体的一部分，比如象鼻或是象腿，然后就说大象是什么什么样子，结果牛头不对马嘴。我就跟这些盲人一样，往往被一顿中餐的多重含义搞得晕头转向。这么多年过去我终于知道，一顿饭可以提振士气，可以充当和事佬，可以治疗家庭创伤，可以是一个温暖的拥抱，可以是一根橄榄枝，也可以是充满硝烟的战场。

　　有时就算我没能领会一顿饭的隐含意义，我也总能感受到这顿饭有多重要。慢慢地，我学会了去朋友家吃饭时要添饭，以向朋友妈妈表示我喜欢她做的饭菜；但我也学会了出去吃大餐时不要一开始就要米饭，就好像我只想马上填饱肚子好起身走人一样。主人倒茶时，我学会了用两根手指头在桌子上敲敲以示感激，但永远不要用两个指关节敲啊敲，否则会被看成是过于谦卑了。我还了解到有些省份的人，比如福建，对茶道礼仪要比别的省份在乎得多。我知道一位朋友要是把事情搞砸了之后请我去我最喜欢的烤鱼馆子吃饭，那这顿饭就等于是道歉，尽管他绝对不会说道歉的话。还有，提出跟人分开结账常常是一种侮辱，表示你不想欠别人任何东西，也不想他们欠你。真正的

---

① 不要跟我的中国教父搞混了。我的中国叔叔名叫黄忠良，跟我父亲年轻的时候就认识了，我小时候他就知道我。黄叔叔是太极拳师、书法家，我到中国没几个月，他就邀请我参加他领导的在福建武夷山的太极静修活动。我的中国名字也是他起的。

朋友是通过互相欠着大大小小的恩惠维系起来的，这就是**人情**——为朋友做的事情，中国的关系经济学中你来我往的流通货币——交换。朋友之间的小恩小惠必不可少——表示你承诺下回你还会见到这个人，还这个人情。我知道了说"谢谢你"太正式了，完全没有必要，真朋友不需要感谢。最重要的是，我知道了就餐时分享一切就像是魔法，邀请别人一起吃饭可以把旅社里满房间的陌生人变成同胞，即便是——或许更应当说尤其是——对独生子女这一代来说，群体友谊是值得保护和追求的理想。

奇怪的是，中国人在海外的名声可跟真正美食家的名头完全是两码事。在旅行顾问和旅馆老板圈子里，中国人走出国门的时候，不吃当地食物是出了名的。就连习近平主席在马尔代夫的一次讲话中都说，中国人在旅行的时候最好"少吃方便面，多吃当地海鲜"。

我那些中国朋友都觉得，外国饮食的问题几乎千篇一律——太不中国了。尽管年轻人接触到的外国食品越来越多，但欧洲饮食仍然不是他们的菜。这代中国人小时候，他们的父母不会在印度餐馆停下来吃午饭，也不会星期天去点意大利菜吃，他们吃的都是中国菜，而且往往都是本省风味。而在中产阶层和富人的圈子里，西餐是一种时尚，一种奢侈，也是一种新鲜事物。最流行的外国食品仍然产自亚洲——日本寿司、韩国烧烤。尽管在海外这些菜会被统称为亚洲风味，但中国人吃起来，这仍然是外国菜。

吃汤包那么拿手、侃起饮食哲学来也那么头头是道的张伟，之前曾在法国留过学。他回到中国，我们认识了之后，我问他的第一个问题就是，他有多喜欢著名的法国菜。

我们坐在吃午饭时最喜欢坐的座位上，他正准备喝点儿汤，在那儿一丝不苟地计算着该先加多少醋进去。

我问道："在法国吃得怎么样？"

"还行吧。"他礼貌地回答。"还行"的意思就是"不行"。

"法国菜也就是'还行'……"我嘀咕着，不敢相信："你不喜欢法国菜的什么？"

他放下勺子，想了一阵才说道："一切都太……硬了。"他看着我们身后的厨房，又思考了几秒钟，这才点点头，算是确认自己的答案。

我一头雾水地继续追问，但没有得到任何别的信息。法国食品就是太硬了。我以前从来没这么觉得，但大部分中国食品都软乎乎的。肉会切成薄片，很容易嚼；中国没有硬面包卷，米饭和面条也不需要大嚼特嚼。

外国人吃中国菜的时候会发现，质地是最大的问题。味道从来都不是事儿。炸豆腐味道很好，但会在嘴里冒水。那些来中国旅游的外国人，遇到的头号问题就是食物太软了。

因此，尽管很多人都认为法国是全世界美食家最向往的地方，我的美食家朋友张伟在法国的时候，却天天都在吃方便面。快要离开法国的时候，他实在是吃不下去了，便跑去吃了一顿按法国口味调整过的当地中餐。他抱怨道："从来都没去过四川省的人，怎么可能烧得好川菜呢？"从中国前往西方的早期移民绝大部分来自东南沿海的福建、广东两省，法国大部分中餐大厨都来自这两个省份，美国也一样。所以尽管他们会烧麻辣川菜，但他们自己却从来没吃过正宗川菜。

作为西方人，我一开始以为我那些中国朋友对外国食品不感兴趣可能只是因为不喜欢而已。但渐渐地我了解到，中国人对外国食品的印象有着致命缺陷——太不中国了。

三

听起来好像挺简单，但 90 后与其父母之间的决定性差异，其中之一就是时间。90 后有闲暇时间，他们的父母没有。如今我们正在见证，这一代人如何远离苦难，开始学习如何玩乐。

如果要列举中国年轻人喜欢做的一切事情，会让我觉得我是在为约会软件 Tinder 整理这一代人的个人资料；放在中国，说是在为陌陌或者探探整理个人资料也未尝不可。

> 你好，我 22 岁，单身，喜欢跟朋友出去吃饭、周末 K 歌、网络购物、跟朋友打羽毛球，再就是非常非常非常喜欢旅游！

电影《失恋排行榜》中的罗伯·戈登是美国千禧一代最喜欢的角色，形单影只，老是自言自语。他说："真正有意义的是你喜欢什么，而不是你像什么。书、唱片、电影——这些是有意义的。就说我肤浅好了，但真相就是这么个德性。"按照罗伯·戈登的衡量标准，中国年轻人的热情、嗜好、兴趣——他们喜欢耍什么——真正揭示了他们是什么样的人。在中国高压式的教育体系下长大的独生子女一代，怎么才能独立？数代同堂或住在有好几个室友的宿舍里的年轻人，如何才能有自己的私人空间？房地产市场那么残酷，起步工资那么低，工作竞争又那么激烈，人们花钱的方式因为这些会发生什么改变？由"吃苦"定义的老一辈抚养出来的年轻人，怎样才能找到生活中的甜蜜？

来自成都的 22 岁女孩菲菲，有一次吃晚饭时对我说，他们这代人跟父母那一代最大的区别是"我们的需求不一样"。我们当时在成都酒吧街一家吃鱼的馆子，和她的几个朋友一起。菲菲向餐馆服务员打了个手势，她正推着我们的一车菜穿过人群，她的身躯和推车在光滑的黑色墙壁上形成了剪影，与墙上五颜六色的旋涡和斜线涂鸦相映成趣。她说："马斯洛的需求层次理论说，先要填饱肚子、暖好身子，才能去考虑别的需求。"

中国越来越注重内省，中国的年青一代也变成了心理学的狂热爱好者。对中国人来说，心理学很大程度上都是直觉；对那些必须操控复杂关系网的人来说，理解情商这样的概念就是他们的第二天性。我在苏州的夜校给一个班的 35 个人上英语讨论课时，没有人需要讲解情商、智商是什么意思。这是文化上的必然。

同样，中国年轻人也很想弄明白，为什么他们跟自己的父母有不一样的需求。他们有尊敬父母的文化责任，而跟父母需求不一样显得好像他们不尊敬父母，所以找出原因也成了当务之急。很多人都转向亚伯拉罕·马斯洛需求层次理论寻求解释。按马斯洛的说法，人类必须先满足对食物、水和居所的需求，才会有动力去满足自己对归属感、自尊以及最终自我实现的需求。

菲菲继续说道："这也是有道理的。我们的父母、祖父母长大的时候中国还很穷，我爷爷奶奶他们老想着吃的，要有足够多的食物才能活下去。"一缕头发从她帽子里掉出来，她用摇滚明星范儿的戴着大戒指的手拨了回去。音乐在餐厅里起伏，已经晚上9点钟了，但等位仍然需要一个小时。"我们对基本需求不感兴趣——食物、水、庇护所，对吧？我们什么时候才能享受现在的生活呢？年轻只有一次。"

现代中国有很多压力，也有很多不确定性。身在其中的菲菲这一代人，下决心要享受生活。尽管先苦后甜的观念曾经是中国学生和工人的标志，但"活在当下"的生活态度也已经悄然逼近。中国人仍然很看重吃苦的能力，但年青一代但凡有可能，还是会坚持享受青春的甜蜜。而他们的父母也在鼓励他们的孩子享受童年、享受人生，过上比他们自己小时候更好的生活。

菲菲举起一杯黑啤，说道："今朝有酒今朝醉！"

她这句祝酒词是唐代诗人罗隐的一句诗。西方人所熟悉的千禧一代的战斗呐喊，用这句话来概括可能再合适不过了。这是年青一代要活在当下的理由：青春只有一次。

我们举杯相碰，狼吞虎咽般吃着我们点的鱼，最后也实现了我们的诺言，大醉而归。

四

在缺乏人情味的中国城市中，群体友谊已经变得比什么都重要。因此，在工作越来越稳定之后，爱好就成了城市生活的中心。

我的中国叔叔经常跟我说，中餐最与众不同的特点是不能一个人吃。当然，炒饭、面条都是一人份的，但真正的中餐必须跟一群朋友共享。因为计划生育政策，中国年轻人可以说是"孤单的一代"，但他们非常渴望跟别人产生关联。

成都到处都是俱乐部和社团。围绕每一种爱好，都会形成一个全城范围的团体，通过微信群甚至是陌陌组织起来。他们会穿着带有自己俱乐部标志的文化衫聚会、自拍。他们会做横幅，然后聚起来在横幅底下自拍。聚会、微笑，如此循环往复。

中国 90 后也在寻求个人认同感。中国的快速城镇化催生了 100 多个人口超过 100 万的城市。90 后这代人大都住在人满为患的城市中，对他们来说，找到自我意识可能是一种挑战。早上挤在满满当当的地铁车厢里去上班，恐怕是很难感觉到自我的。他们在陌生城市中扬帆远航，故乡往往在千里之外，因此他们选择参与的社群类型，有助于他们确认自己是什么样的人。

也有几十个这样的团体邀请我加入。我参加过成都红十字协会、成都台球男孩俱乐部、成都死飞车队、成都篮球俱乐部、成都美食之友、"周末看世界"俱乐部、成都慈善之友、"我为电影狂"俱乐部等，得有十来个。我加入过的每一个团体，都有另外 3~15 个围绕类似主题组织起来的团体。

决定中国年轻人如何看待自己的，不是他们从事的职业，也不是所学专业，而是他们的爱好。有些人浅尝辄止，但超级狂热的人和超级粉也越来越多。也许是他们性格中的一部分，也许是源自单调记忆的某种程度的奉献精神，让我这些90后中国朋友成了我见过的最狂热的业余爱好者。

跟其他小组比起来，街跑团BDC（Block Dash Crew）可以说相当平淡。跑团成员会在周中的晚上或一大清早的时候碰头，绕着成都不同街区跑个10公里左右。跟BDC一起跑步的有大学生，也有刚毕业的年轻人，让他们与众不同的，是他们的商业头脑。他们设法拉来了大量赞助商，跑团所有的组长——新潮时尚、魅力四射的23岁年轻人——跑步时都穿着最新的耐克装备。

一天晚上，BDC和一家新开的高档面馆合作，发起了一次跑步活动。所有来跑步的人，都能免费得到一件运动衫和一碗面。成都辣味的面条十分可口，让人垂涎三尺。这种高档面馆正在城里到处涌现，卖的不只有四川面条，还有日本乌冬面、日本拉面、泰国咖喱面、越南米粉，以及来自全国各地的各种面条。这种店做得挺好，因为对四川人来说，要接触外国食品，面条是最直接的切入点。但我对此持怀疑态度，因为它们金光闪闪的招牌和比本地面馆高5倍的价格好像有点儿坑人。

碰头之前，组里有人发了条消息，说今晚的空气质量指数（AQI）为73。空气质量指数测的是细颗粒物（PM）及其直径。PM 2.5尤其重要，指的是直径为 2.5 微米或更小的粒子（头发丝的直径约为 100 微米）。这种细颗粒物是在烧煤的时候产生的。由于成都周围都是工厂，我们基本上都在手机上装了个应用，跟踪空气质量。搞户外运动的和需要上下班通勤的人都有个习惯，就是早上会查一下空气质量指数是多少，就像出门前查看天气一样。73 的指数还挺不错——不算优良，但也不算糟糕。但即便如此，今晚聚起来跑步的 50 人中，还是有几个人戴了口罩。

我们出发了。夜晚的城市中心，大型商场、写字楼和餐馆发出的光线在低伏的空气中反射、折射，就像用手电筒照射彩色的塑料水瓶一样——明亮的光束逐渐稀释，变得越来越暗淡。在这座缥缈的城市中，我们边跑边交谈。一群死飞车手经过我们身边，带着扬声器，里面传出的中国流行音乐震耳欲聋。他们穿的运动衫上印着"成都自行车队"。我们跑过英语角。一群大学生，也是一个跟 BDC 合作过的摄影俱乐部的成员，这会儿骑在摩托车上围着我们打转，一个人开车，另一个人面朝后坐在上面抓拍我们。就连老人也在聚集起来。一座立交桥下，环岛中央高起的水泥平台与夜间的车流分隔开来，一大群老人穿着背心、趿着凉鞋，一边拿扇子扇风，一边听着手提喇叭里的川剧。还有些成群结队的老头老太太在广场上随着舞厅音乐翩翩起舞，另一些人则跳着有氧健身操。

跑在我旁边的是一个名叫郭宇的年轻人。他在一家媒体公司做信息技术工作，24 岁、白领、刚刚结婚。郭宇身材精瘦，步子轻快，步伐平稳，表明他不是跑着玩儿的。到 8 公里左右的时候，我已经跑得上气不接下气，话都说不出来了，但郭宇的声音依然平稳而清晰。BDC是郭宇参加的第二个跑团，不那么郑重其事。跟我一样，他是被免费运动衫诱惑来的。尽管如此，他一般每周五都会跑步，尤其是在为马拉松比赛训练的时候。

"你以前跑过马拉松吗？"我问郭宇。

他点点头，语带肯定："三天前刚跑了一场。"

我转向他，眨巴着眼睛，确定我没听错。他轻快地滑过我身边，对我探询的目光报以微笑。

"然后你已经在为下一场训练了吗？"

"下一场就在下周。"他答道。两个星期，两场马拉松。

"今年你跑了几场了？"我问。

"下一场是第六场。"这才五月初。

我们默默地跑了几十米，他行如凌波微步，我则在重新思考我的生活方式。然后我脑子里又冒出来一个问题。

"你跑了多久了？"

郭宇看都没看我一眼，回答说："到现在也就一年多点儿吧。"

我停下脚步。郭宇转过身，原地慢跑，仍然带着微笑冲我挥手，叫我继续前进。

15个月前，与郭宇一起玩电脑游戏的一个小伙伴开始跑步。那时中国正兴起一股健身热潮，推动这股热潮的更多的是社交媒体，是为了炫耀苗条的身材，而不是为了健康。看到越来越多的人开始跑步，还在电视节目里看了一场超级马拉松，听到节目里说长跑如何如何能磨炼意志、促进自我激励，郭宇便决定试一试。

中国重视耐力运动的部分原因在于其历史。所有中国孩子都知道红军的长征，红军队伍一年之内跋涉了一万多公里，以便在国民党的围剿中生存下来。长征证明了红军钢铁般的意志，这一壮举也一直令人高山仰止。而且，长征与跑马拉松、长距离骑车和冬泳极为相似，全都需要非凡的精神力量和毅力，说这是自讨苦吃的运动也未尝不可。

"你以前玩过什么运动吗？"

"没，没怎么玩过。"

"第一次参加马拉松比赛之前你训练了多久？"

"两个月吧。"

在跟 BDC 跑过一次之后，郭宇就开始每天跑步了。跑步成了他的社交途径。他每天晚上都跑，有时和朋友，有时和跑团。跑步成了他的人生。

他说："对于什么有可能、什么不可能，我没什么想法，也没什么期待。跑了两个月之后，我就去跑了一场马拉松。过了两个星期，我又跑了一场。不算啥。"

我问他是否知道自己听起来就像疯了。这种事情——从零开始征服马拉松——你可以关起门来干，但人们会做个视频传到网上，变成互联网上鼓舞人心的文化因子："IT 呆子奔向新生活"。而在 6 个月之内跑 6 场马拉松，实在是超出了我的理解能力。

郭宇的说法让我想起我跟余佳文的一次谈话。余佳文是广州的一位青年创业者，在中国小有名气。他在电视上频频露脸，因此他孩子气的外表和无所畏惧的态度很快变得尽人皆知，就跟他极为成功的手机平台"超级课程表"一样。这是一款社交应用，允许学生查看班上其他同学的课程表并与之互动。这个应用很快在学生中风靡起来，成了最流行的查找同学并互相开玩笑的方式。在广州总部我找他聊了一次，他大笑着告诉我："我们打算打造一个同学之间交流互动的平台，结果成了中国最大的交友应用。"[1]

余佳文跟我谈起创业在中国的大好机会，认为这是个独一无二的最佳时期。在他公司的广州总部喝茶时，他说："直到外国投资人跟我讲，我做的事情有多惊世骇俗的时候，我才想到我有可能做不到。否则的话，我自己根本注意不到。"

中国以前没有什么创业公司，也没有什么跑步的人，因此很少有人会对自己认为有可能的事情加以限制。部分原因在于缺乏经验——要有满满一屋子跑步跑得不怎么样、说起来倒能说个没完的人，才能让跑马拉松感觉起来遥不可及。不过还有一个原因是当代中国人的心态：只要我努力，凭什么我不能成功，何况所有因素我都能控制。长时间、系统性的辛勤耕耘，比如跑马拉松和编程？没有问题。

中国 90 后经常被叫作"自我族"，对他们来说，在城市中找到自我感觉可能是件很难做到的事，因为他们的存在本身似乎就否定了个

---

[1] 《与余佳文关于"超级课程表"的谈话》，作者于 2015 年 2 月 1 日所做采访。余佳文最早参加电视节目并因此爆红，其中一期节目参见 https://v.qq.com/x/page/p0320uvdlc0.html。

性。在面对房子、车子、孩子等等等等的激烈的竞争中寻找意义，或许会耗尽你的精力。业余爱好者们把他们的全副身心都投入自己的激情中。以你热爱的事情为中心建立一个圈子，让自己有热爱无关紧要的事情的情感空间，能在这个瞬息万变的社会中产生极大意义。

余佳文热爱的就是编程和创业，因此他全身心投入工作，他的工作就是他的社交生活。工作起来废寝忘食，周末也加班加点，这些都不是问题。他习惯了有限的、以工作为导向的社交生活，所以他也没有别的什么地方好去。对郭宇以及我认识的几十位突然闪现的马拉松选手来说，他们全身心投入的事业就是跑步。

这种投入强度产生了一位忠实的超级体育粉丝，尽管天遥地远。我有个室友叫欢欢，会把闹钟设在凌晨两点，然后起来穿上红色阿森纳球衣熬到4点，好为地球另一端"他的"橄榄球队鼓与呼。在席卷中国的世界杯狂潮期间，有些公司开始允许年轻员工按特别的夜间时间上班，这样他们就不会趴在办公桌上睡着了。在四川大学的校园里，侯伟永远都穿着勇士队斯蒂芬·库里的球衣。库里身材矮小，但他在球场上的超自然表现为他在中国赢得了大批粉丝。侯伟的室友有一张萨克拉门托国王队的美国篮球名将德马库斯·考辛斯的海报，贴在书桌上方。侯伟每次考试前，都会在考辛斯面前燃香敬祷，因为他的名字翻译成中文叫作"考神"。NBA在中国有大量超级粉丝，以至于季后赛的计分板上常常会有中文广告，用来打动像侯伟和他室友这样的中国粉丝。

那天晚上BDC的夜跑活动结束后，我们坐下来吃了碗豪华面条。

尽管对真正的价值仍然存疑，我还是得说这碗面真好吃。

五

年轻人在中国生活压力巨大，因此他们热切寻找逃避的方法。城市人口密度那么大，家里也数代同堂，个人空间对他们来说极为难得，也就成了有价值的商品。一间寝室通常住四个人。像麦当劳、肯德基这样的地方，并不会因为坐在那儿就要收钱，也不会把逗留的顾客赶走，因此对毫无私人空间可言的年轻人来说，这些地方成了无价的资源。这些空间成了年轻人自己的小宇宙，脱离了家庭和学业的轨道，也不会受到责任感的羁绊。但有时候，这些小宇宙太小了，根本无法与庞大而且瞬息万变的多重宇宙竞争。

在中国，没有哪个行业的追随者像在网络游戏产业中那样痴迷。中国有 1.3 亿人玩多人网络游戏。他们盘踞的网吧里有成排的计算机和舒适的椅子，提供高速互联网和游戏设备——鼠标和耳机，只需要花一点点钱。

网络游戏在中国流行起来，很大程度上是因为像褚那样的人。我遇到褚是在一家网吧里，当时我正赶一件翻译急活儿，连着干了 36 小时，堪比马拉松。有人请我翻译一款手机游戏的全部脚本使之美国化，我管这款游戏叫"追寻荣耀：蒸汽与魔法"，是一款指环王风格的探险游戏。我自己的计算机坏了，截止日期又很紧，我只好找了个网吧连轴干了 36 小时。我的任务是把中文翻译成像这样的英文台词："快，说话！记住，你的话就决定了你的命运！""什么样的魔法才能控制提坦这架战争机器？又是什么样的魔法才能控制人类的思想？"还有"它们是沙漠小矮人，请允许我介绍一下"。

22岁的褚就在那里玩《英雄联盟》。这是中国最火爆的游戏之一，追随者众，于是中国最大的网络公司之一腾讯，于2015年全资收购了出品《英雄联盟》的游戏公司"拳头游戏"。[2]

褚在当地一所大学念工科，这家网吧就在校门外，他每周来5天。他说："只要有时间我就会来。在这里我可以放松下来，不去想工作、学校、家庭、女孩子等等，或是别的随便什么事情。"

褚的机位在我左边。我右边是另一个也在玩《英雄联盟》的小伙子，游戏中的角色叫刘备，以小说《三国演义》中的人物命名。刘备25岁，已婚，毕业于本地一所大学。他刚在本地一家工厂找了份化学工程师的工作，一周来几次网吧，作为下班之后的放松。他告诉我："打游戏的时候我能放松，让我的脑子放空，忘记白天的所有压力。而且这也是我跟大学里和家里的朋友保持联系的一种方式。我们都打同一款游戏，而且会计划好时间一起玩儿。"

无论是褚还是刘备，从小到大都从来没参与过有组织的团队体育项目。他们的"英雄联盟"战队是他们生活中的第一次长期团队体验。我在烟雾缭绕的网吧里待了大概18小时之后，褚说："我觉得我那些同学并没有真的理解我。这些人认识我好多年了，我们一起经风沐雨，我们有共同经历，也有共同兴趣。我们一起扛过枪（他大笑起来），他们知道我是什么人。"褚和刘备这样的人全中国到处都是，其中有的没怎么受过教育，有的学富五车，有的朝九晚五，有的待业家中。他们中很多人是工厂工人，也有数量惊人的白领，在银行做投资理财的人，或是搞市场营销的人，他们仍然会连线玩激烈的第一人称射击游戏，或参加深度沉浸的多人角色扮演游戏。

我住在成都外岛客栈时，经常看见青年男女聚在一起拿手机看视频，一边看一边呜哇乱叫，好像在看拳王争霸赛一样。后来我知道，他们看的是国际游戏锦标赛的精彩片段，他们压根儿都不玩这些游戏，只是电子竞技的观众罢了。

在中国，电脑游戏是生活中最不花钱的消遣，是向网络空间的逃避，比 KTV 包厢和一顿大餐更远离现实。除了四顿方便面、三听红牛、薯片、烤香肠和鸭脖，这 36 小时我才花了约 200 元人民币。

刘备说："我结婚了，现在是个白领。我妈和我们两口子一起住。我妻子想要个孩子。大部分时间我都在上班。有时候让我的脑子放空一下也挺好的，对吧？"咔嗒咔嗒——鼠标点击的背景音不绝于耳。"这是有点儿逃离现实，但就这么一会儿，真的是什么坏事儿吗？我妻子对我没意见，反正她管钱，这比抽烟喝酒便宜多了，对不对？"

六

中国到处都是未解之谜。为什么中国人人唱歌都那么好听？为什么人们会那么喜欢 K 歌？这些问题能让我夜里想得都睡不着觉。有一回跟父母打电话时，我告诉他们我感觉中国简直人人都是天才歌手，他们不信，我就在图书馆外面随便拦了一名学生，跟他说我爸妈想听一首中国歌，他们以前从来没听过，于是这位同学开开心心地为我父母唱了一曲，他们在数万里之外好好感受了一把。他唱的是《我的歌声里》，一首颇有几分伤感的情歌，当时非常流行。

这些未解之谜很容易让人摊开手说："好奇怪呀！"然后到此为止。文化上的新颖性会带来一种满足感，但如果真要解释一番，这种满足感可能反而要打点折扣。比如说我刚到中国的时候，觉得自己能做点英语纠错的小业务。招牌、宣传册、菜单、名片——那些刺眼的拼写和语法错误，我会觉得很好笑，但没法真的拿来做生意。我想："他们干吗不纠正过来呢？"后来我打了份零工，是一家造纸公司叫我装成是他们的外国客户，摆拍一些照片放进他们的新版宣传册里，我便抓住机会向公司总裁推销我的服务。不管怎么说，他们家的宣传册至少有一部分是用英文写的。在拍照间隙我跟老板聊了聊，他是过来看看拍照情况的。老板扬起眉毛，看了我半天，才终于告诉我："在中国以外我们没有任何客户。"我吃了一惊，于是问他为什么老版宣传册有英文。结果呢？原来英文版跟我的照片在新版中是一样的作用：让公司显得有国际范儿、很现代。公司所有客户都不需要英语。拼写和语法？无关紧要。

我刚到中国的时候，几乎每天都会有这种小疑问得到解决。但时光流转，仍然有个未解之谜，其深层逻辑在我面前仍然是个谜团，这就是 K 歌。K 歌在中国近乎全民狂欢，证明了关于中国还有些根本性的特点我完全不了解。

中国人对 K 歌的痴迷令我想起一篇经典短篇科幻小说，就是范·沃格特的《武器店》。小说中，出售锃光瓦亮的高科技枪支的武器店一夜之间遍布虚构的伊夏帝国，而这个帝国控制着整个太阳系。刚开始，居民们对暴力武器出现在他们和平的小镇上感到出离愤怒，但那些进店的人离开时，意识形态方面都有了剧变。沃格特揭开谜底，原来这些商店都是独立的政治实体，是伊夏帝国境内的革命孤岛。卖武器只是个方便的幌子。

我以前对 KTV 就是这种设想。在中国任何一座城市中，几乎每个街区都会有至少两家 KTV。我的社交日程表本来一片祥和，自从有了 K 歌这一项，就好像被强行注入了暴力因子一般。我身体里所有声音都在高喊："不！我才不要跑到一个昏暗的屋子里去唱着俗不可耐的口水歌、喝着淡而无味的茶水消磨周五晚上的时间！"我身体里每个细胞对此都深信不疑。因此日复一日、夜复一夜，天天都有人喊我去 K 歌时，我觉得我错过了几个亿。

每家 KTV 都有大量私密房间，房费按小时算。这些昏暗的黑盒子里都有真皮沙发和平板电视，墙上珠光宝气，我猜这些房间一定有特殊目的，就像伊夏帝国的武器店一样，是政治上的法外之地，是革命的岛屿，而我过于鲁钝，不得其门而入。

长时间聚会 K 歌已经成了凝聚社交关系的黏合剂，尤其是在政府和商业圈子里。走进一个 K 歌包厢，你就进入了一个明确的私密空间，身在其中就应该放下警戒之心，这里会让你从一进门就把矜持和俗套都放下。

我在中国打第一份工时,那些中国同事就几乎每周五晚上都一起去 K 歌。我也没法逃避太久。我们会打车去旁边一家大商场,走进一家中等的 KTV。后来那些年我去过很多 KTV,有些高档得很,水晶吊灯营造出五光十色的效果,也提供高档酒水和食品,但大部分都跟这家中等的差不多:金碧辉煌的大厅,只需要按一下铃,就会有服务员把爆米花、花生、瓜子乃至烤鸭脖、酒水等送到房间里来。

中国人为数不多的私人空间中,KTV 提供的算是最惠而不费的了。乔伊是个很聪明机智的女孩子,也有点儿保守,那时候是我同事。她对我说:"我们家里都会住着好几个人,宿舍里也挤满了,就连澡堂子里也满是人,餐馆里也挤得满满当当,我们还能上哪儿找到朋友聚会的私密空间呢?"一间 KTV 包厢,就成了你能真正称为"我的地盘"的替代空间,尽管只有几个小时——这样的替代空间,在中国也为数不多。

我们六个人挤在黑匣子里的一张真皮沙发上,几个女孩子马上跑到靠墙的平面控制面板边上开始选歌。没过多久,音乐从环绕立体声音响中响起,坐在两名同事中间的乔伊跳起来抢过话筒,大喊:"这首歌是我的,我的!"音乐视频里闪过眼下最流行的一首歌——《我的歌声里》。

还记得我们曾经

肩并肩一起走过　那段繁华巷口

尽管你我是陌生人　是过路人

但彼此还是感觉到了对方的

一个眼神　一个心跳

一种意想不到的快乐

好像是一场梦境　命中注定

　　K 歌的流行对中国流行音乐产业有决定性影响。中国音乐人有意将他们的音乐按照 K 歌金曲的模式来打造。中国大部分音乐都能免费获取——用手机应用或在电脑上以这样那样的方式免费下载——因此 K 歌流行起来，他们就能在排行榜上一路飙升，通过许可费赚钱。连锁 KTV 会购买歌曲和音乐电视的版权。那时候，《我的歌声里》是大热门，人们百听不厌。这首歌我 50 天之内就听了不下百遍，而且还是在我躲着 KTV 走的时候。

　　这首《我的歌声里》，乔伊唱得相当好，这一点儿都不奇怪。说汉语的人跟以其他语言为母语的人比起来，平均而言前者唱歌更好听，对此语言学界有一番解释，跟元音和元音组合在汉语中出现的频率比其他语言都要高有关。元音更容易清楚地发出来，共振也更多；一辈子都在说这样一门语言，加上经常有机会唱歌，就会产生受过良好训练的嗓音；最重要的是，研究人员指出，普通话的声调，以及着意强调的声调意识，让说中文的人比说英语的人更容易找到绝对音高。[3]

　　放下话筒之后，乔伊回答了我的问题。每次我被拉去 K 歌，我都要问朋友们这个问题，而且我相信，这个问题的答案会解开中国其他的文化奥秘：你喜欢 KTV 的什么？在她身后，其他同事在触摸屏的歌单上指指点点，上下翻动，时而笑得不行，时而指着自己喜欢的歌兴奋地大叫。在音乐的间歇中，乔伊跟我解释了一番，而这番解释接下来三年我还会一遍遍听到。她说："我们工作当中的压力太大了，在家里也有压力。我们在日常生活中没有办法释放这种压力，发泄不是'中国人'会干的事儿。K歌能让人放松。"

中国人非常**含蓄**，意思是含而不露，耐人寻味，这个词也经常用来形容中国古代诗歌的特点。用来形容人的时候，这个词就意味着"保守"。尤其是年轻人，中国人的表达方式和办公室里的等级制度让他们过着压抑的生活。

中国人在工作上的等级制度往往更加令人窒息。在中国，老板、经理和员工之间的距离比在别的国家更大。像乔伊和她同事这样的普通员工，在工作单位是不应行使任何自主权的，在一周当中，自我表达的机会非常有限。在一项题为《中国的卡拉OK消费》的研究中，作者分解了K歌的功能：政治（独立于社会等级制度的私密、民主化空间）、私人（释放压力）、社群（在同事、朋友之间建立友谊）以及分群。K歌提供的空间至少相对独立于受到社会限制的那些空间。我在大学的一位同事吉尔告诉我："我们都在这里让自己丑态百出，这么做会产生非常大的凝聚力。"

这些年过去，我看着KTV包厢无数次成为人们疗伤的地方，充斥着音乐的房间昏暗无比，只有视频亮着。乔伊说，中国文化不鼓励感情流露，因此K歌就成了一种释放。我有位朋友来自河南，在本地一家我经常去吃饭的餐馆干活儿，有一天他被炒了，只能回老家从头来过。他请了我和另一些朋友一起去 KTV，在那里撕心裂肺地唱着痛苦而伤感的中国摇滚民谣，直到号啕大哭。第二天，他拎着塞满了随身物品的编织袋准备坐火车回家。说再见的时候，他的眼睛是干的，脸上毫无表情，跟他洗碗时一模一样。有朋友被炒了鱿鱼，中国人会去 KTV；有朋友升了职，他们去 KTV；有人过生日，有人分了手，有人跟父母吵架了，有人生孩子了，或者有人开了新公司，人们都会去 KTV。欢欢的女朋友跟他分了手，公务员考试也失利了，他便连着去了 5 天 KTV，在黑暗中唱着自己最爱的摇滚歌曲，身边陪着他的朋友换了一拨又一拨。

每当轮到 Lady GaGa 或后街男孩的一首歌，有人把话筒递给我时，我都无比焦虑。对我来说，很难想象 KTV 是个能放松下来的地方。但很快我就清楚地认识到，如果在中国想拥有正常的社交生活，我就必须克服自己不想 K 歌的毛病。我从来都没搞明白，为什么人们都能一脸严肃地干这事儿。不过最后我还是一个人去了 KTV，在那里度过了下午的 4 个钟头。一桌子啤酒下了肚，30 来首歌出了喉，在肚子里把高进的《我的好兄弟》练习得滚瓜烂熟之后，我至少有点儿算是克服了对 K 歌的恐惧。于是我叫了 5 个朋友过来，一连唱了几个小时。马斯洛的年轻粉丝菲菲冲过来，点起了自己的歌。她抄起话筒，让我们安静下来，唱了一曲最好听的《我的歌声里》。

第十一章
活在当下

一亿新旅人
上路了

一亿新旅人
上路了

一

在卧铺车窗上慢慢蔓延的冰，终于吞没了外面那个世界的最后一缕月光。我晃晃悠悠走回狭窄的过道，坐到小折叠座上。现在，除了列车门缝上正在形成的冰柱外，再没别的什么东西可看了。

跟我坐在一起的是冯和马，都是大学生，21 岁。冯坐在我对面的折叠座上，马在离我们最近的下铺一端撑起身子。我们在这趟旅程的第一个小时就认识了。这趟将耗时 27 小时的列车驶往中国最北端的省会城市哈尔滨，而我们在这趟旅程中，彼此变得极为熟稔。刚开始我们只是瞎聊，到第四小时我们开始讨论食物，第六小时谈及家人，11 个小时后说到了婚姻，16 个小时后扯到了政府，20 个小时后聊到性爱。24 个小时过去，我们实在没话讲了，又回到了瞎聊状态。

他俩是大学室友。这趟旅行是他们父母送的毕业礼物，毕业前一学期，他们求来了这笔钱，是装在红包里的现金，祝贺他们拿到大学文凭。两人中比较健谈的是冯，他解释说冰会在窗户上形成，是因为车窗内外的温差。他指指车厢里，都是在更为繁荣的南方城市打过工之后要回北方老家的人。车上有大概上千人在沉睡，他们粗重的呼吸让车厢里满是湿气。车厢外面，风寒效应让体感温度降到零下40摄氏度，狂风把火车的钢铁外壳吹成了坚冰。

冯拿出一本皱巴巴的小册子，封面是一张圣索菲亚教堂的照片，那是哈尔滨最著名的地标。20世纪初，俄国人在哈尔滨建起了拜占庭风格的圣索菲亚教堂。而在之前的19世纪末，俄国人把这个小渔村变成了一座城市，使之成为远东铁路的建设中心。1904年，这条铁路把西伯利亚大铁路和西伯利亚最东端的海参崴连接起来。后来，哈尔滨成了1917年俄国革命逃难者的避难所。教堂是1907年由俄国人用木材建成的，但后来在1923—1932年间，俄罗斯人又用石材重建了一遍。教堂的特色是标志性的俄罗斯"洋葱头"式穹顶以及帐篷式尖顶。今天，这座教堂已经被辟为博物馆，从1996年开始就被列为全国重点文物保护单位。[1]

然而哈尔滨有两个圣索菲亚教堂。另一个只在冬天才有，完全由冰雪建成。冯的小册子封面上那座教堂，大块的冰砖和冰柱支撑着整个结构，上面缠绕着一串串彩灯，由里到外散发着蓝色、黄色和橙色的光芒。我问冯为什么会有这么一个小册子。马翻翻眼睛，说："他这人啊，很浪漫。"然后拿手机给我看了哈尔滨冰雪节更详尽的描述，这个活动每年1—3月举办。冯把马的手机推开，指着褪色的封面照片说：

"今晚我们就到这个地方了。"

跟我一样，马和冯也是要去中国最北方的省份看冰雪节。冯读起小册子："将有超过 10 万立方米的冰块用于制作这些冰雕。15 000 名工匠夜以继日，打造了这个巨型冰雪世界。这里有世界上最著名的教堂、寺庙和雕像的复制品，会有六七层楼高，在五彩灯光的映照下，就像仙境一样。"截至目前，这是全球最大的冰雪节。每年长达 70 天的节庆期间，会有 100 多万游客抵达哈尔滨。[2] 这座北方城市融合了注重实效的中国建筑和心血来潮的经典俄罗斯建筑，让这座城市在中国显得独一无二。马看到我把外套裹得更紧了，便补充道："当然，气温会在零下 30 摄氏度。"

尽管苏州的朋友对我再三警告，我对哈尔滨会有多冷还是没什么感觉。直到我看着车窗外的风景从绿色变成灰色再变成白色，窗户从透明变成结霜再变成完全冰封，我才开始害怕。

我拿手指在结冰的窗户上写写画画。对我们即将面对的酷寒，我的害怕可不是一星半点。我开玩笑地对他俩说道："再跟我说说，你们是为什么要来这里来着？"

冯深吸一口气。跟我认识的很多人一样，在第一次与外国人交谈时，冯也在扮演文化使者的角色。他对这个角色很认真，因此耐心解释道："所有小孩子现在都喜欢同一件事：旅行。我们父母的生活很受限制。我们小时候的生活也很受限制。对我们来说，旅行已经成为被广泛接受的'自由'的表达。我们想活在当下。"

我想问的本来是"为什么你们要来冰天雪地的哈尔滨，而不是去三亚的海滩?"不过冯的回答仍然让我们陷入了沉默和思考。在冯身后,一个鼾声震天的人翻了个身。火车轻轻晃动着,在黑暗中向北方疾驰。

几个小时后,我们到站了。几百名乘客推推搡搡,挤上哈尔滨火车站的站台。在清晨寒冷刺骨的空气中,最早结冰的是我的鼻毛。寒冷钻进身体,灼伤了我的眼睛,堵住了我的喉咙。那一刻,我的大脑中开始不断闪现出警告,我感觉自己被这个冰封世界困住,在寒冷中有了幽闭恐惧。我们周围那些同车旅客都是回家过年的本地人,他们笑着闹着,挥着手走上站台。他们穿着轻便夹克、懒汉鞋、戴着薄皮手套,而我穿着笨重的厚外套,以及坐狗拉雪橇穿的大靴子。

冯在我背上猛击一掌,打破了魔咒。他说:"我们的旅馆要中午才能入住。我们应该去看看东北虎保护区。你要去吗?"

他咧嘴一笑,吐了口唾沫。唾沫落在站台上,几秒钟时间就变成了晶体。"我希望那儿能让人满意。"他满足地说,转身走开。

他冲马点了点头,两人走进人流中。人流中的每一个人,手提肩扛的都是带给家人的春节礼物。

二

传统上,中国人很敬重旅行者,因为他们是看过这个世界的人。中国有很多赞美旅途发现的诗歌,小孩子就都会背。在中国,越来越多的人拥有了原本弥足珍贵的出门远游的能力,这在中国历史上还是第一次。

中国拥有全球最大的出境旅游市场。[3] 从 2008 年北京奥运会以来，中国人在国际旅游方面的支出不断增加，于 2011 年超过了传统的全球旅行的大国——美国、德国和英国。24 岁的小九是中国最大的在线旅游公司之一"去哪儿"的品牌代表，他告诉我："我妈年轻的时候想去澳大利亚旅游，但弄不到签证，因为她还没结婚。他们觉得她会去那边找个人结婚然后移民，或是逃走躲起来，变成非法移民。上周我帮一群剩女订了一趟澳大利亚之旅，10 个人，全是单身。澳大利亚签证？领事馆简直等不及要签发给我们。时代变了。"

考虑到中国的人口规模，你可能会觉得如今中国是国际旅游市场最大的消费国好像也没什么大不了的，但你还得考虑到，中国只有 4% 的人拥有护照。[①] 这么一想这事儿真挺了不起的。到 2025 年，预计这个数字会增长到 12%。[4]

有 2/3 的中国护照持有者不到 35 岁。中国人才刚刚开始出国旅游，而年轻人是这场大潮的引领者。跟过去几代人不一样，他们旅游不是为了移民，也不是为了给自己或下一代寻求更好的生活。中国年轻人出门远游，是为了看看外面的世界，因为他们充满好奇，而且老实说，因为他们花得起这笔钱。

2015 年，河南省一所中学有位心理教师提交了一封辞职信，信上只有十个字："世界那么大，我想去看看。"这封辞职信很快成为传奇，

① 相比之下，1/3 的美国人，2/3 的加拿大人，以及 3/4 的英国人都有护照。

在互联网上炸了锅。这位心理教师的辞职信不但激发了大批人辞职，其简单直接也激起了全国人民强烈、同步的共识：我们想看看这个世界。连着好几个月，每个人都在用辞职信里的这句话来当自己旅行照片的配图文字。人们贴出在办公室里的自拍，配上哀怨的一句"世界那么大……"2016 年，教育部、国家语言文字工作委员会发布《中国语言生活状况报告（2016）》，"世界那么大，我想去看看"入选 2015 年度十大网络用语。①

中国很多大趋势都发端于国内。2015 年，中国旅客在国内旅行了 40 多亿次，在国外旅行了 1.2 亿次。5 中国历史上第一次，全体中国人可以在欣赏国内大好河山的同时，也能走出国门，到国外去看看。他们去的第一个地方往往是北京。毛主席说，不到长城非好汉，所以这个国家的首都会成为人们出游的第一站。这也是为什么外国人在自己观光的旅途中最早遇到的中国人，通常也是第一次来中国的一线城市旅游。

中国年轻人很早就通过互联网见识过这个世界，因此他们尤其渴望上路。随便什么时候，我的微信朋友圈里都充斥着数十篇上百篇讲旅游的文章，比如《旅行不是奢侈品，而是必需品》。这些文章被炮制出来，广为流传，像病毒一样四处传播，然后被下一波文章淹没:《来一场说走就走的旅行》。我最喜欢的中文播客的一位主持人，23 岁的北大在校生，在一期节目中自曝，他对自己想去的地方会不由自主地

---

① http://www.moe.edu.cn/s78/A19/moe_814/201605/t20160531_247149.html

去查找航班和爱彼迎房间，简直快成强迫症了。"不知不觉，我就已经跑到携程网上，手指头不由自主地输入了圣地亚哥这几个字。然后我就，啊，不行，我可花不起这钱，于是把网页关了。但半小时之后，我又在看圣地亚哥海滩上的公寓了，压根儿就不知道我是怎么到这一步的。"

在中国的第一年，我在苏州一所夜校断断续续教了几个月的书，只要存够买几趟火车票的钱，我就去旅行。中国铁路四通八达，省与省之间的交通又快捷又便宜，光是第一年，我就在火车上度过了两百多个小时。

我上的课有一节是讨论爱好。教师手册上对这节课的建议是问："你的前三种爱好是什么？"这一年的答案我都记了下来，最后收集到了上百个。

最受欢迎的选择当然是和朋友一起吃饭。可以想见 K 歌通常也会在榜首附近，但跟 K 歌并驾齐驱的居然是旅行。我在中国还没待多长时间，所以我很吃惊。我的学生通常都是刚毕业的年轻人，打卡下班之后就直接来英语学校了。他们会晚上八九点钟离开，回家睡觉，第二天早上 7 点起床，到公司打卡上班，日复一日。中国公司的员工只有 5 天带薪假期[①] 和 11 天带薪公休假，如果是一天的公休假，比如清明节，就意味着公司和学校会用周六或周日把超出的一天补回来。两天

---

① 此处作者表述不够完整，只有 5 天带薪假期的是工龄满一年而低于 10 年的员工，而工龄满 10 年低于 20 年的可享受 10 天带薪假期，满 20 年及以上者可享受 15 天带薪假期。——编者注

的公休假就意味着连续 12 天上班，中间没有休息。① 奔放不羁的旅行精神与中国人死板的生活似乎格格不入。

表面上看，除了实际因素，也因为旅行给我的印象就不像中国人干的事儿。中国历史上大部分时期，普通人几乎没有或完全没有关于外界的经验。清朝时期，西方人在中国南方沿海地区分到了一些小块土地作为贸易区。他们不允许进入中国内陆，商人只能跟少数本地人打交道。

在上下五千年的历史中，中国只开启过一次系列探险，那是 15 世纪早期的接连七次航海，由郑和率领。他同时也是外交官和水手。郑和的首次远航与其说是探险，还不如说是弘扬国威。他带领由 62 艘大船组成的船队，凡是沿途到访过的国家，包括越南、泰国和斯里兰卡，都带去了奢华的礼品。25 年的远洋航行，使郑和成为中国一个标志性的符号和历史的分割点。《时代》杂志的一篇文章指出，虽然郑和船队中的船跟数十年后哥伦布担任船长的三艘船比起来要大得多，但郑和也很少采取后来欧洲殖民者用了几百年的暴力、强制措施。他没有带回劫掠而来的黄金，没有带回新的殖民地，甚至也没有形成重要的贸易路线。关于郑和有一个传说是，他的旅行带回的最珍贵的成果之一是个新玩意儿：来自今日肯尼亚的一头长颈鹿。[6]

中国已经闭关锁国那么多年，因此皇帝觉得没有必要向外探索。

---

① 此处可以看出作者对中国节假日调休的细节有一定误读，不过作者是想强调中国人的假期很少，并不影响理解。——译者注

这个帝国已经应有尽有。正如乾隆皇帝在写给乔治三世国王的信中所说，中国什么都不缺。[1] 一般人都觉得，外界的存在是谣言，是猜测。

几百年过去了，冯和马的祖父母和父母在长大后仍然无缘接触外界。中国最早的电视广播到 1958 年才出现，冯和马的家庭虽然都知道外界的存在，但几乎完全是抽象的。马的祖父母告诉他，他们对外界的唯一印象来自邻居家里的一本日历。他们家的"欧洲田野"挂历上有 12 幅图，让这家人在当地出了名，因为他们太世界化了。人们对外界产生了浓厚兴趣，尤其是中国打开大门之后，外国工业、产品和思想开始涌入中国，但对普通百姓来说，想沾上边儿还是很难。

然而，旅行一直是我的学生最喜欢的休闲活动。年轻的计算机程序员梅也是如此。当我问梅有哪些爱好时，她说她喜欢和朋友一起吃粤菜，也喜欢周末跟朋友们一起去唱歌。

跟那天班上的其他所有人一样，她接下来的爱好是旅行。

我问："你喜欢旅行的什么？"

"我喜欢那种……自由……的感觉。我喜欢吃各种各样的食物，看看其他人的……生活。"她继续说着，把手举到面前，好像拿着相机一样，"而且我想把这些全都拍下来！"手后面的梅笑了，其他学生点着头表示同意，微笑着表示支持。

---

[1] 流行观点认为，乾隆皇帝致乔治三世国王的信说明中国低估了西方帝国，证明了中国的傲慢自大，但最近有些学者对这种流行解读提出了质疑。尽管如此，中国小学课本仍然在采用这种说法，把这种说法当成警示。关于新的解读，可参阅 Tom Cunliffe, "Emperor Qianlong's Letter Strategic, Not Arrogant," China.org.cn, January 30, 2015, http://www.china.org.cn/china/2015-01/30/content_34686142. htm。

"挺好啊！你去过的地方当中最喜欢的有哪些？"

她歪着头仔细想了想，我看着她把这句话自己慢慢重复了一遍，确保自己听懂了之后又想了一会儿，然后才答道："在苏州以外我还只去过一个地方，就是无锡，去看……"她仰起头，思考着，然后用中文说道："樱花？"

一位年纪大点的学生用英语说出了这个词：Cherry blossoms。梅赶紧点点头。

从苏州坐高铁到无锡只要 12 分钟，上海到苏州也只比无锡多 11 分钟而已。22 岁的梅，到现在还只走过这么远。

梅这样的例子既非鲜见，也不算普遍。有很多很多年轻人在国内旅行过，有些还去过国外。但更多人从来没出过远门。很多人从未离开过自己家门几十公里远——贵州山区农民的孩子，福建的茶农，北京的地接导游，苏州的计算机程序员梅——对他们来说，旅行是有待实现的梦想。

冯、马、梅以及我的很多中国朋友，生来就对外界充满了强烈的好奇。他们是第一代能通过互联网，清清楚楚看到外面那个世界的人——不仅是自己的村庄以外，而且是自己的国家以外。

"但我最想去的地方是哈尔滨。"她说。我问她为什么，她没法很快说出来，陷入了我称之为"语言焦虑"的情境中：因为知道的词太简单，没法表达复杂思想而产生的挫折感。下课后，我们坐下来探讨了一阵，如何把中文里的"冰雕""寒冷刺骨"以及沉浸在一个妙不可言、超凡脱俗的地方的感觉翻译成英文。

三

一个宽敞的笼子里待着好些体型硕大的东北虎。站在天桥上俯瞰这个笼子，我倒吸一口冷气。我们从哈尔滨火车站直接就来到了东北虎林园。公园里挤满了游客，对着下面美丽的白虎咔嚓咔嚓拍个不停。一个小孩子的头卡在了俯瞰虎笼的栅栏的格子里。我隐约记得在哪儿读过一篇文章，说世界上其他地方的动物园建造的栅栏显著低于大型猫科动物跳跃的最大高度，我希望中国不是这样。

哈尔滨的极端寒冷对科技并不友好。在低于零下 18 度的气温下，苹果手机的锂电池只能起到 50% 的作用。冯和马都是有备而来。他们的手机和数码相机都裹在厚外套里，而他们的手都甘冒严寒。马负责拿相机拍照，他有一副手指可以摘下来的手套，用来操作相机。冯拿苹果手机拍照，他的手套中指、食指和拇指的指尖上都有软垫，可以直接操作智能手机屏幕。

在中国，这个时代叫作"看脸的时代"，旅行完全抓住了年轻人的这种文化。成群结队的游客举着自拍杆，一边数到三一边喊着："茄——子！"让每个人的脸上都露出笑容，这就表示你到这个著名地标打过卡了。那些并不会每天都记下自己干了什么的人，无论走到哪里也都会自拍。如果你在中国开了一家酒吧、夜总会或咖啡店，你要面对的基本问题就是：我这家店有多上镜？我的鸡尾酒有多好看？会有人想跟这盏吊灯来个自拍吗？

冯看到我不想自拍，便引用了一个著名的形而上学难题："一棵树在森林里倒下了，但没有人听见，那么这棵树到底有没有倒下？"①

我被他不合逻辑的推论搞蒙了，只好求助地看着马。

马顺着冯的话说了下去，他的手指头在空中挥动："啊，对呀，还有，我们就说这么个思想实验吧，'一棵树在森林里倒下了，但没有人拍了照发到微信里，那么这棵树到底有没有倒下？'"

冯接着说道："这个问题很绝妙呀马教授！我还想问一下，'有个外国人拿竹竿挑着一只活鸡喂给了一群东北虎，但没有人拍照，那么这个外国人真的把这只鸡献祭了吗？'"

"如果你度假的时候太阳下山了，但你没拍照，那太阳到底有没有下山？"

"如果你吃了比自己脑袋还大的一碗面，但没有立拍存照，那你到底——"

"懂了懂了。我的手都要掉了。来，我们挤挤，说'茄子'！好了，走吧！"

在老虎笼子上面的天桥上，我们来到了一个下面聚着一大群老虎的地方。冯叫我们拿出钱包，每人给他20元钱，我们照办了。在进来的路上，我见到公园的宣传册上有个看着像是菜单的列表。我学中文的时候，很早就决定把大部分精力先放在口语上，之后再来攻克书写。我现在还在学，

---

① 这个问题更常见的版本是："一棵树在森林里倒下了，但没有人在附近听到，那么它有没有发出声音？"问题肇始于乔治·贝克莱的《人类知识原理》，发表于18世纪，但人们更多地是从科学角度探讨此问题（物理学、神经学），哲学角度的探讨倒少一些（认识论与本体论）。现代有个类似的问题是爱因斯坦提出的，但旨在引发对量子力学的思考："你是否相信，月亮只有在看着它的时候才真正存在？"在中文语境中，类似的思考可以王阳明的《传习录》为例："你未看此花时，此花与汝心同归于寂。你来看此花时，则此花颜色一时明白起来。"——译者注

每天都花好几个小时学抽认卡，但学会写中文所必需的无数个小时的书写训练我还没开始做。因此，当时我的写作比阅读要差，阅读比口语差，口语比听力差。我每天通过歌曲、播客、电视节目和电影来学习别人说的中文，好让自己尽快掌握。尽管如此，我仍然敢肯定宣传册上写的是："鸡，60元；鹅，120元；野鸡，150元；羊，300元。"我在脑子里给自己提了个醒，绝对不要去东北虎保护区的餐馆吃饭，这些价格太离谱了。

我全都搞错了。

冯拿着我们凑起来的60元钱走向一位老妇，她戴着医用口罩，穿着厚外套，但只戴了一双很薄的手套来御寒。拿到冯的钱之后，她从泡沫塑料桶里拉出一只活鸡，绑在一根长竹竿上面。尽管隔着口罩，我还是能看到她的眼睛周围的肌肉皱成一团，满是笑意。她挥手叫我过去。冯和马都疯了，别的中国游客也都冲过来，从外套下面掏出相机。

老妇人抓着我的手，引导着竹竿——一头悬吊着那只活鸡——穿过天桥栅栏的金属栅条。天桥本身离地面不到三米高，我举着的在笼子上晃来晃去的竹竿大概在胸口的高度。我的胸口。老妇人教我怎么在老虎跳起来抓鸡的时候，把竹竿压下去压到栅条上。这会让竹竿另一头的鸡突然弹起，而老虎在空中能跳四米高，差一点就能够到这只鸡皮纳塔①。我的肚子一阵绞痛。伴随着鸡的每一阵咯咯乱叫，老虎一

---

① 皮纳塔（piñata）是一种容器，材料可以是纸、陶土、布料乃至塑料，形状可以是动物（如鸡、猪），但最传统的形状是七角星；外面粘上五彩装饰（如彩条），内装糖果、彩纸、玩具等物，用于庆祝圣诞、生日等节庆，玩法是将其悬挂在空中以木棍击打，直到击破，内容物一起撒落下来，以示欢庆。这一习俗今日主要在拉美国家（特别是墨西哥）和美国流行，是西班牙人征服美洲时传入，并与阿兹特克人祭神的传统相融合。但考其源流，是马可·波罗于14世纪将其从东方传入意大利进而传遍欧洲，真正源头则是中国人迎春"打春牛"的习俗。——译者注

次比一次扑得更近，准备好了跳起扑杀。老妇人把竹竿交给了我。

如果目标是让乐趣延长好多拍点照片，训练老虎，那我失败了。如果目标是用活鸡做饵，用钓鱼竿钓到一只东北虎，那我成功了，但最终我的鱼线断了，猎物带着战果逃走了。一只巨大的老虎跳起来把鸡一口咬住，随后带着尸体逃之夭夭，其他老虎紧追不舍，鸡毛漫天飞舞，几滴血从虎群中飞出来，溅在雪地上，雪白血红。照片拍完，游戏结束。

四

中国经济仍然充满活力，但已显出放缓迹象，中国政府则将旅游视为经济的一大亮点。2016 年 5 月，在首届世界旅游发展大会上，李克强总理致辞时说："中国要落实带薪休假制度，加强……景区景点……等硬件设施建设，强化旅游市场监管，使中外旅客享受更加便捷安全、多彩快乐的旅游之美。"① 就在前一年，中国政府发布了"中国旅游 515 战略"②，概括了提高中国旅游业安全性、质量和监管水平，确保可持续发展的最新整体方案。李克强就此阐述道："加快旅游业发展速度是适应中国消费需求和产业结构升级的必要步骤，（这么做将有助于中国

---

① 李克强，首届世界旅游发展大会开幕式致辞草稿，2016 年 5 月 19 日，http://www.cnta.com/English_Column/201605/t20160520_771546.shtml；亦可参见李克强《政府工作报告》，2017 年 3 月 5 日，http://english.gov.cn/premier/news/2017/03/16/content_281475597911192.htm。
② 《未来三年：中国旅游"515 战略"》，网易，2015 年 1 月 21 日，http://news.163.com/15/0121/08/AGFHN53S00014Q4P.html。

实现）扩大就业市场、增加工资、推动中西部地区发展、向边远和贫困地区输送财富的目标。"① 李克强也形容，这是"大众旅游"的新世纪——在中国，旅游已经从少数人的奢侈品，变成了"普通群众的必需品"。

中国认为，旅游业不仅能刺激消费，还能帮助中国的偏远地区脱贫。由于地处偏远，这些地方通常比中国已经工业化的地区更宁静，相对也比较原生态。重庆位于长江边上，是中国中西部地区的重要港口，重庆周围山里的那些农村，我就发现确实如此。我受邀去一家师资欠缺的学校当一星期的志愿者，教小孩子学英语。从重庆市中心出发，要坐两天的汽车才能抵达山里的这所学校。这个地方正在发展为旅游胜地，理由很充分：风景绝美。重庆市政府也正在帮助当地政府修路，刚好通到这所学校的校园外面。学校旁边，工人正在清理一大块区域，准备建一家大酒店。一块马术场地已经建好，可用于马术表演和骑马。

他们让我们住的酒店条件好得出奇，是一片高档别墅区，分布在绵延起伏的山上。但这些别墅也显出废弃的迹象，栏杆上满是灰尘，有些地方没电，墙上的镜子也歪歪斜斜。

一位重庆企业家建完这些别墅就走了，没怎么考虑维护的事儿。游客还没有大批到来，不过他的投资也很少，特别是还有政府的优惠

---

① "Mass Tourism Era Can Be Expected as Premier Li Encourages Paid Vacations," *China Daily USA*, March 8, 2016, http://usa.chinadaily.com.cn/travel/2016-03/08/content_23781932_2.htm; 李克强在首届世界旅游发展大会开幕式上的致辞, 中国旅游协会, 2016 年 5 月 20 日, http://www.cnta.com/English_Column/201605/t20160520_771546.shtml(accessed July 30, 2017)。

政策，等一等肯定也值得。政府之所以会对建造酒店提供奖励，是因为酒店建设——连同修路、建立旅游委员会来为旅游业提供基础设施——几乎让半数村民都有了事做，包括很多学生家长。这样一来，有些孩子就不用再走两小时山路来上学，而是可以由父母用摩托车带着送到学校，再自己去学校对面的工地上工。工作也意味着这些家庭有钱买鞋、买书、买冬衣了。我们给孩子们带了一些衣服，但很多父母都只能靠破旧的棉衣熬过冬天。

我那四个从成都一起过来的小伙伴以前几乎从来没离开过成都，刚开始他们甚至不敢走进别墅酒店。这是他们到过的最悄无声息、最与世隔绝的地方。别墅风格的酒店房间，让人联想到鬼故事和凶杀电影里的场景。这些二十来岁的年轻人中，有两人的父母就是在离这里个把小时路程的山里长大的。西部大开发期间重庆开始发展，我的这两位朋友的全家便离开山区，到城里打工去了。现在，他们想结伴睡在一个房间里，免得未知的乡下给自己带来伤害。

五

在早上去过东北虎林园之后，夜幕降临时我们去了哈尔滨冰雪大世界，因为据说冰雪大世界的灯光晚上最好看。跟中国很多事情一样，冰雪大世界的规模令人叹为观止，这是个完全由冰雪制造而成的真正的仙境。我们看到五层楼高的冰教堂从里到外照得透亮，坐着冰雪橇从足球场大小的斜坡上猛冲下来，坐在由一个淡定的满族人驾驶的马车里，这人穿着貂皮大衣、戴着高高的皮帽。我们在一座寺庙外面敲锣打鼓，这座庙用一米厚的冰砖建成，外面雕着优美、复杂的壁画。还有著名苏州园林的复制品，不同的冰雕花瓣点上了红色、蓝色、橙色和绿色的灯。也有些冰雕作品是赞助的。美国建筑设备公司卡特彼勒就将冰雕拖拉机和起重机放在了冰雪大世界的入口处。《愤怒的小鸟》游戏的开发商，赞助了几层楼高的保龄球瓶复制品，约 15 米外架起了6 米高的弹弓，里面装着保龄球形状、菲亚特大小的鸟。有一场冰上舞蹈表演，特地邀请了俄罗斯的滑冰运动员。天太冷了，我穿得很厚，脚都开始出汗了。接着汗又结了冰，我不得不认真考虑这个冰雪大世界是不是值得我冻掉脚趾。我们进屋去取暖，也好拿热水装满我们的保温杯。

那天晚上晚些时候，年轻的中国旅人聚集在旅馆大堂里，大堂里有地暖，所以我们都穿着袜子走来走去。两位年轻的女大学生坐在角落里写明信片，她们说她们在写诗，还让我抄了一首在我的本子上。这首诗结尾写道：

> 冬日吸引了我们的眼睛，但让我们迈步的是夏日；
> 桌上的东北菜，让我们动起了筷子。
> 世界那么大，我们总得去看看：
> 客愁全为减，舍此复何之？

这首诗是根据中国著名诗人杜甫的一首诗改编的，大部分中国人上到中学都会背。我问她们是写给谁的，她们说，写给在学校的朋友，跟这儿隔着几个省。有对夫妻坐在沙发上看书，我问他们对冰雪大世界感觉如何，他们说很喜欢。我问，对排了那么久的队有什么感觉？为了进门，我们都得排一个小时。他们耸耸肩，青年男子说："这是我们第一次两个人一起出来旅游。"沙发上他俩靠得更近了。

对冯和马来说，他们的哈尔滨之旅主要就是寻找在途中和在旅游胜地拍照打卡的兴奋之情。他们在冰冻三尺的松花江上度过了整整一个下午。游客在岸上等着搭乘气垫船。气垫船在江面上轰隆隆驶过，他们则必须确保随时避开。刚好在太阳下山之前，他俩准备好了相机。破冰捕鱼的人拉出渔网，里面满是活蹦乱跳的鱼。

庄子写道，人生最高理想之一是"含哺而熙，鼓腹而游"。这两位在东北大餐面前甩开膀子，大快朵颐：大盘锅包肉、哈尔滨特产、烟熏辣腌三文鱼、卷心菜炒红肠，味道跟他们从小吃到大的中规中矩的南方菜肴大异其趣。哈尔滨大部分食品都是俄罗斯风味和中国风的合体，这座城市也有全中国最好吃的面包和香肠。按照在中国特别流行的说法，跟南方人比起来，北方人面条吃得多，奶也喝得多，所以又高又壮。就跟中餐跑到西方要适应西方人口味一样，就连中国南方的"东北菜"馆子，都跟哈尔滨的正宗东北菜有所不同。"菜量真的有我们在家吃到的两倍那么多。"冯描述着，用手比画了一个椭圆，有他的脑袋两个大。"我真不知道这些家伙怎么吃得了那么多。我们旁边那张桌子的高中女生，吃的有我们两个多。"他惊叹道，"东北真是别有洞天。"

在中国文化中，对旅行的浪漫想象根深蒂固。中国文学世界中，很少有诗人的地位能超越李白和杜甫，在唐朝中期，这两位漫游在中国不同的道路上。数以亿计的中国学生要背诵他们的诗作，随之而来的必然是认同和内化。两位诗人都常年在外游历，他们的诗歌也都对旅行深表赞赏，认为旅行让人得到智慧，增长经验。

去过哈尔滨两年后，我又去了趟杜甫的家乡河南巩义。毫不意外，这里已经成为旅游胜地。形容中国游客数量有个最常用的成语，叫作"人山人海"，翻译成英文之后，也成了人们最喜欢用的习语。要是你在一大群人当中脱口而出"people mountain people sea"，你的中国朋友会爱死你。薇薇家开的旅游公司组了个旅游团，我就是跟这个团去的巩义。我们艰难地穿过人海，游览了这位诗人常常驻足的地方。我跟薇薇以及她的祖父、表弟走在一块，他们一起吟诵着杜甫的古老诗句：

　　　寺忆曾游处，桥怜再渡时。
　　　江山如有待，花柳自无私。
　　　野润烟光薄，沙暄日色迟。
　　　客愁全为减，舍此复何之？

第十二章
年轻人及其政党

新一代怎么看政府

新一代怎么看政府

一

汤姆和我回到公寓，坐回棕色真皮沙发上我们的老位置。现在是凌晨一点。这套沙发又厚又软，上面蓝色墨水的涂鸦已经褪色——扶手上有只长颈鹿，坐垫上有个手持弓箭的棍状小人——都是房东王先生的孙子几年前留下的，是另一个时代的遗迹。汤姆挪了几次屁股，最后安安静静地坐下了，等着我们开启谈话。

我们都有些累了。过去几天我都在采访汤姆，但我也不知道会拿这些材料干什么。但我可以肯定，我们都想给住在一起的最后半年留下点什么记忆。我们在公寓的一面墙上挂了四块大白板，过去几个月，我和汤姆多次促膝长谈，深入讨论了经济、政治、性、历史、应当如何度过青春、恋爱关系、家庭和目标等话题。随着谈话的进展，我们对问题有争论时会画出草图，随着谈话变得越来越复杂，我们还会把白板转来转去。他学哲学，是儒学专家。

我们录了 6 个小时的访谈。我本来提出晚上休息休息，剩下的明天继续，但汤姆坚持要接着聊。部分原因是，他需要分心。他的暗恋对象，辛迪，没有回他的最近两条微信。聊天能让他不那么紧张。

年仅 23 岁的汤姆已经是中共预备党员，很快他就会转为正式党员，成为 9 000 万正式党员中的一员。他想去政府任职，因为他相信，为了自己的国家和人民，他可以成为一名行事公正、周到体贴、聪明睿智的领导人。他雄心勃勃，颇有才干，也为自己身为中国人而自豪。从学术成就来讲，他也是他这代人中最有头脑的之一，在四川大学的同班同学中成绩超群，这可是中国西部最好的大学。汤姆的终极目标是成为小到 100 万人口的小城市、大到 1 400 万人口的大城市的市长。当然，权力也是汤姆的动机之一，从政是出人头地的一种方式。现在就来判断他路子对不对还为时尚早，但这些都属于他的雄心壮志。

我们之间的玻璃茶几上放了瓶白酒，汤姆拿过来，把清亮的酒倒进两个白瓷茶杯里。我们干了一杯。他故作庄重，吟出一句"酒后吐真言"——生意场上人人都会说的一句话。杯子碰到一起。

我叫汤姆关掉手机，这样就可以专心聊天了。他盯着自己的华为手机看了一阵，仿佛在恳求它从暗恋对象那里传回消息，最后才不情愿地关了机。辛迪得等着了。

我说："我们从词汇联想游戏开始吧。你知道什么是词汇联想吗？就是我说一个词，你就说你脑子里的第一反应是什么。要快。"

汤姆点点头，扶了扶鼻梁上的眼镜。

"牛奶？"我开始道。

"蛋糕。"汤姆回答。

"女孩儿？"我说。

"结婚。"汤姆回击。

"飞机？"

"飞翔。"

"孔丘？"我说出孔夫子的本名。

"儒家。"汤姆保持着节奏。

"结婚？"

"离婚。"

"父母？"

"慈祥。"

"金钱？"

"粪土。"

"俄罗斯？"

"大。"

"印度？"

"穷。"

"台湾？"

"中国。"

"英国?"

"女王。"

"德国?"

"坦克。"

"日本?"

"毛片。"

"朝鲜?"

"疯子。"

"韩国?"

"泡菜。"

"美国?"

"强大。"

"性取向?"

"直。"

"爱情?"

"愚蠢。"

"独裁?"

"稳定。"

"汤姆?"我说,不过用的是汤姆的中文名字。

"毫无希望……"他说着,低头去看一动不动的手机。我朝他扔了个枕头,他笑着俯身躲开了。

二

尽管自成一类，汤姆却是个典型的书呆子。他对着电脑屏幕可能会比对着人感觉舒服得多，在微信上跟人聊天也比坐在白色桌布前自然得多。很久以前，上大学的时候他有过一个女朋友，在一起有一年多，但是——他对此也很坦然——他们从没做过爱。汤姆也从来没有兴趣找妓女；尽管中国妓女不多，但肯定是能找着的。他想拥有真正的爱情，但现在还没到来。汤姆不算外向，不高、不帅、不富，然而所有的中国丈母娘都期待女婿有这些品质。尽管如此，他还是胸怀大志。

汤姆是在中国政府的现代化规划逐步展开的同时成长起来的。每五年，中国政府就会提出一个新的五年计划，这是整个国家的建设蓝图，包括五年中要实现的重要目标。

汤姆的爸爸有一家面点铺子，从汤姆的爷爷到他，他们用祖传秘方做一种糕点做了几十年。靠着这个祖传秘方，汤姆一家成了小康家庭。这种糕点面皮很酥，馅料香甜可口。让人们一来再来的秘诀是花椒的味道，这味调料会让你嘴里发麻，是成都风味的典型代表。我去他们家面点铺子里的时候，完全没忍住，一口气吃了半打，那是我见过的他爷爷最开心的时刻。他笑得合不拢嘴，还让我带了好多盒回美国。这些糕点一盒盒地挣出了汤姆在成都上住读高中的钱，那里离家有 45 分钟车程；也挣出了他们家的新中产生活。他们住在新公寓楼里，家里有巨大的高清平面电视。他们有家用豆浆机，还有一个能自动煲汤的锅，可以熬一整晚，把骨头慢慢炖成汤。他们的净水系统和热水壶能为不同种类的茶提供十种不同温度的水。他们的新微波炉看着就好像要从台子上发射升空一样。

汤姆的父母对汤姆想从政并不支持。他妈妈在政府部门里工作。她在政府系统里步步高升时，这个系统也逐渐臃肿起来。汤姆正在申请中国最好的大学，想拿到研究生奖学金修读哲学专业。她更希望自己的孩子成为备受尊敬的学者。汤姆的爸爸则问道："你为什么不能自己创业呢？"

汤姆仔细权衡了父母的考虑，仍然决心努力在政府里出人头地，因为他确信自己能带来正面影响。

接下来他认识了辛迪。

他这位梦中情人来自中上阶层的家庭，刚刚从英国一所中等大学留学回来，而汤姆的家庭是从赤贫起步迈入中产的。

中国人喜欢用门当户对来形容绝配的婚姻，意思是两个家庭的财富和地位相当。汤姆告诉我，实际上他家的地位比辛迪家要低；辛迪并非遥不可及，但还是高出了一个相当大的档次。汤姆希望能用自己的才智和雄心赢得她的芳心。

但自从认识汤姆之后，辛迪对汤姆明显是不温不火。他们会发发短信，但辛迪对汤姆一直保持着距离。即便五到十年前辛迪家兴许会考虑有从政志向的年轻追求者，觉得配得上辛迪，但在 2016 年，反腐运动把政府工作的福利看得更紧，就算是市长，也挣不到一般水平的企业家能挣到的钱。

辛迪曾跟他说，她反对从政是因为自由。中国现在有那么多可以过上自己想要的生活的机会，为什么要进人浮于事、工资也低的政府部门呢？她的矛盾心理让汤姆对自己的未来也犹豫不决起来。

三

从很多方面来看，"自由"都是个很时髦的字眼。在中国，我随便跟谁谈天，随便跟谁交上朋友，随便去哪旅行，随便去哪冒险，随便去哪开会，甚至随便跟谁约会，都会有这个词出现。年轻人渴望自由，谈论自由，甚至把自由文在身上，白日梦是它，晚上睡觉时，都希望能因为它而梦中惊坐起。

有大概一年的时间，我问了很多人，自由对他们意味着什么。在教室、图书馆和酒吧里，在打篮球、打羽毛球甚至打麻将的时候，我都会特别问到自由这个问题。无论是来自中国最贫穷的省份还是最繁华的都市，几乎每一个人都真诚地渴望着自由，也都会接着讲他们面临的钱的问题或家庭压力。

大部分中国年轻人所渴望的自由，是从要求极高的文化传统和期望中解放出来，并决定自己命运的自由。以前那些世代，包括汤姆和辛迪的父母辈，并非总能感觉到命运掌握在自己手中。

辛迪一刻都离不开手机。中国 90 后有半数每 15 分钟就会看一次自己的手机，[1]22 岁的辛迪就是其中一员。她把大量时间花在点击微信订阅号发来的链接、朋友分享的文章和视频上。她生活中的一天多半是这样度过的：

早上醒来，她查阅了《健美女孩》每天的新闻和锻炼内容，看了一篇讲如何练出所谓人鱼线的文章。这天她还额外花一两分钟读了篇长文，配有英国演员贾森·斯泰瑟姆光着膀子的照片，还用箭头标出了他轮廓分明的肌肉。她读了一篇讲在四川旅行的文章，并转发到微信朋友圈。接下来，她就去实习的银行上班去了。上班时，她妈妈给她发了一则新闻，说四川一位当地官员因受贿被抓——官方报纸谴责了他在党内滥用职权的行为。辛迪瞟了一眼这篇文章，然后就去看视频了：小狗狗在家具上滑倒掉下来，加拿大多伦多动物园里的一只熊猫在雪中玩耍。她在淘宝或京东上买了会儿东西——她这代人 70% 都喜欢在手机上购物。她会买韩国牌子——真品，不是仿的——因为她在乎质量。稍后她读了篇文章：《十句你只有在成都长大才可能知道的方言》，大部分都是骂人的话。她也会读有关成都新开的苹果店的文章，这是国内第 26 家苹果店了。她又贴了另一篇文章到微信群里，对《最权威：成都火锅店前五》一文表示了不同意见。

晚上，朋友给她发来一家化工厂的照片，这天，就在成都旁边 20 分钟车程的彭州发生了一起事故，烟囱里喷出了火焰，橙红色的火苗有 10 米高，黑色浓烟滚滚而出，全是有毒气体。她在微信里写道："这就是我们每天都在吸的空气……政府怎么能让我们这样毒害我们自己？"并把视频传了出去。她见过汤姆的美国朋友在城里骑车时戴的一款空气过滤口罩，于是上淘宝查了下价格，用比这位朋友便宜的价格买了下来，笑着记下来，说可以跟他说说这事儿。入睡前，为了让自己感觉更好，她把小狗狗在家具上滑倒摔下来的视频发给了汤姆，自己也又看了一遍。

辛迪和汤姆对外界的了解比外界对中国的了解要多。他们看着西方电视节目长大，这些节目不是政治性的，但充满了文化内涵。他们从小到大的课堂上也都在读西方的书。汤姆最喜欢的电影是《黑客帝国》，甚至有很多人说，基努·里维斯职业生涯还没完结的唯一原因就是在中国还有粉丝。汤姆最喜欢的美剧是《纸牌屋》和《绝命毒师》。辛迪读过的上一本书是乔治·奥威尔的《1984》。我问辛迪是在哪儿发现这本书的，她说去年"双十一"在淘宝上买了个Kindle，里面就预装了这本书。

西方向世界输出民主，汤姆这一代却看到了民主大量失败的证据。很多中国人，包括大型媒体，都会在提到中东和"阿拉伯之春"时耸耸肩。中国人会说："或许'民主'并非适合所有人。或许中国的制度更优越。"1993年汤姆出生时，印度和中国的年度人均GDP大致持平，均为350美元左右。中国教科书指出，这两个大国之间的关键区别是政治哲学：印度是民主政体，中国是……某种独一无二的制度。中国90后年复一年看着自己的祖国变得越来越富有，越来越强大，也越来越重要，而且变化速度比历史上别的国家都要快。总体来看，年青一代认为他们的政府组织能给他们带来机会，让他们能创造自己渴望的生活。

四

2014年春天，那还是我跟汤姆一起住之前，有天早上我骑着车，走小路去四川大学图书馆。春季学期已经结束，学生都离开了学校，我觍着脸用朋友的校园卡进出图书馆。每次刷卡进二楼自习室的时候，图书馆员都会把目光从电脑屏幕上移开，假装没看见一个面有微须的美国人在偷瞟一位面带微笑的中国美女。

校园道路两侧的树投下了浓密的树荫，我沿着熟悉的路线骑着，看到图书馆旁边的空地上聚了一群老人。几乎每天我都会抄近道穿过绿荫下的这片空地，去唯一一家放假了还在营业的馆子吃点饺子或面条。有人把这块空地叫作"老人阅报区"，这里立着几排金属陈列架，破旧的塑料橱窗后的软木板上，每天都贴着《人民日报》等报刊，供大家闲暇时驻足细读。如今春意盎然，枝叶间啄木叮叮，鸟鸣嘤嘤。

这天一群人聚集在阅报栏前，那里贴着头版新闻。我下了车，挤进人群，越过一个人的头顶看过去。这个人在用四川话小声读着，仿佛生怕惊扰了晨间的露珠。大家都在指着头版新闻的标题:《习近平访北大告诫大学生:当官就不要想发财》①。

中国人喜欢打趣说，外国人很直接，而中国人喜欢拐弯抹角，建议、要求甚至命令都只会通过暗示来表达。但习近平所说的一点儿也没绕弯子:如果你想赚钱，就不要当政府干部。这句话还暗示了另外一层意思:如果你当干部发财了，那肯定有问题。

"那些当官的铁定尿裤子了!"一位老人哈哈大笑，用瘦骨嶙峋的指节敲着塑料橱窗。这群老人也都大笑起来，表示赞同。

---

① 《京华时报》2014 年 5 月 5 日刊文，见 https://news.qq.com/a/20140505/001117.htm。

身为党员意味着什么？以前，入党的好处多得很，比如金钱、权力、工作保障。党员干部是中国"我认识谁谁"经济的关键所在，经济刺激在本地和国家层面的流向，就由这个认识的人控制。在中国这个发展中国家，最早的百万富翁就是钢材、混凝土和电线公司的老板，他们的客户大多是政府。改革开放后，中国大规模更新基础设施，意味着谁能拿到基建合同，谁就会有大把收入。家人、亲戚，然后是通过生意建立起来的家人和亲戚的关系网，在合同招投标时通常都能得到优待。总部在北京的零点研究咨询集团在2011年做了项调查。调查表明，将近2/3的受访者认为，认识有政治关系的人是决定成败的主要因素。

政府官员的工作也是非常有保障的。人们会说，在政府工作的人拿的是铁饭碗，因为几乎从来不会被解雇。在政府部门工作，生活必需品——衣食住行，一份微薄但稳定的薪水——能得到保证。而随着体制的腐败，铁饭碗也变成了金饭碗。

中国人民讨厌腐败。皮尤研究中心的最新数据表明，中国人认为，中国最严重的问题是官场腐败，而非犯罪、污染或贫富差距。如果决定成功与否的是关系而非能力，那勤奋还有什么意义？不过，同一项皮尤数据也表明，腐败也是中国人最期待能在不久的将来缓解的问题。人们相信自己在见证中国政府工作方式的转变，而这一转变很大程度上要归功于习近平主席。[2]

习近平于2012年宣布，铲除腐败是他的首要任务。就任国家主席、成为中国共产党总书记之后两天，习近平为共产党敲了一记警钟，因为他看到"腐败普遍存在，侵蚀了党的权威和效率"。[3] 习近平宣布，他将开展反腐运动，媒体称之为"老虎苍蝇一起打"——腐败官员无论大小，一律打倒。[4]

截至 2016 年，185 只大老虎因腐败被捕并遭起诉，贪污金额总计将近 30 亿元（折合 4.3 亿美元）。[5] 大部分西方媒体，很多中国论坛网站，以及街谈巷议，一开始都对这一运动持怀疑态度。[6]

媒体和专家都关注大老虎，因为是大新闻。但多少人真的看到老虎了呢？对普通人来说，腐败引起的恐慌不过是街头小报的花边新闻。

但苍蝇呢？苍蝇——基层腐败官员——烦扰着每一个人。

我和一位朋友在广州的鱼市里散步时，他对我说："我爸妈之前想在广州开一家餐馆，从开业的钱里拿了一半出来送礼——一瓶瓶茅台、一条条高档香烟。一句话，揩油。如今你没法求管许可证的人收你一瓶茅台了，"他轻笑一声，"他们全都吓得屁滚尿流，生怕会被反腐运动扫地出门。"

习近平的"老虎苍蝇一起打"在地方上产生了非常实际的影响。过去本地乡镇官员通常会要求揩油，价码高得让人望而却步，而今这种事情已经明显减少。中国的商业手段以前更多的是豪华晚餐和高档香烟，而不是健全的商业模式和精准的时机。拍当地官员的马屁拍没拍对，往往决定了你是会惨遭没顶还是会如鱼得水。本地企业家都认为，现在这种局面正在改变。随着反腐运动的开展，抓老虎、打苍蝇让人们对政府的看法发生了很大变化。

政府的努力并没有给汤姆妈妈留下什么印象。汤姆曾经想帮家里在淘宝上开一家网上面点店，他们通过了所有的卫生安全验收，这样就可以在家里寄送他们家的产品了，但有个本地官员让他们的计划搁浅了。

"这人是个小官儿，就是想显摆下自己的权威，在谁身上行使一下自己的权力。他想要个小礼物，或是别的什么差不多的。"汤姆妈妈说。因为这个小官僚的索求，他们家的网店现在仍然没办法开张。

这些年我见过很多党员干部，有底层的也有高层的。有一次在沈阳召开了一个关于人口老龄化的会议——沈阳是全国老龄化最快的城市——有市长在开幕式上向我们这一小群与会者致辞。市长的两位最得力的助手一个字都没说，但从他们的外表，从他们西装革履的样子，马上就能分辨出这两人的身份。汤姆说："中国人讲究**城府**。"这个词的意思是"精于盘算，神妙莫测"——思想深度无法探寻；还有第二层意思是复杂。汤姆说："在中国，要想办事儿，就不要让你的情绪都写在脸上，尤其是在政府部门干事。一些朋友说我太容易让人看穿了。"汤姆说："我就像个孩子。"在我参加的那个老龄化会议上，党员干部的脸都像面具一样，几乎没有动作，也从不流露任何情绪。他们的西服都是量身定制、精心打造的，但乍一看也完全不起眼。

汤姆的一位老师，也是位教授，曾安排我们跟成都一位主管经济发展的区领导见面。这可是件大事儿。政府在工业方面的投资大部分都由这个人负责，而 2015 年成都曾被美国民间智库米尔肯研究院评为中国城市经济最佳表现城市。[7] 汤姆很紧张，他的事业成败，都在这个人的掌握之中。

我们约在星巴克。这位负责产业发展的区领导住在成都南部的新开发区，就在成都新世纪环球中心——世界上最大的单体建筑的南边，虽然还没通地铁。但成都正在大兴土木往南发展，离北边的彭州越来越远，离区领导的住宅楼越来越近。在地产界看来，他住的地方被视为成都最佳投资地段。我们见面的购物区太繁忙了，最后我们不得不离开星巴克，另外找了家附近的日本茶馆，要了个单间。

这位区领导有博士头衔，人很聪明，也很放松，可以说非常随意。汤姆通常都是个直来直去的人，但我们一走进茶馆，他就不再开口了。他扮演了跟班的角色，给这位干部和我倒茶。但这位区领导对汤姆冷淡得很，说话的时候几乎从来不看汤姆，有时候还会打断汤姆，就好像根本没注意到汤姆在说话一样。汤姆倒茶的时候，这位领导也从未表示谢意。权力作用相当明显。这位领导知道汤姆想去政府部门工作，于是汤姆就处在了食物链最底端。

我请这位领导说说，如果一位干部想在政府部门内担任领导职务，那么必须具备的特性中最重要的是什么。他毫不犹豫地说："关系。能跟别人相处得很好，能在政府部门内有良好的合作关系。"他继续说道，政府可不像人们通常想象的那样，是个工作特别轻松的地方——一杯茶、一份报纸就是一天，而且自己的财富和影响力还在与日俱增。关系，以及驾驭党内政治的能力（不只是城市政治，甚至也不只是国家政治），对年轻的领导层候选人而言，是最重要的技能。他耸耸肩："就我的经验来说，情商，以及经营关系的能力，是最重要的。"我往他盘子里又放了一块松饼，他表示感谢。

我们走的时候，汤姆很沮丧。"他的意思就是拍马屁。还是原来的官僚作风。"尽管"老虎苍蝇一起打"搞得沸沸扬扬，汤姆认为政府的改变还是不够彻底，而他想为政府的改变出一把力。

对辛迪来说，政府已经变了，这样一来，对汤姆也没那么有吸引力了。消灭腐败意味着政府工作已经只剩下事务性的工作，工资低，福利也少。辛迪对政府兴趣平平，只有在聊到政府在大张旗鼓宣传的鼓励创业的政策时才会兴致高涨，两眼放光。

中国的后门似乎关上了，与此同时，消灭腐败也为创业打开了前门。对中国年轻人来说，反腐运动是一个信号，标志着只要你努力工作，就可以得到回报。这个巨大的转变鼓励着中国的发明家、企业家不断奋斗、奋斗、奋斗。

中国政府也在新闻中连篇累牍地报道自己的新政策，叫作"大众创业，万众创新"。思路是砍掉繁文缛节，让开公司在财务上变得更容易，也许只需要付一点点租金，甚至完全不用支付。中国政府也推出了大量鼓励创新和创业的全国性政策，尤其是鼓励年轻人创业。这些组合拳表明，政府正在给年轻人带来他们渴望的自由。

消灭腐败和鼓励创业结合在一起，很可能就是中国从制造业经济向创新型、创业型经济转型的秘密武器。中国的创业精神和力争上游的渴望，正在这片国土上到处回响。中国只是想打开闸门，让开道路。

也许对中国来说，最重要的是，反腐运动和大张旗鼓的宣传攻势一起，向人们传递了一个毋庸置疑的信号：政府不打算干扰年轻人一展宏图，控制自己的未来。再加上促进创业精神的相关政策，中国政府正在给年轻人带来他们越来越容易接受的自由。

五

霞的高中历史课本在咖啡桌上摊开，还有一本台湾的高中历史课本也在旁边打开着。

中国投入了大量时间来书写和讲述自己的故事。精神分析学家卡尔·荣格认为，每个人都有自己的个人神话，是关于我们的人生和个人史的故事，我们会讲给自己听，并倾注大量情感。但故事只是故事，并非完全真实——更多的是在一个更宏大的背景中叙述我们人生中的具体事件，可以是英雄的旅程，可以是浪漫悲剧，也可以是冒险喜剧。我们的故事怎么讲，会塑造我们的人格。

国家也会有自己的神话，就是我们成长过程中在历史课上讲述的故事，这些故事决定了我们如何看待自己在世界上的地位。这些故事有自己的真实性。英国和美国的历史书对波士顿倾茶事件有不同的描述，美国历史书和美国原住民的历史书讲述的感恩节故事也大异其趣。

中国90后成长过程中听到的故事，与上一代人听到的极为不同。

90 年代初，邓小平对中国军队高层发表讲话，他说："十年最大的失误是教育，这里我主要是讲思想政治教育，不单纯是对学校、青年学生，是泛指对人民的教育。对于艰苦创业，对于中国是个什么样的国家，将要变成一个什么样的国家，这种教育都很少，这是我们很大的失误。"[8]

中国的爱国主义教育运动始于 1991 年，汤姆出生的两年前。中国正在经历认同危机。实际上，用政府的话说，中国正在经历三重危机：信心危机、信仰危机、信任危机。爱国主义教育运动彻底改变了学校教授中国历史和文化的方式。中国的老师开始更多地强调中国作为富强的民族国家的悠久历史。

爱国主义教育运动同样对 19 世纪早期中国的衰落和鸦片战争大书特书。事后来看，中国因为清政府的腐败无能，让这个国家与世隔绝，于是在技术方面落后于国际社会，任人宰割而甚为自责。他们也指责国际社会利用中国，但通过纪念中国的"百年国耻"，他们也承认自己在任人宰割时扮演的角色。这是骄傲与耻辱混在一起的复杂情绪："看看以前我们多强盛"，后面跟着一句："看看现在我们多落后。"《民族国家的构建：当代中国民族主义力量》的作者，丹佛大学政治与外交政策专业教授赵穗生认为，爱国主义教育运动"将民族主义提升为国家的精神支柱"。[9]

汤姆注意到，美国梦和中国梦实际上一模一样，只不过前者更关注个人。"我们的脱贫致富故事说的是整个国家。我小时候，我们这个国家破破烂烂——我们穿着破衣烂衫，住着破房子，收入少得可怜，还食不果腹。23 年过去了，我们摆脱了贫穷，大步迈向富裕。而我们之所以能做到，很可能正是因为我们的政府体制。"

另一个关键区别是，中国梦不是崛起，而是复兴。

汤姆说："我们还记得破破烂烂的年代，而现在，我们这个国家似乎正在重新富裕起来。就我们所知，跟全世界，跟历史上任何国家、任何帝国比起来，我们富裕起来的速度都更快，规模也更大。为此，你必须付出努力。"

早在 20 世纪 80 年代初，正当中国为新的经济发展制订规划时，邓小平用近乎诗一般的语言解释了中国的现代化道路：中国要"摸着石头过河"，这句话也成了名言。这句话的意象华丽生动，引人共鸣。中国站在时间和政治的急流中，探出一条腿，脚底下四处摸索，如果哪块石头感觉起来很稳当，就把重心移过去。在邓小平想象的历程中，失误不可避免，被冲到下游的危险也很大。

六

夏夜，我和汤姆吃完晚饭，沿着成都的一条水道散步。我们已经在屋子里憋了一整天——他在帮一位教授把一篇 60 页的哲学论文从英文翻译成中文。跟很多中国年轻人一样，汤姆虽然几乎不会说英文，读和写的水平倒都还不错。不过，这个过程还是相当耗神。为了透口气，我们养成了晚饭后沿着石砌水道散步的习惯，四川的闷热也会在散步中慢慢变成温热的微风。

夏日黄昏，中国的邻里会变得热闹起来，水道周围尤其生机勃勃。太阳在高楼之间缓缓落下，邻里的伯母姊娘们、奶奶姥姥们，几个还穿着校服的孩子，零零星星还会有一两个大叔大爷，在一台小音响活力十足的中国流行音乐下，开始了每晚例行的有氧健身运动。

我和汤姆一边聊天，一边穿过摆在河边的塑料凳和桌子。有些人家在吃晚饭，有些大人在打牌，孩子们跑来跑去，尽兴玩耍。树枝慵懒地低垂在人行道上。流行舞曲的声音渐渐淡出，舞厅音乐渐渐响起。我们左手边，有几十位中国老人在跳华尔兹。在我们楼里收快递的一位大妈——有一组大叔大妈在楼里轮流收快递——跟我说，这是老年人找黄昏恋的地方。卖面条的、卖糕点的，都在自己摊子旁边支起了凳子，小情侣会点一份烧烤，或是来上一碗就着甜酱油吃的成都小吃甜水面。我们无论走到哪里，都会听到噼噼啪啪的麻将声不绝于耳，跟凉鞋击打着石板路的啪嗒啪嗒声相映成趣。

但那天晚上，汤姆明显心不在焉。他在想着辛迪。他掏出手机，关机了。

"老大哥?"我问。汤姆没笑。他说，他不想老是想着辛迪回没回消息了。

在汤姆看来，辛迪对汤姆从政的志向充满矛盾。她和他的同龄人，都没有看到他的梦想的价值。

汤姆说过，他想进政府是想做出改变，因为他相信这一事业，也想帮助人们改善生活。辛迪对他的目标不感兴趣，因为那样他将赚不到钱。她觉得，汤姆牺牲了自己的自由，放弃了在社会上流动的可能，接受了固定工资的束缚，没什么希望能赚得更多。汤姆没法明白，为什么辛迪就不能理解他的追求。

我们一直走到汤姆的一个朋友家的住宅楼里。我们拿了几瓶啤酒，上了天台。汤姆坐在 34 层楼顶的边缘，一阵狂风就能把他吹下去。从这里我们能看出去方圆二三里地，再远一些的城市就都笼罩在一片灰蒙蒙的雾霭中了。中国的住宅楼都是成批兴建，一次好多栋，组成一个紧密的楼群。这些楼有高有矮，有的崭新，闪闪发亮，有的蹲伏着，灰暗无光。

汤姆告诉我，他仍然决心从政。我问汤姆最怕什么。他看着这个城市，手里提着啤酒，沉思着。他看起来好像一点儿也不恐高。他回味了一阵我的问题，说："我最怕的就是，我的孩子不得不每天挤地铁。"随后他沉默了，坐在那里，看着楼下的车水马龙。从我们这里看下去，这座城市就像一个蚁穴。"我怕我会太平庸，没法创造或提供一些属于自己的东西，没法展现我的抱负。这是我未来的陷阱，不是一场大败，甚至也不是巨大失败之后的成功，而只是陷入中流，陷入平庸。"他又灌了一大口啤酒，接着说道："那样的话，我的孩子就不得不去挤地铁了。"

在中国的城市里，很难不感到孤单。对中国的"自我族"来说，周围的一切——排了多少公里长队的汽车，目力所及的数百栋高效建起、了无新意的住宅楼，地铁里摩肩接踵的人群——都在告诉他们，他们并非独一无二。从楼顶上汤姆一眼就能看到整个局面。从这么高的地方看，中国的城市青年所坚持的个性非常有意义：如果他们无法绝对肯定自己的独特，周围的环境就会吞没他们。

"我选择的道路就会有这样的风险。攀登会很漫长，也很可能会困在半路，陷入平庸的生活中。"汤姆说。他朝眼前所有的灯光挥了挥手："下回你再来的时候，说不定我就是这个地方的市长了。谁说得准呢，对吧？我们只能走着瞧。"

致谢

　　很多人在我写作本书的过程中提供了大力支持，甚至早在本书的写作思路构想出来之前，他们就已经开始支持我了，对此我深表谢意。首先要感谢的是我的家人。我知道，我并非总能让你们三位省心（"你能操心一点跟家里比较有关系的事情吗?"），你们发自内心地鼓励我实现我的梦想（尽管可能会给你们带来很多不便），我真的感激不尽。谢谢妈妈，谢谢您编辑一般的眼光、耐心和深情厚爱。谢谢爸爸，谢谢您作为充满期盼也急于挑战的学生，也作为充满智慧和爱心的灵魂。谢谢姐姐，谢谢你的活泼，你的慷慨，谢谢你一直让我没有脱离现实。

　　特别感谢西摩爷爷、珀尔奶奶和萨莉奶奶，你们无条件的爱激励着我，我多希望现在和你们分享。同样谢谢艾伦叔叔、雷爷爷和肯特一家，谢谢你们一直爱我、支持我。也感谢卡茨全家对我的爱和支持。贾斯汀，谢谢你在我不在的四年里，一直告诉我关于勇士队的一切。

我也想特别感谢那些接纳我进入他们生活的人。小叶和老李，你们俩好多次都给了我家的感觉。刘家，尤其是薇薇和霞，你们是我最好的朋友，全家都对我那么支持。谢谢欢欢，是你最早让我感受到手足之情。

当然，对所有允许我将他们写进本书的人，我都要致以最诚挚的谢意。我尤其要谢谢贝拉、威廉、汤姆、黛比、乔伊和琚朝，能有你们这样的朋友，是我的幸运。

除了这几个人，还有无数的人请我去他们家里，坐下和我谈天说地、吃吃喝喝，忍受着偶尔有个显眼的外人在周围晃来晃去的尴尬，也非常愿意向我展现他们的世界。如果不是他们的好心好意，我也不会有那么大的动力来写作本书。这一点我再怎么强调都不为过。

在写作方面，如果没有杰拉尔德·辛德尔，本书根本不可能出现：是他帮助我成为真正的作家。从构思到人物塑造，再到文字撰写，是你的目光和思想一直陪我走到终点。感谢伊丽莎白·卡普兰，是你给了我这个 24 岁的愣头青一个机会，我这个人空有热情和想法，却毫无经验。谢谢伊丽莎白·戴斯嘉德，以及圣马丁出版社的各位同人，这个机会也是你们给我的，同时还有你们的耐心和批评。也要感谢劳拉·阿珀森一直以来的支持。

感谢我在中国的家人黄忠良，是您给我取的中文名，让我在中国有了一个起点。感谢教父菲利普，是您给了我家一般的感觉，也给了我在香港的立足之地。感谢我的教父杰米，谢谢您对我的爱，以及您想象中充满挑战的未来。

我还想感谢伊莱、乔恩、达里亚和伊莉，谢谢你们一直以来的支持和友谊。我知道，我并非总是那么好相与。也要感谢"成都生活"团队、可可以及"舞邦文化传播"团队。米莉、娜丽、帕迪、赖利、萨姆、史蒂夫、乔尼、罗克斯、戴维和阿里尔，我在香港时，多亏了你们的友谊和好奇。康纳，我希望本书能体现你的探索精神和搭桥精神。

有很多人在我生命中不同时候出现，给了我指引：特别感谢奇普·贝尔德、约翰·茨威格、吉姆·埃尔姆斯、艾莫里·洛文斯、罗伯特·迪伦施耐德以及琼·阿瓦利亚诺。特别是罗伯特·迪伦施耐德，是他看到了我的潜力，在我回到美国时给了我立足之地，也给了我平台，让我能开始弥合中美之间的鸿沟。

感谢马修、杰西卡和厄普丘奇一家，谢谢你们的慷慨，你们对未来的憧憬也总是那么振奋人心。

本人三生有幸，能有一群杰出的教授和老师让我认识了中国，也谢谢他们的著作。感谢蒙塔斯教授和彼得·昂教授的指导，你们对我的支持远远超过了哥伦比亚大学教授的职责范围。谢谢刘禾教授，是您将我引入了现代中国文学的奇妙世界。谢谢马奎尔夫人、朗夫人、基尔马丁夫人、西蒙斯先生和其他老师，是你们教会我热爱交流，热爱读书。感谢安妮·伦道夫，是你鼓励我不停地写写写。

杰克逊和比尔，谢谢你们证明了外国人也能学好中文，即使你们未必知道，你们确实是我的榜样。

对史密斯一家，我要致以最大的谢意，和一个大大的拥抱：尼克和埃伦一直在包容我、鼓励我；还有琼、布莱恩·本、杰克、莱西、安迪、肖恩、斯科蒂和查理。写一本书似乎太困难，这时候是你们给了我支持、鼓励和珍贵的友谊。

谢谢签证代办员郭先生，那一次他没有拒绝我来到这个国家，你确实没必要这样。

注释

第一章

1. *Hurun Report—Global Rich List 2017*, Hurun Report, Inc., March 7, 2017,up.hurun. net/Hufiles/201701/201703/20170327091656648.docx; Central Intelligence Agency, "Country Comparison: Distribution of Family Income—Gini Index," The World Factbook, https://www.cia.gov/library/publications/the-world-factbook/rankorder/2172rank.html.

2. Min Ding and Jie Xu, "The Generations," chap. 2 in *The Chinese Way* (New York: Routledge, 2015),https://books.google.com/books?id=ql09BAAAQBAJ&pg=PA133&lpg=P A133&dq=chinese+generation+born+after+%2750&source=bl&ots=OA5H7vxRYt&sig= qf5eUixSEQIByukx2fvd4tMbDnY&hl=en&sa=X&ved=0ahUKEwjDouD7iPXUAhXDYVA KHQwzChAQ6AEINzAD#v=onepage&q=chinese%20generation%20born%20after%20% 2750&f=false.

3. Peter Simpson, "China's Urban Population Exceeds Rural for First Time Ever," *The Telegraph* (UK). January 17, 2012, http://www.telegraph.co.uk/news/worldnews/asia/ china/9020486/Chinas-urban-population-exceeds-rural-for-first-time-ever.html; "Services, etc., Value Added (% of GDP), 1960-2016," The World Bank: Data,http:// data.worldbank.org/indicator/NV.SRV.TETC.ZS?locations=CN.

4. "Transformation of the Refrigerator Market in China," United Nations report, Case Studies of Market Transformation: Energy Efficiency and Renewable Energy,http://www. un.org/esa/sustdev/publications/energy_casestudies/section1.pdf.

5. "Urban Population (% of Total), 1960–2016," The World Bank: Data,http://data. worldbank.org/indicator/SP.URB.TOTL.IN.ZS?locations=CN.

6. Roderic Broadhurst et al., *Business and the Risk of Crime in China*, Asian Studies Monograph Series 3 (Canberra: Australian National University E Press, 2011).

7. Farhad Manjoo, "The Unrecognizable Internet of 1996,"*Slate*, February 24, 2009,http:// www.slate.com/articles/technology/technology/2009/02/jurassic_web.html.

8. Nicholas D. Kristof, "Unmasking Horror—A Special Report," *The New York Times*, March 17, 1995,http://www.nytimes.com/1995/03/17/world/unmasking-horror-a-special-report-japan-confronting-gruesome-war-atrocity.html?pagewanted=all.

9. What the World Eats," *National Geographic*, http://www.nationalgeographic.com/what-the-world-eats/.

10. Xiang Li, *Chinese Outbound Tourism 2.0* (Oakville, ON: Apple Academic Press, 2016), 366.

11. Eric Olander and Cobus Von Staden, "South Africa Tourism in Crisis as Chinese Reject New Visa Regulations," *China in Africa Podcast* (podcast), June 20, 2015, http:// chinaafrica-podcast.com/south-africa-tourism-in-crisis-as-chinese-reject-new-visa-regulations.

12. Rajeshni Naidu-Ghelani, "World's 10 Largest Auto Markets," *CNBC.com*, February 03, 2012,http://www.cnbc.com/2011/09/12/Worlds-10-Largest-Auto-Markets. html?slide=11.

13. Po Hou and Roger Chung, *New Era of China's Film Industry*, Deloitte Perspective,https:// www2.deloitte.com/content/dam/Deloitte/cn/Documents/about-deloitte/dttp/deloitte-cn-dttp-vol5-chapter5-en.pdf.

14. David Moser, *A Billion Voices: China's Search for a Common Language* (ebook, Penguin Books China, 2016).

15. Jeffrey Hayes, "Trains in China: History, Train Life, New Lines, and Great Leap Culture," *Facts and Details*, April 2012,http://factsanddetails.com/china/cat13/sub86/ item315.html; "China Has Built the World' s Largest Bullet-Train Network," *The Economist*, January 13, 2017,https://www.economist.com/news/china/21714383-and-theres-lot-more-come-it-waste-money-china-has-built-worlds-largest.

16. "Chinese Writing," Asia Society,http://asiasociety.org/china-learning-initiatives/ chinese-writing.

17. Alberto Lucas Lopez, "INFOGRAPHIC: A World of Languages—and How Many Speak Them," *South China Morning Post*, November 25, 2015,http://www.scmp.com/infographics/article/1810040/infographic-world-languages.

第二章

1. Yojana Sharma, "What Do You Do With Millions of Extra Graduates?" BBC News, July 1, 2014, http://www.bbc.com/news/business-28062071; Li Lixu, "China's Higher Education Reform 1998-2003: A Summary," *Asia Pacific Educ. Rev.* (2004) 5: 14.

2. George W. Bush, *Decision Points* (New York: Broadway, 2011).

第三章

1. Wang Feng, Baochang Gu, and Yong Cai, "The End of China's One-Child Policy," *Studies in Family Planning* 47, no. 1 (2016): 83‑86. doi:10.1111/j.1728-4465.2016.00052.x.（王丰等，《独生子女政策的终结》，《计划生育研究》季刊，该文中文版见 https://www.brookings.edu/zhcn/articles/%E7%8B%AC%E7%94%9F%E5%AD%90%E5%A5%B3%E6%94%BF%E7%AD%96%E7%9A%84%E7%BB%88%E7%BB%93/.——译者注）

2. Y. Xu, W. Zhang, R. Yang, C. Zou, and Z. Zhao, "Infant Mortality and Life Expectancy in China," *Medical Science Monitor: International Medical Journal of Experimental and Clinical Research* 20 (2014): 379-385.

3. "China Infant Mortality Rate," China Infant Mortality Rate—Demographics, http://www.indexmundi.com/china/infant_mortality_rate.html.

4. Claire Groden, "New Study Blames Chinese Grandparents for Obese Kids," *Fortune.com*, July 30, 2015, http://fortune.com/2015/07/30/study-chinese-obese-youth/.

5. Laurie Burkitt, "As Obesity Rises, Chinese Kids Are Almost as Fat as Americans," *The Wall Street Journal*, May 30, 2014, http://blogs.wsj.com/chinarealtime/2014/05/29/as-obesity-rises-chinese-kids-are-almost-as-fat-as-americans/.

6. K. S. Babiarz, K. Eggleston, G. Miller, and Q. Zhang, "An Exploration of China's Mortality Decline Under Mao: A Provincial Analysis, 1950-80," *Population Studies* 69, no. 1 (2015): 39-56; "China Life Expectancy at Birth," China Life Expectancy at Birth—Demographics, http://www.indexmundi.com/china/life_expectancy_at_birth.html.

7. Pew Research Center, "Aging in the U.S. and Other Countries, 2010 to 2050," chap. 2 in *Attitudes About Aging: A Global Perspective*, January 30, 2014, http://www.pewglobal.org/2014/01/30/chapter-2-aging-in-the-u-s-and-other-countries-2010-to-2050/.

8. Rahul Jacob, "Drop in China's Local Land Sales Poses Threat to Growth," *Financial Times*, December 7, 2011, https://www.ft.com/content/710ea3da-1f14-11e1-ab49-00144feabdc0; Simon Rabinovitch, "Worries Grow as China's Land Sales Slump," *Financial Times*, January 5, 2012, https://www.ft.com/content/ef4fa68c-3773-11e1-a5e0-00144feabdc0.

9. Barry Naughton, *The Chinese Economy: Transitions and Growth* (Cambridge, MA: MIT Press, 2007), 170.

10. T. Falbo and D. L. Poston, "The Academic, Personality, and Physical Outcomes of Only Children in China," *Child Development* 64 (1993): 18-35.

第四章

1. Ben Wolford, "All That Schooling May Have Made You Nearsighted," *Medical Daily*, June 29, 2014, http://www.medicaldaily.com/education-linked-nearsightedness-researchers-find-more-schooling-means-more-myopia-290574.

2. Adam Davidson, "It's Official: The Boomerang Kids Won't Leave," *The New York Times*, June 20, 2014, https://www.nytimes.com/2014/06/22/magazine/its-official-the-boomerang-kids-wont-leave.html.

3. Jordan Weissmann, "Why Do So Many Millennials Live with Their Parents? Two Theories: Marriage and Debt," *Slate*, February 10, 2015, http://www.slate.com/blogs/moneybox/2015/02/10/millennials_living_with_parents_it_s_harder_to_explain_why_young_adults.html; Emily Dugan, "The Neet Generation: Why Young Britons Have Been Hardest Hit by the Economic Downturn," *Independent* (UK), February 27, 2014, http://www.independent.co.uk/news/uk/politics/the-neet-generation-why-young-britons-have-been-hardest-hit-by-the-economic-downturn-9155640.html; Adam Davidson, "The Boomerang Kids Won't Leave," *The New York Times Magazine*, June 20, 2014, https://www.nytimes.com/2014/06/22/magazine/its-official-the-boomerang-kids-wont-leave.html?_r=0; Maria Arias and Yi Wen, "Recovery from the Great Recession Has Varied Around the World," Federal Reserve Bank of St. Louis, October 2015, https://www.stlouisfed.org/publications/regional-economist/october-2015/recovery-from-the-great-recession-has-varied-around-the-world.

4. Zhenghua Wang, "Average Marriage Age for Shanghai Women Over 30," Chinadaily.

com.cn, February 28, 2013,http://www.chinadaily.com.cn/china/2013−02/28/content_16265274.htm.

5. Nielsen, "Nielsen: Innovative Marketing Needed to Connect with Post−90s Consumers," press release, March 20, 2014, http://www.nielsen.com/cn/en/press−room/2014/nielsen−innovative−marketing−needed−to−connect−with−post−90s−consumers.html.

6. Ana Swanson, "How China Used More Cement in 3 Years Than the U.S. Did in the Entire 20th Century," *The Washington Post*, March 24, 2015, https://www.washingtonpost.com/news/wonk/wp/2015/03/24/how−china−used−more−cement−in−3−years−than−the−u−s−did−in−the−entire−20th−century/?utm_term=.149b3ef56a74.

7. "Population, China," World Bank, http://data.worldbank.org/indicator/SP.POP.TOTL?locations=CN.

8. Ian Johnson, "China's Great Uprooting: Moving 250 Million Into Cities," *The New York Times*, June 15, 2013, http://www.nytimes.com/2013/06/16/world/asia/chinas−great−uprooting−moving−250−million−into−cities.html?pagewanted=all.

9.Wade Shepard, "How People in China Afford Their Outrageously Expensive Homes," *Forbes*, April 04, 2016,https://www.forbes.com/sites/wadeshepard/2016/03/30/how−people−in−china−afford−their−outrageously−expensive−homes/#7b5f37eea3ce.

10. 同上。

11. "Gross savings (% of GDP)," World Bank—Data,http://data.worldbank.org/indicator/NY.GNS.ICTR.ZS?locations=CN.

第五章

1. A. Taylor, "China's Sexual Revolution Has Reached the Point of No Return," *Business Insider*, August 31, 2012, http://www.businessinsider.com/the−incredible−story−of−chinas−sexual−revolution−2012−8 (accessed July 30, 2017).

2. Richard Burger, *Behind the Red Door: Sex in China* (Hong Kong: Earnshaw Books, 2012), 17.

3. Lily Kuo, "China's Latest Crackdown on Porn Has Little to Do with Porn," *Quartz Media*, April 14, 2014, http://qz.com/198932/china−latest−crackdown−on−porn−has−little−to−do−with−porn/.

4. Dan Levin, "With Glut of Lonely Men, China Has an Approved Outlet for Unrequited

Lust," *The New York Times*, November 26, 2013, http://www.nytimes.com/2013/11/27/ world/asia/with-glut-of-lonely-men-china-has-an-approved-outlet-for-unrequited-lust.html; Quanlin Qiu, "Sales of Adult Toys Soar on Hot Demand," *Chinadaily. com.cn*, February 16, 2016, http://europe.chinadaily.com.cn/business/2016-02/16/ content_23498213.htm (accessed July 29, 2017); Jie Jiang, "Sex Toy Industry Lacks Govt Oversight, Unsafe Products Infiltrate Market," *Global Times*, November 26, 2015, http://www.globaltimes.cn/content/955132.shtml (accessed July 29, 2017).

第七章

1. Jacob Poushter, "Smartphone Ownership and Internet Usage Continues to Climb in Emerging Economies," Global Attitudes Project, Pew Research Center, February 22, 2016, http://www.pewglobal.org/2016/02/22/smartphone-ownership-and-internet-usage-continues-to-climb-in-emerging-economies/.

2. "Nielsen: Chinese Smartphone Market Now Driven by Upgrading," press release, June 16, 2015, http://www.nielsen.com/cn/en/press-room/2015/Nielsen-Chinese-Smartphone-Market-Now-Driven-by-Upgrading-EN.html.

3. Amanda Lee, "How Alibaba Turned China's Singles' Day Into The World's Biggest Shopping Bonanza," *Forbes*, November 7, 2016, https://www.forbes.com/sites/ ahylee/2016/11/07/how-alibaba-turned-chinas-singles-day-into-the-worlds-biggest-shopping-bonanza/#137b1e9776c0 (accessed July 29, 2017).

4. Steven Millward, "China's Singles Day vs America's Black Friday and Cyber Monday," *Tech in Asia*, November 2, 2016, https://www.techinasia.com/china-singles-day-versus-black-friday-cyber-monday-sales.

5. 同上。

6. Liyan Chen, "China's Singles，Day Is Already Bigger Than Black Friday, Now It's Going Global," *Forbes*, November 11, 2015, https://www.forbes.com/sites/ liyanchen/2015/11/10/chinas-singles-day-is-already-bigger-than-black-friday-now-its-going-global/#7196947f71aa (accessed July 29, 2017).

7. Frank Lavin, "Singles' Day Sales Scorecard: A Day In China Now Bigger Than A Year In Brazil," *Forbes*, November 16, 2016, https://www.forbes.com/sites/franklavin/2016/11/15/singles-day-scorecard-a-day-in-china-now-bigger-than-a-year-in-brazil/#4a710df51076 (accessed July 29, 2017). 文章给出了巴西"预计的电商销售额",随后该数字从《巴西2011至2017年度网络销售总额（以10亿巴西里尔计）》中得到验证。Statista, https://www.statista.com/statistics/222115/online-retail-revenue-in-brazil-projection/.

8. "Singles' Day Obliterates Cyber Monday's Sales in 2 Hours," *Fortune.com*, November 11, 2016, http://fortune.com/2016/11/10/alibaba-singles-day-sale-total/.

9. "Growing Upper Middle Class Creates Attractive Market: Report," *China.org.cn*, March 20, 2014, http://www.china.org.cn/business/2014-03/20/content_31858451.htm.

10. Sherisse Pham, "Singles，Day: Alibaba Posts Jaw-Dropping Numbers," CNNMoney, November 11, 2016, http://money.cnn.com/2016/11/11/technology/alibaba-by-the-numbers/index.html.

11. 同上；"Singles' Day: China Splurges $9.3Bn in 12 Hours on World's Biggest Online Shopping Day," *The Guardian*, November 11, 2015, https://www.theguardian.com/business/2015/nov/11/china-singles-day-new-record-online-shopping-alibaba.

12. "Taobao Cries Foul Over Study's Claim That It Sells Fake, Substandard Goods," *South China Morning Post*, April 17, 2015, http://www.scmp.com/news/china/article/1693396/taobao-cries-foul-over-studys-claim-it-sells-fake-substandard-goods(accessed July 29, 2017).

13. Paul Liu, Xuemei Bennink Bai, Jason Jia, and Eva Wang, "The Accelerating Disruption of China's Economy," *Fortune.com*, June 26, 2017, http://fortune.com/2017/06/26/china-alibaba-jack-ma-retail-ecommerce-e-commerce-new/ (accessed July 29, 2017).

14. Frank Lavin, "Singles' Day Sales Scorecard: A Day in China Now Bigger Than a Year in Brazil," *Forbes*, November 16, 2016, https://www.forbes.com/sites/franklavin/2016/11/15/singles-day-scorecard-a-day-in-china-now-bigger-than-a-year-in-brazil/#4a710df51076 (accessed July 29, 2017); Julia Zhu, "China's E-Commerce Goes Mobile in 2014," *Tech in Asia*, December 30, 2013, https://www.techinasia.com/china-ecommerce-goes-mobile-2014.

15. Phil Wahba, "Cyber Monday 2016 Tops All Time Sales Record," *Fortune.com*, November 29, 2016, http://fortune.com/2016/11/29/cyber-monday-2016-sales/.

16. Catherine Cadell, "Alibaba's Singles，Day Sales Race Past $5 Billion in First Hour," *Business Insider*, November 11, 2016, http://www.businessinsider.com/r-alibaba-singles-day-sales-race-past-5-billion-in-first-hour-2016-11.

第八章

1. Richard Wike and Bridget Parker, "Corruption, Pollution, Inequality Are Top Concerns in China," Global Attitudes Project, Pew Research Center, September 24, 2015, http://

www.pewglobal.org/2015/09/24/corruption-pollution-inequality-are-top-concerns-in-china/.

2. "International Student Totals by Place of Origin, 2008/09—2009/10," All Places of Origin, Institute of International Education, https://www.iie.org/Research-and-Insights/Open-Doors/Data/International-Students/All-Places-of-Origin/2009-10 (accessed July 29, 2017).

3. Zoe Baird and Emily Parker, "New American Jobs, Made in China," *The Wall Street Journal*, May 30‑31, 2015.

4. Sharon Yin, "The Economic Impact of Chinese International Students in the United States," *Yale Economic Review*, August 3, 2013, http://www.yaleeconomicreview.org/arcahives/294.

5. 黄喆平，《中国学生留学人数创历史新高且大批回归》，*Quartz*, March 29, 2016, https://qz.com/650511/chinese-students-are-studying-abroad-in-record-numbers-then-coming-home-to-xx/ (accessed July 29, 2017). 中 文 版 见 http://www.moe.edu.cn/jyb_xwfb/xw_fbh/moe_2069/xwfbh_2016n/xwfb_160325_01/160325_sfcl01/201603/t20160325_235214.html.

6. "Put Off by Trump? Baidu's Li Urges Silicon Valley Talent to Call China Home," *South China Morning Post*, November 18, 2016, http://www.scmp.com/business/article/2047324/put-trump-baidus-li-urges-silicon-valley-talent-call-china-home(accessed July 29, 2017).

7. Stuart Clark, "China: The New Space Superpower," *The Observer*, August 28, 2016, https://www.theguardian.com/science/2016/aug/28/china-new-space-superpower-lunar-mars-missions (accessed July 29, 2017).

第九章

1. 根据盖洛普调查公司的数据，确认为同性恋的美国人不到 5%。见 Garance Frank-Rutka, "Americans Have No Idea How Few Gay People There Are," The Atlantic, May 31, 2012, https://www.theatlantic.com/politics/archive/2012/05/americans-have-no-idea-how-few-gay-people-there-are/257753/; Jianfen Wang, "Report Identifies LGBT Preferences in Capital," *Chinadaily.com.cn*, http://www.chinadaily.com.cn/china/2016-06/29/content_25896418.htm (accessed July 29, 2017).

2. "Collateral Damage," *The Economist*, March 20, 2010, http://www.economist.com/node/15731324 (accessed July 29, 2017).

3. "China Officially Connected to the Internet in 1994," CCTV, April 20, 2014, http://english. cntv.cn/2014/04/20/VIDE1397997720861267.shtml(accessed July 29, 2017).

4. "Michael Jackson: Your Number One Music Icon," CNN, August 27, 2010, http://edition. cnn.com/2010/SHOWBIZ/Music/08/24/music.icon.gallery/(accessed July 29, 2017).

5. "China's 'Pink Market' Value Estimated at US$470B Annually," *Ecns.com.cn*, July 18, 2014. http://www.ecns.cn/business/2014/07-18/125007.shtml.

6. Victoria Ho, "Grindr Sells 60% Stake to Chinese Investor, Faces Growing Competition," Mashable, January 12, 2016, http://mashable.com/2016/01/12/grindr-china-blued/#LNIrCsW8fuqj (accessed July 29, 2017).

7. Zhu Wenqian, "China's Gay App Blued Taps into Pink Economy," *Chinadaily. com.cn*, June 2, 2016, http://www.chinadaily.com.cn/business/tech/2016-06-02/content_25584439.htm.

第十章

1. "Empire of the Pig," *The Economist*, December 17, 2014, http://www.economist.com/news/christmas-specials/21636507-chinas-insatiable-appetite-pork-symbol-countrys-rise-it-also; Lexin Cai et al., "China's Astounding Appetite for Pork: Recent Trends and Implications for International Trade," Penn Wharton Public Policy Initiative, April 2, 2015, http://publicpolicy.wharton.upenn.edu/live/news/644-chinas-astounding-appetite-for-pork-recent-trends; Kelsey Nowakowski, "Why Corn—Not Rice—Is King in China," *The Plate* (blog), *National Geographic*, May 18, 2015, http://theplate. nationalgeographic.com/2015/05/18/why-corn-not-rice-is-king-in-china/.

2. Jon Russell, "Tencent Takes Full Control Of 'League Of Legends' Creator Riot Games," *TechCrunch*, December 17, 2015, https://techcrunch.com/2015/12/17/tencent-takes-full-control-of-league-of-legends-creator-riot-games/ (accessed July 30, 2017).

3. Don Monroe, "Speaking Tonal Languages Promotes Perfect Pitch," *Scientific American*, November 9, 2004, https://www.scientificamerican.com/article/speaking-tonal-languages/.

第十一章

1. "Harbin, China," *Encyclopaedia Britannica*, https://www.britannica.com/place/Harbin; "St.

Sophia Cathedral," Travel China Guide, https://www.travelchinaguide.com/attraction/heilongjiang/harbin/st-sophia-church.htm.

2. Alan Taylor, "The 2015 Harbin Ice and Snow Festival," *The Atlantic*, January 6, 2015, https://www.theatlantic.com/photo/2015/01/the-2015-harbin-ice-and-snow-festival/384265/.

3. "China Becomes World's Largest Outbound Tourism Market," *Chinadaily.com.cn*, December 28, 2016, http://www.chinadaily.com.cn/business/2016-12/28/content_27798009.htm.

4. 同上。

5. Sho Kawano, Joshua Lu, Ricky Tsang, and Jingyuan Liu, "The Chinese Tourist Boom," *Goldman Sachs Investor Insight*, November 20, 2015, http://www.goldmansachs.com/our-thinking/pages/macroeconomic-insights-folder/chinese-tourist-boom/report.pdf.

6. Jung-pang Lo, "Zheng He: Chinese Explorer," *Encyclopaedia Britannica*, https://www.britannica.com/biography/Zheng-He; Frank Viviano, "China's Great Armada," *National Geographic*, July 2005, http://ngm.nationalgeographic.com/ngm/0507/feature2/; Ishaan Faroor, "Voyages of Mariner Zheng He: Symbolism for Modern China, *Time*, March 8, 2010, http://content.time.com/time/world/article/0,8599,1969939,00.html.

第十二章

1. Hans Tung and Jixun Foo, "200 Million Trendsetters: China's Millennials are Shaping the Global Economy," *Medium*, January 14, 2016, https://medium.com/ggv-capital/200-million-trendsetters-china-s-millennials-are-shaping-the-global-economy-f52c392d54bb (accessed July 30, 2017).

2. Richard Wike and Bridget Parker, "Corruption, Pollution, Inequality Are Top Concerns in China," Pew Research Center's Global Attitudes Project, September 24, 2015, http://www.pewglobal.org/2015/09/24/corruption-pollution-inequality-are-top-concerns-in-china/ (accessed July 30, 2017).

3. "Four Years On, Xi's War on Corruption Is More Than Hunting Tigers, Flies," *Chinadaily.com.cn*, December 9, 2016, http://usa.chinadaily.com.cn/china/2016-12/09/content_27627002.htm.

4. Tania Branigan, "Xi Jinping Vows to Fight 'Tigers' and 'Flies' in Anti-Corruption Drive," *The Guardian*, January 22, 2013, https://www.theguardian.com/world/2013/jan/22/xi-jinping-tigers-flies-corruption (accessed July 30, 2017).

5. "Visualizing China's Anti-Corruption Campaign" *ChinaFile*, January 21, 2016, http://www.chinafile.com/infographics/visualizing-chinas-anti-corruption-campaign.

6. Javier C. Hernández, "China Corruption Fight Extends to Top Officials in Beijing and Shanghai," *The New York Times*, November 11, 2015, https://www.nytimes.com/2015/11/12/world/asia/china-crackdown-corruption-beijing-shanghai-ai-baojun-lu-xiwen.html.

7. Perry Wong and Michael C. Y. Lin, "Best Performing Cities, CHINA 2015: The Nation's Most Successful Economies," The Milken Institute, September 2015, http://www.best-cities-china.org/best-performing-cities-china-2015.pdf.

8. William A. Callahan, *China: The Pessoptimist Nation* (New York: Oxford University Press, 2010), 32.

9. Suisheng Zhao, *A Nation-State by Construction: Dynamics of Modern Chinese Nationalism* (Stanford, CA: Stanford University Press, 2004), 214.